1912—1949

现代古体文学大系

词集 6

总主编 黄霖

本集主编 朱惠国

XIANDAI
1912—1949
GUTI WENXUE
DAXI

东方出版中心

目 录

附录：现代（1912—1949）散曲选

黄钧（4首）

黄钧（? —1943），字梦蘧，号栩园，别署三谁，湖南醴陵人。南社社员。曾任上海《铁笔报》《长沙日报》及巴达维亚《天声日报》编辑、总编等。有《一昔词》《南洋》等。

水龙吟

夜游哈同花园筹赈游览会

晚风吹度帘栊，玉楼倒影银河净。雷车十里，电龙双扇，珠光掩映。倚遍阑干，罗襦冰透，秋宵漏永。望天边一角，愁云黯淡，浑不似、承平景。　　江北江南万顷。莽荒烟、断垣颓井。西风日暮，倚门长叹，秋尘生甑。几度回肠，几番搔首，吴江箫冷。问胭脂队里，王孙能否，解千金赠。

眼儿媚

山桃带雨不胜娇。红锁木兰桡。一春心事，万重哀怨，几度魂销。　　风狂雨横何时歇，客路总迢遥。金铃谁护，绿章谁奏，银烛谁烧。

如梦令

眉眼盈盈秋水，那禁娇羞如许。倚笛按歌清，吹落梅花无数。三五。三五。人在广寒深处。

醉太平

楼高月明。风微笛清。红灯绿蚁盈盈。问何人醉醒。　　三更两更。乌啼雁鸣。一时并入银筝。似渐离筑声。

（以上选自《南社词选》，《南社丛选》民国二十五年国学社排印本）

黄澜（1首）

黄澜（生卒年不详），字定禅，广东梅县（今梅州）人。南社社友。

扬州慢

丙辰五年三月，拟访亚子未成行，而亚子以避兵旅沪，贻题《分湖旧隐图》，诗弗尽意，用白石自制曲韵倚声呈亚子并寄松江朱鸳雏。

南国名都，湖山佳处，雕鞍绣压征程。望辋川竹里，剩几个青青。问春水、干卿底事，八公草木，是处皆兵。莽重昏、古戍寒笳，烟水愁城。　　儿郎唱伟，甚霓裳、羽舞都惊。只莺脰渔歌，鹿门月照，聊寄高情。七十二峰峰畔，春正晓、花落无声。便论文樽酒，相期无负平生。

（选自《南社词选》，《南社丛选》民国二十五年国学社排印本）

嵇同荣（1首）

嵇同荣（生卒年不详），字天遁，江苏常熟人。同南社社员。曾创办《虞阳旬报》。

西江月

早　春

枝上娇莺自啭，巢中乳燕才飞。小红乍瘦绿初肥。领略春光滋味。　　如此撩人天气，那堪钩我新愁。高歌弹铗事优游。拼醉花前浊酒。

（选自《同南》第六集，民国六年排印本）

蒋同超（1首）

蒋同超（？—1929前），字士超，又字伯寅，号万里，江苏无锡人。诗界革命的较早支持者，后加入南社。柳亚子在《南社纪略》中称其"才高遇蹇，偃蹇以殁"。著有《振素盦诗钞》《清朝论诗绝句》等。

如此江山

江山如此无人管。神州陆沉重见。祖脉昆仑，长流扬子，延得文明一线。天涯目断。看地尽尧封，疆分禹甸。一发中原，黄杈濩落手谁援。　　古今豪杰何限。那二十四朝，底事龙战。莽莽欧风，沉沉墨雨，何似蓬莱清浅。茫茫震旦。慨前代沧桑，几经天演。民族潮流，一声声拍岸。

（选自《南社词选》，《南社丛选》民国二十五年国学社排印本）

金兆丰（6首）

金兆丰（1870？—1934），浙江金华人。其生年、字号均有异说：《清代硃卷集成》第八十八册作“字瑞六，号雪孙，行一，光绪丙子年（1876）十二月二十七日吉时生”，同书第二百九十八册作“同治甲戌年（1874）十二月二十七日吉时生”，王树枏《金雪荪君行状》称字“雪荪”，生于同治九年（1870）。未知孰是。光绪壬寅年（1902）补行庚子辛丑恩正并科举人。次年，以第八人联捷南宫，殿试二甲第五名，选翰林院庶吉士。民国二十三年（1934）病殁于北平。先后兼充国史馆协修、编书处协修、实录馆纂修、武英殿校对等。1905 年留学日本，1906 年充京师大学堂教务提调。鼎革以后，以著述自娱。著有《拾翠轩词稿》。

《拾翠轩词稿》，1949 年排印《陟冈集》本，收录 1924 年以后词作，以长调为主，题图、酬赠、咏物、唱和之作皆有。小令自然畅达，且不避浅俗，不乏歌咏美人足、美人指甲等作品，长调曲折有思致。

鹧鸪天

别　意

楚树燕云望断秋。一程芳草一程愁。沙寒雁度江头雨，月午人依笛外楼。　　寻好梦，梦难留。玉钗敲罢数更筹。几回欲向江亭路，待到江亭路转修。

浣溪沙

步俞阶青前辈韵

悄倚熏笼小影斜。冰车天际滞镏叉。冰涯数遍又山涯。　　柳色摇烟成独梦，箫声吹月落谁家。背人暗起卜镫花。

月华清

次珊馆长八十揆辰，适庭前优昙钵花双粲齐放，亟命摄影，俾留真相。拈此志瑞。

薝卜分香，伽那同净，春入顿教弹指。如愿团栾，省识风殊烟异。素魄映、玉女丰姿，圆相现、金轮身世。应记。趁兰台清暇，瑞添花史。　　况是花开有意。傍鹤发樽前，瑶笄乍试。窥户银蟾，双影一时相倚。凭付与、镜里神光，别换得、吟边风味。堪喜。向丈室缤纷，更参新谛。

高阳台

题俞阶青前辈《静乐轩填词图》

瘦砚敲霜，香弦语月，天涯是处高楼。打叠吟魂，拚教占尽温柔。斜簪散髻浑无赖，怎禁他、旧恨新愁。甚来由，一半伤春，一半悲秋。　　秋英春草凄怀袍，似碧山雅调，白石风流。见说清才，前身小住瀛洲。梅边可有红儿笑，约今朝、箫谱双修。尽绸缪、吹醉琼笙，传梦银钩。

金菊对芙蓉

步王晋卿韵

平陆成江，腥风划地，朅来朝市都非。正龙沙血战，愁里冥迷。书生如有神州泪，最难堪、弄醉佯痴。思量家国，天寒日暮，翠袖无依。　　忍闻三匝乌啼。叹离离禾黍，弥望台池。甚边墙魑魅，环布重围。旁人唱煞无心管，只牵情、问讯南枝。

百字令

劫后山河，看者般、酿就昏昏风色。几度问秋秋不语，此恨有谁怜藉。辽鹤惊飞，塞鸿凄怨，蜃市随明灭。巢痕换也，长是歌赋离别。　　胡尘扑地吹来，翻云覆雨，朝暮闻鶗鴂。蚁穴喧阗缘底事，北望榆关抛却。画角无端，残棋未歇，夕照红犹昔。觚棱旧梦，何堪孤注轻掷。

（以上选自《拾翠轩词稿》民国三十八年排印本）

蒯彦范（6首）

蒯彦范（生卒年不详），字燕雏，上海人。北京女子文理学院毕业，寿鉨女弟子。工花鸟画。有《双修阁词》。

霜花腴

石工师命题《珏庵填词图》

四明往日，甚冷芸残熏，唱入晴烟。凝绪红鞻，罥情碧罇，东风将息吟边。唾余泪潸。数新腔、按出尊前。记年时、醉雨声中，锦温花谷总依然。　　休道梦窗憔悴，检签縢乱叶，艳迸丝阑。大漠衣尘，江南花事，愔愔分付蛮笺。短歌雾鬟。影画绡、楼宇高寒。算销魂、一卷霜腴，倚毫相并看。

高阳台

和趣园词集原韵

桃萼初酣，莎庭乍软，画檐絮柳微狂。廿四番风，春禽唱暖韶光。夕阳只为新晴好，费安排、今日词场。漫沉吟，浅醉花前，曲水流觞。　　多情一例游踪驻，对绿肥红瘦，相与平章。燕子呢喃，引歌按入宫商。年华过客何须管，尽朝朝、觅句丛香。趁芳辰，俊侣传笺，几折诗肠。

绛都春

蛰园牡丹，步石工师原韵

红攲茜坠。是罥影露浓，扶花轻醉。罗舞瘦腰，袖薄吹香斜阳咫。胭脂半染相思字。付绣径、深丛吟费。留连俊客，流莺递语，小春芳事。　　一例。琼宫密萼，总无主、莫问嫩晴荒寺。浅弄洞箫，梦缬芳心繁枝底。殢情粉镜娇无地。待移向、雕阑闲倚。几番觞羽襟尘，绛都清丽。

惜黄花慢

琼岛登高，借彊村翁韵

慵数年芳。镇楚蓠零落，来醉萸觞。登临极目，凭高望远，徘徊送日，菊绿橙黄。卷帘莫讯销魂句，飐双袖、无那新凉。奈帝乡。俊游宸跸，飞盖惊霜。　　镜漪一碧如江。便闹红一舸，片霎沧梁。蓦然回首，依稀旧苑，弄秋易晚，又是重阳。嫩寒不许晴光驻，罥眉翠、试整轻妆。甚断肠。短辞银粉流香。

菩萨蛮（二首）

大堤一夜风吹暖。望中草色茸茸软。无语立窗前。杨枝瘦可怜。　　冬山留睡影。社燕归飞迥。向晚莫徜徉。徜徉空断肠。

轻寒作弄愁时候。东皇肯唤花开否。往事等闲休。楼前空水流。　　隔篱莺乍啭。酿得韶光浅。帘影日迟迟。新痕上绿枝。

（以上选自《词学季刊》第2卷第3期）

李澂波（2首）

李澂波（生卒年不详），名瑷灿，以字行，河南河内（今沁阳）人。邵瑞彭弟子。曾任教于开封尚志女校。

陂塘柳

七夕，和白石

卷珠帘、雨晴庭院，玉钩遥挂桐井。天街夜色凉如水，辜负凤帏鸳枕。应漫省。听银汉无声，说甚花冠整。更深露冷。锦字难凭，华年易失，好景共谁领。　　金梁外，秋入灯光炯炯。钿波沉恨千顷。眼前多少苍茫意，费尽芳心闲情。楼阁迥。怕乌鹊南飞，不驻征鸿影。繁愁莫问。念罗扇余欢，机丝旧梦，对酒且孤饮。

（选自《词学季刊》第 2 卷第 2 期）

踏莎行

闰重三后湖宴集，次公师得“泗”字

吴苑花秾，隋堤草细。诗心南北三千里。去年上巳值清明，今年再度逢修禊。　　挑菜花阴，登楼涕泗。后湖风蹙柔蓝水。两头新月两回纤，扫眉人是真才子。

（选自《青鹤》第 4 卷第 15 期）

李大防（8首）

李大防（生卒年不详），字范之，四川开县（今重庆）人。二十世纪二十、三十年代间，曾任安徽大学文学院词学教授。“七七事变”后，安庆沦陷，离校回川。有《寒翠楼集》《啸楼集》等。

浣溪沙

金陵大雪

压地梨云万树斜。天拼六代洗繁华。石城今日玉无瑕。　　赌酒琼楼寒起粟，飞车银海眩生花。有人僵卧似拳鸦。

满江红

题崇祯甲申年史阁部铸炮拓本，炮在扬州梅花岭，相传由安庆移置。

满纸兴亡，忍重见、当年甲子。纵新铸、雷车霹雳，群儿心死。刺背将军空有岳，薰天太宰偏逢嚭。看南都、谈笑送河山，悲青史。　　宜城畔，空弃委。梅花岭，重迁徙。只一抔黄土，平生知己。四镇庸才何足道，可怜孤注长城圮。伴忠魂、张眼卧维扬，犹雄视。

蝶恋花

悄立危楼贪翫玩，眼底千山，一夜皤然白。偷得蟾辉弥皎洁。人间照破层层黑。　　傲骨檐梅贞晚节。百炼冰霜，郁郁香逾烈。僵到齿牙心似铁。寒灰拨尽犹余热。

临江仙

高廉昉属题《桃源图》手卷

花事频经风雨劫，劫余春已阑珊。人间未必有桃源。莫疑虚幻境，且向画图看。　　逐水渔舟忘远近，千株一笑嫣然。落英红衬夕阳山。山中无历志，魏晋不知年。

（以上选自《安徽大学月刊》1933 年第 1 卷第 1 期）

西江月

世事浑同蚁斗，人生几似鸥闲。一层斜照一层山。山影满江零乱。　　惊醒芭蕉绿梦，静参鹦鹉红禅。绮霞销尽晚凉天。心与白云俱淡。

西江月

菱湖晚眺

几度红桑劫换，无边绿海愁遮。娉婷开遍六郎花。开到十分堪怕。　　恋蕊翩翩醉蝶，争林阵阵昏鸦。断碑孤冢是谁家。荒草残阳一把。

木兰花

鼓鼙声里千忧饱。寻乐芳郊忘我老。红蕖倒映水婷婷，翠柳低含风袅袅。　　回头更羡多情鸟。颤立危枝鸣未了。游人莫怨近黄昏，但媚斜阳无限好。

（以上选自《安徽大学月刊》1933 年第 1 卷第 2 期）

声声慢

题小园晚菊

空山绿褪，老圃黄销，西风已去多时。迟暮情怀，从容说与霜知。生涯自甘淡冷，共寒梅、雪里争奇。帘半卷，怪徐娘衰鬓，未减丰姿。　　休叹重阳无分，让繁英浪蕊、绚烂盈枝。落尽秋花，孤芳正好扬眉。中岁醉魂一缕，似泉明、归卧东篱。惊岁晚，怕闲来、不是义熙。

（选自《安徽大学月刊》1935 年第 2 卷第 4 期）

李久芸（9首）

李久芸（生卒年及里籍不详），民国初年肄业于四川省立第一女师校，于归刘明扬。著有《玉露词》。

浣溪沙

雨后斜阳映地红。黄芦白苇又秋风。雾峦烟岫一重重。　离菊自开还自落，塞鸿嘹唳漫书空。几年相忆梦魂中。

浣溪沙（三首）

寄秀、敏两儿

鸦噪寒林破晓眠。梦中情味总茫然。沉思往事淡于烟。　秋水溶溶帆带雨，碧云渺渺草连天。人间何处话团圞。

黯淡银河不见星。墙阴点点闪流萤。秋花犹似去年馨。　镇日凭栏无可语，一帘烟雨伴伶俜。最难消遣此时情。

未觉西风透碧纱。鸣蛩凄切夜初赊。笙歌隔院正喧哗。　几许闲愁随梦断，更无情思忆年华。小窗银烛试新茶。

采桑子

董家山观落日

寒山瑟瑟云林画，瘦石枯枝。缓步寻诗。偏忆春风二月时。　溶溶落日明疏柳，野水涟漪。一片霞绯。恰似仙娥舞袖垂。

虞美人

七　夕

新妆初试霞生面。还忆初相见。背人羞怯不胜情。悄向花阴月底拜双星。　　往事悠悠如逝水。无限悲欢味。夜深凉露渐沾襟。留取渺茫一片少年心。

虞美人

丁亥夏，素秋由蜀中故里返京居，旋因事赴蜀，近又东归。

寒蛩凄切伤秋老。菊泪迎清晓。千山红叶艳于花。几度和烟和月梦天涯。　　小窗已惯瞢腾睡。识遍愁滋味。从今日日忆巴山。闻道西飞燕子又东还。

一剪梅

秋　思

金井梧桐飐晚风。吹月朦胧。吹鬓蓬松。拟将幽思付鸣蛩。醒与谁同。寐与谁同。　　渐觉新凉透翠栊。花惜飘红。草惜飘蓬。泠泠玉露点秋容。人也愁浓。影也愁浓。

水龙吟

当年空说江南，而今惆怅江南道。长堤翠柳，垂阴画舫，笙歌缭绕。几许圆荷，几行鸥鹭，几痕残照。有归心一点，随风飘荡，碧云深、江天小。　　谁与芳园载酒。殢吟魂、花啼月恼。莼丝老矣，京华游倦，故山梦杳。旧约无凭，清欢难再，愁随秋到。念宝珠、量米牵萝补屋，暮寒凄峭。

（以上选自《玉露词》民国三十八年成都播文印书局排印本）

李书勋（5首）

李书勋（生卒年不详），字又尘，号水香，江苏宜兴人。

蝶恋花

咏秋蝶

漂雨凉阶衣粉湿。舞怯风尖，仙袂慵无力。绝忆西园芳草色。而今都作伤心碧。　　冉冉芳愁和泪织。瘦了纤腰，憔悴知谁惜。冷抱篱花添寂寂。梦中春去无消息。

齐天乐

咏秋镫

清辉渐与人亲近，凉宵瘦吟窗底。澹幌偎花，轻缣飏梦，耐尽黄昏滋味。兰心漾曳。尽相对无言，冷清清地。照人墙阴，白头几辈怨轻弃。　　银闺幽梦醒未。釭花曾展笑，凭缔幽会。飐雨凄吟，笼寒浅坐，愁说春筵影事。天涯费泪。只偷博蛾怜，漫教萤替。移向风廊，不知凉月坠。

玉京秋

咏残荷，依草窗体

秋水阔。娟娟弄织影，雨声清切。梦破银塘，峭风飘断，年时花叶。仙袂霓裳慵整，问何时、重舞回雪。旧香别。暗怜心苦，为谁重说。　　几度禁寒犹怯。任宵深，青鸳梦缺。泛碧留香，跳珠沉响，清游愁歇。卅六湾头，尽误了、花底追凉时节。笛凄咽。吹瘦芦边晓月。

蓦山溪

寒　食

莺梭燕翦。百五韶光换。寒食又今年，问今年、春愁怎遣。两三点雨，门巷便愔愔，情缱绻。恨缠绵，梦阻天涯远。　　旧游云散，犹忆嬉春伴。惆怅绿蘼芜，盼不到、雕轮细碾。卖饧试听，明日是清明，花飞雪，柳垂烟，只觉销魂惯。

探春令

咏紫影

灞陵桥畔晚风前，荡春愁如海。甚绿波、惯印轻盈态。水清浅、痕都在。　　澹烟微送银塘外。趁斜阳一带。便翠栏易暝，还愁酒醒，残月依稀待。

（以上选自《烟沽渔唱》民国二十二年排印本）

林百举（4首）

林百举（生卒年不详），字一庵，广东梅县（今梅州）人。民国时期曾主《太平洋报》笔政。南社社友。

百字令

题亚子《分湖旧隐图》

中华民国三年十月，访吾友亚子梨里，得导观其胜溪养树堂祖居。堂为古槎柳先生故宅，先生在前清嘉道间以宿学负盛名，著《养余斋诗文集》若干卷行世。既读其书，复游其地，不禁慨然，向往其人。亚子更出示《分湖旧隐图》及记，属为题词。记中颇深移居之感，穷途客子读之增叹。窃以大丈夫志在四海，不妨自壮，故词反慰之。养树堂厅事联语有“无多亭阁偏临水，尽有樵渔可结邻”句，祠旁老柏大已成围，楚伧昂藏七尺之躯抱之犹不尽。词句盖皆实写也。

蒹葭深处，露无多亭阁，是真胜地。特取樵渔来结伴，想见高人风致。养树堂阶，摩娑何限，旧迹檐花雨。吾生恨晚，词坛未拜盟主。　　但是写入画图，移家非远，莫动飘流意。他日新丰犹可作，权当岐山风住。磨剑十年，梨云一室，努力向前去。祠旁老柏，亭亭兀负奇气。

百字令

百无聊赖，望红尘尽处，碧云满眼。吟到丁东环珮句，羞谱小楼连苑。乍见疑仙，频看顿醉，夜夜深深款。惊飞么凤，游丝奈未能绾。　　世上谁不痴情，况经几度，临去秋波转。一本缠绵冤孽账，便是他生须算。避妒装疏，消愁强笑，两下原无舛。只今一觉，梦回客里孤馆。

减字木兰花

美人笑，为冯春航赋

桃花一面。顿觉乾坤春气遍。添上微涡。摄尽骚魂骨也酥。　　千金欲买。犹是浅人痴见解。怪得周王。夜夜烽烟弄万方。

瑞鹤仙

题春航小影

羽衣天外落。想曲罢凄凉，舞条柔弱。仙魂正漂泊。自亭亭不语，似嫌情缚。善才懒学。乍迷离、时妆胜昨。恍轻裾窄袖，谁家狭少，五陵弹雀。　　绰约。怜侬何日，步挽香车，坐偎瑶阁。樱桃笑索。红绡真个笼着。底一春负了，江云浦月，又把芳心暗托。看犹愁、明镜欺人，留尘掩却。

（以上选自《南社词选》，《南社丛选》民国二十五年国学社排印本）

刘嘉慎（5首）

刘嘉慎（生卒年不详），字敏思，一字佩规，广东番禺（今广州）人。况周颐女弟子。

浣溪沙

游虎丘作

迤逦郊行试跨驴。雨余天气晚凉初。道旁时见柳扶疏。　　千古江山留霸迹，百年身世愧雄图。楝花风里唤提壶。

（选自《词学季刊》第2卷第2期）

临江仙

秦淮烟雨

春色谁云如逝水，垂杨绿到而今。南朝胜地怕登临。苍茫四顾，王气久消沉。　　画舫笙歌无恙否，花时几换晴阴。溟濛烟雨碧波深。乱云迷岫，凝伫更长吟。

清平乐

咏白芍药

蕙风师嘱绘箑，偶见白芍药盛开，画后更赋此阕。

广陵佳种。雪艳仙云拥。解伴春归情最重。记取将离折奉。　　梨花难比新妆。输梅一段清香。自是乾坤秀气，早从调味流芳。

菩萨蛮

春风妆出花如许。年年引动游人绪。对景独徘徊。呢喃燕又来。　　柳丝随意绿。底事萦心曲。四海可为家。登楼感岁华。

金缕曲

归国有感

故国依然否。览江山、年时金粉，不堪回首。生不逢辰天方蹶，又值箕张其口。看起陆、龙蛇蜚走。阳战阴凝天地闭，慨民生、际此同刍狗。谁分辨，苗和莠。　　摩挲铜狄悲阳九。阅沧桑、檀栾无恙，几家能有。大纛高牙人争羡，吾意毋为牛后。弹指顷、炎隆非旧。三径宁无干净土，赋归来、记彼柴桑叟。松与竹，岁寒友。

（以上选自《词学季刊》第2卷第3期）

刘虚（8首）

刘虚（生卒年不详），字实君。有军旅经历。曾游历南京、济南等地。与友人林丰年多有唱和，合刊诗词集。其《实君词稿》，作于1927年至1933年间。

虞美人

十八年暮春，客中作

乡愁客梦何时了。鬓共杨花老。烽烟无计上归途。不识旧盟鸥鹭忆依无。　　吟笺染遍相思泪。剪取无从寄。依稀往事忒凄凉。几度狂呼明月问沧桑。

蝶恋花

秋日与林丰年游莫愁湖

黄叶满山秋待扫。昨夜西风，红遍江乡蓼。作客莫愁愁不了。卅年残梦埋芳草。　　湖水悠悠情渺渺。六代豪华，长共棋声杳。打桨寻诗君莫笑。天涯到处留鸿爪。

清平乐

闻桃源兵变作

贺兰烽火。梦里频惊我。买酒看花何处可。那得恨销愁破。
几番拔剑高歌。空怀故国山河。莫问桃源何处，桃源亦见干戈。

一剪梅

感　怀

老近雄心恨事多。今日蹉跎。明日蹉跎。天涯赢得泪滂沱。哭又如何。笑又如何。　　梦魂难向洞庭过。朝也风波。暮也风波。且将心事砚中磨。好把愁魔。付与诗魔。

念奴娇

十九年清明，独步潍城东南隅。上有文昌阁，板桥遗笔在焉。俯视白浪河边，沙平一片；游人蚁聚，攘往熙来。归而赋此，藉寄吾感。

偶来城上，倩东风、吹散客中憔悴。眼底溪流依野道，一片沙平如洗。柳发争青，桃裳竞艳，尽道清明矣。莺催春老，花谢水流人醉。　　假如我是庄周，栩然化蝶，飞入风筝队。俯视尘寰人扰攘，去去来来如蚁。儿女英雄，王侯将相，尽在沧桑里。板桥何处，旧题无恙知未。

荆州亭

飞来石，仿辛弃疾

为甚飞来此处。石愿答侬问否。何处是家乡，是否又将飞去。　　风过悬崖成语。懒作人间风雨。西子约侬来，从此和伊同住。

念奴娇

二十一年“九一八”纪念日，用东坡“赤壁怀古”韵。

去年今日，叹胡儿、盗我中原神物。一夜旌旗惊变色，太息汉家残壁。白草黄沙，风悲雨泣，绝塞寒飞雪。江山如此，眼中谁是英杰。　　伤心怕忆当年，偏安江左，尚见军书发。痛饮黄龙虽是梦，终古精忠难灭。二十一年，九一八日，国运仍如发。新亭翘首，燕鸿啼冷秋月。

满江红

闻热河弃守，用韵

燕子南来，争告我、伤心消息。道弃却、关河百二，又如畴昔。城郭已非人事改，衡阳归雁何能识。料燕云、深夜酿春寒，啼声急。　　将军去，车如织。残壁在，成陈迹。看居庸关外，乱乱斜日。投笔未能空竖发，长安歌舞边笳泣。好男儿、血染古长城，千年碧。

（以上选自《实君词稿》，民国二十二年《实君词稿》《丰年诗草》合刻本）

楼巍（16首）

楼巍（生卒年不详），号幼静，浙江诸暨（今属绍兴）人。二十世纪二十年代游学京师，后受西北军冯玉祥将军之聘，任秘书多年（集中有《南歌子·乙巳春从冯总司令驻百泉作》）。著有《蓬根吟稿》《瑶瑟余音》，收入与张敬熙诗词合刻的《楼幼静张穆生诗词合稿》。

齐天乐

秋风摇落章台路，声声又闻鸿雁。画角残阳，荒街冷杵，暗把流年催换。登楼望远。正千里霜枫，隔江红遍。莫问新愁，故山无数暮云烂。　　长安谁念久客，尺波回不起，霜鬓零乱。买醉寻垆，当歌倚瑟，多少幽怀难遣。柔肠自转。有几点疏萤，尚依纨扇。明镜依然，近来双照懒。

眼儿媚

依依残照晚烟斜。楼外碧云遮。一江秋水，两堤疏柳，几处清笳。　　酒阑愁极无由醉，空自数年华。鸡声茅店，板桥人迹，犹是天涯。

暗　香

庚申冬，余游西山，见梅花盛开，顿兴感触，为倚白石道人《暗香》《疏影》两解。

绛枝雪积。正浅妆弄影，香飞瑶席。梦断驿桥，十里东风锁岑寂。应笑金尊伴酒，频闻说、罗浮消息。又怪却、竹外么禽，啼损落梅笛。　　今夕。怕独忆。念画里故园，旧月初白。翠阑遍拍。东阁寒云几重隔。惆怅吴皋水畔，谁记识、当年逋客。漫看到、春畹晚，冷红暗湿。

疏　影

琼肌褪绿。罨谢堂荏苒，微透清馥。雪里逢君，凄绝残寒，银枝暗动横幅。东风驿路情难寄，念故国、江城南北。到夜来、月淡烟疏，凤笛引吹仙曲。　　休讯长门恨事，有人怨未了，啼尽红玉。莫倚新妆，惜起罗衣，几许回肠能续。蛾眉蹙遍春痕细，恐不似、阿娇金屋。数旧游、官阁花稀，影入水西高烛。

夜飞鹊

别情，用清真韵

寒蝉旧山外，风露凄其。秋色点染残辉。梁园别宴饮无绪，汍澜清泪沾衣。临分几回顾，叹牵愁红粉，照影朱旗。兰舟过处，看留人、月也迟迟。　　应念灞桥杨柳，为我扫长条，空敛魂归。谁赋何郎新恨，音尘隔阻，心事离迷。乱烟废驿，对荒凉、树与云齐。甚关河相望、平沙万里，目断天西。

桂枝香

长安乱叶。感几度经秋，风雨如劫。郭外西山斜照，翠峦千叠。郊原寂寞荒烟冷，倚高楼、暮蝉啼歇。废园芜满，故宫苔锁，有愁难说。　　念我是、飘零倦客。叹逝水年光，尘梦悠忽。徒看伤心，镜里暗生华发。酒阑肠断无由醉，听荒街征马嘶热。万家寒杵，一声残角，更增凝噎。

昭君怨

瑟瑟秋风低诉。肠断荒城砧杵。寒汐夜初生。恨难平。　　况是乡心无限。又听一声啼雁。寂寞倚高楼。暮云浮。

摸鱼儿

倚危阑、乱烟疏柳，秋风摇落如许。萧萧红叶寒江外，孤雁正回沙渚。思倦旅。叹十载飘零，漫赋登楼句。年光过羽。忆浣水拏舟，萝山试茗，多少旧游侣。　　长亭路。只有斜阳古树。翠峦数点凝聚。乡关万里停云冷，白发暗催年序。君记取。怕鲈脍西风，张翰先归去。幽情漫与。待蓼岸芦汀，渔歌樵唱，重听故山雨。

念奴娇

雪　中

苎萝山上，试登临万里，乾坤同色。琼宇银台看不尽，疑是蓬莱宫阙。石洞探梅，曲江垂钓，风景殊清绝。巡檐索笑，晚来寒透诗骨。　　寂寞几处园林，暗香疏影，门掩梅花月。短鬓星星襟袖冷，一片幽怀难说。绿蚁亲斟，红炉共倚，分咏闲庭雪。黄昏未到，玉龙吹起愁叠。

摸鱼儿

江乡晚秋

步长堤、乱雅疏柳，斜阳红渺汀沚。萧萧茅屋寒烟外，几树丹枫临水。风乍起。看云里征鸿，写出天边字。渔乡钓里。却任我优游，扁舟一叶，秋色冷吟思。　　江南岸，好景君能赋未。远山新展晴霁。醉歌一曲平桥晚，满川明月菰米。鸥自睡。正露湿湘莲，点缀空江翠。碧波无际。更洲畔渔灯，芦边蟹舍，都作画中意。

南乡子

残照落波间。蓼岸荒凉云物鲜。三两轻鸥图画里，诗仙。一叶扁舟啸晚天。　　载酒更留连。树外蝉声奏管弦。好是凉宵风露下，泠然。万顷空江浸月圆。

减字木兰花

丁卯秋晚，舟泊茅渚埠，闻江上管弦，顿触离愁。记去岁彬甫先生曾赋此调，依韵和之。

白蘋红蓼。茅渚滩头秋色老。谁慰离忧。断雁相思唳未休。
隔江丝竹。如奏阳关新制曲。泪滴征衫。欲写回肠一字难。

念奴娇

秋晚，西溪芦花

雁汀飘白，正苍苍明镜，秋霜同色。小棹扁舟萦野岸，看舞满川晴雪。玉露光寒，银涛影冷，吹彻沧浪笛。渡头红蓼，几枝装缀幽绝。　　画图谁写西溪，凉花浅濑，一片秋无极。鸥鹭斜飞残照里，指点诗人游历。蟹舍笼沙，渔灯闪水，缥缈烟飏隔。浩歌归去，月悬凉夜千尺。

八声甘州

九日沪杭车上遇周子豪、陈子修、吕雨然诸同乡，呼酒话旧，欣拈此解。

又重阳风雨响潇潇，客思渺江城。甚河桥冷落，烟飞断墅，叶战秋声。迢递江南千里，云雁指归程。惟有圣湖上，照眼峰青。　　十载红尘梦醒，想故园丛菊，应笑飘零。算樊川归去，七十五长亭。最难逢、萝山旧侣，向尊前、谈笑叙平生。君肯否、上南屏去，共结诗盟。

贺新凉

叶落西风戾。正萧条、关河一片，悲哉秋气。望极津亭云树晚，雁叫碧空千里。怕愁入、曲阑回倚。仗剑悲歌明月夜，赋登楼、不尽苍凉意。胥江上，怒涛起。　　侧身岁岁兵戈里。最难堪、大江南北，哀鸿遍地。几度沧桑经浩劫，欲话救时何以。问蛮触、相争休未。白发青衫沦落客，怅前尘、一洒新亭泪。眼底事，心碎矣。

龙山会

重九登高，感赋

有客登临去。落帽凭高，四望低吴楚。秋风江上暮。楼台外、斜挂雁行无数。痛饮倚危阑，正残角、吹寒黄浦。更遥怜，莫愁湖上，乱峰愁聚。　　不堪半壁东南，铁舰千艘，敌火明楼橹。中流谁砥柱。海潮啸、一片岛云飞渡。篱菊惨壶觞，叹重阳、满城风雨。漫赢得、伤心词客，感时吟苦。

（以上选自《瑶瑟余音》，《楼幼静张穆生诗词合稿》民国二十一年排印本）

陆峤南（5首）

陆峤南（生卒年不详），字更存，号侠飞，别署玄同居士、都崎山人（一作都峤山人），广西容县（今属玉林）人。南社社友。1924年后又参加南社湘集。

减字木兰花

咏絮

几多风雨。可能留得杨花住。飞上妆台。莫共残红作阵来。　柔条倦舞。吹绵不减相思苦。怜汝怜侬。得化浮萍有日逢。

十六字令（四首）

谐。卜尽金钱音信乖。镫花落，夜夜费疑猜。

闲。月午纱窗尚未关。辽西梦，遮莫早飞还。

卿。真个销魂特地情。秋千下，背立也盈盈。

缘。十五楼头月正圆。圆还缺，夜夜恨婵娟。

（以上选自《南社词选》,《南社丛选》民国二十五年国学社排印本）

马素蘋（9首）

马素蘋（生卒年不详），河南开封人。邵瑞彭弟子。

虞美人（二首）

枫林又见飘红叶。怊怅经年别。青山尽处断云飘。眼底雁归人去路迢迢。　　关城霜落惊荒草。客鬓天涯老。萧萧芦荻也知愁。一夜万花飞白满汀洲。

黄花开遍怜秋暮。底事归期误。云开彭蠡见孤鸿。隔水萧萧芦叶战西风。　　寒生玉臂清辉满。梦阻关河远。红楼翦烛唱清歌。记得斜阳一角乱山多。

浣溪沙（二首）

接水长堤晚照寒。横空归雁破秋烟。林亭过雨百花残。　　万顷丛芦翻雪浪，一轮皎月转晶盘。瑶台人去几时还。

红烛纱窗梦不成。残星濯露向人明。西楼孤月冷无声。　　海内风尘新迕触，天涯涕泪旧身名。梧桐坠叶响空庭。

鹧鸪天（二首）

寂寞梧桐小院秋。玉笙吹彻晚来愁。西楼十二重阑上，一片云罗淡不收。　　天似水，月如钩。满阶黄叶见萤流。金河照眼波千顷，可许乘槎作胜游。

暮雨潺潺客枕凉。洛城秋尽遍啼螀。千重云树连中岳，万古王侯上北邙。　　才几日，又重阳。黄花红叶感流光。人间不少兴亡恨，女儿峰高木有霜。

浣溪沙

落尽杨花不卷帘。游丝缕缕网朱檐。晚妆无意理轻衫。　　院外华光明四座，门前溪水驻千帆。潮回新绿几篙添。

（以上选自《词学季刊》第2卷第2期）

台城路

丙子闰上巳，玄圃禊集，主人为次公师拈得"泗"字，辄同其韵。

东皇不放青春去，佳时再逢元巳。翠羽流觞，金钗斗草，无限名都芳事。饧箫迤逦。有玄圃仙人，唾珠飞起。刻竹留题，晓风吹应后湖水。　　江南胜游屡阻，倚楼凝望处，目断淮泗。旧节单衣，上河残画，漫负药娥深意。螺痕镜里。要持比前番，一般纤细。愿待明年，擘笺鹓鹤队。

（选自《青鹤》第4卷第15期）

陂塘柳

丙子上巳，秦淮禊集，主人为次公师拈得"戏"字，拟作。

泛青溪、凭阑邀笛，芳辰正及元巳。秦淮新涨明于镜，曾照南朝兴废。歌舞地。任杯底、闲愁迸作湔兰水。东风乍起。劝词客登楼，美人打桨，重话永和事。　　空凝望，草长莺飞千里。神仙随分游戏。汴堤亦有临河宴，一咏一觞而已。图画里。看金粉、江山未改英雄气。吟笺远寄。愿芝盖留春，瑶华驻月，岁岁赋修禊。

（选自《青鹤》第4卷第20期）

聂光棣（9首）

聂光棣（生卒年不详），字熙杰，江苏江宁（今南京）人。同南社社友。

七娘子

梅

有情最是窗前月。移来花影真清绝。帘内人眠，阶边香洁。风轻万籁都休歇。　　天河几点残星列。层云堆起还如雪。不到人间，那知仙骨。翻疑大地多芳烈。

蝶恋花

晓　春

几番花信风吹到。梦里寻春，又听春鸡报。波涛湍急如山倒。声声恨诉春光好。　　门前飞鸟知多少。格磔钩辀，唱起梅花调。晨来楹外闲凭眺。浮云都把山河罩。

蝶恋花

日暮郊游

夕阳红趁寒江寺。走遍长堤，方是神仙地。岂无寻到桃源意。看花反被花疑忌。　　鹏飞万里元有志。往事重提，不禁穷途泪。放怀绿水青山里。逍遥却把闲情寄。

蝶恋花

晨起有感

晓色苍茫迷去路。一水盈盈，半是烟和雾。欲把闲愁花下诉。浮生却被聪明误。　　心事好如风里絮。满眼凄凉，肠断堤边树。

一缕情丝无著处。可能唤得莺声住。

（以上选自《同南》第七集，民国七年排印本）

菩萨蛮

忆　别

一江秋水无边月。萧萧柳色箫声咽。携手问青天。恹恹情可怜。　　别诗犹未赋。底事催人去。鱼雁不传书。眉尖愁散无。

江亭怨

寄　兄

流水又随春去。望断江东云树。同是到天涯，底事天涯久住。　　也似落花飞絮。一样怕风欺妒。何日始归来，恩怨从头细数。

红　情

秦淮月好。听渭城一曲，偏生烦恼。等是飘零，消息何人问青鸟。此日经过旧地，人影乱、流莺声小。对满目、水色山光，离绪苦相绕。　　吟啸。怨芳草。怕指点层楼，芳痕多少。石城春老。孤馆相思几时了。只恨云山万叠，此别后、更难重到。归去也、深浅处，应防啼笑。

满江红

即景有感

风雨飘摇，应难认、故宫禾黍。放眼去、山明水秀，伤心无数。一国纷争何日已，列强侮辱凭谁诉。恨同胞、万事不关怀，因循误。　　桃叶岸，人争渡。杨柳院，花飞舞。叹东山名士，隔江商女。酣醉高歌徒抑郁，良辰好景空辜负。最堪怜、草木自欣欣，天涯路。

（以上选自《同南》第八集，民国八年排印本）

洞仙歌

绮窗人瘦，似风前弱柳。半卷珠帘倚栏久。柔魂飞不去，无计句留，多少恨，往事不堪回首。　　长眉才画了，底事凝眸，总把佳期等闲负。无奈问青天，天又无言，愁似水、卿卿知否。算只有、微波托深情，空相望他年，花间携手。

（选自《同南》第十集，民国十年排印本）

庞树松（1首）

庞树松（生卒年不详），字栋林，号独笑，江苏常熟人。庞树柏之兄。1900年与黄人、庞树柏在苏州创立“三千剑气文社”，并与黄人、黄谦斋创办《独立报》（苏州历史上第一份白话报纸）。后三千剑气文社并入南社。庞诗宗同光派，尤崇拜陈散原。著有《侬雅》《灵蕤阁诗话》《红脂阁小录》等。

凤衔杯

希姚属题毛韵珂饰约瑟芬小影，率填一解。

王孙白马态翩翩。卷鸾花、重话当年。何意脂盟、钿约付寒烟。春易老、鬓空妍。　　狮发蜷，鹭冠偏。丰神婀娜复庄严。悄止宫娥低唱、定西番。幽怨那能删。

（选自《南社词选》，《南社丛选》民国二十五年国学社排印本）

钱承钧（4首）

钱承钧（生卒年不详），字禾郛，一作禾火。浙江嘉善（今属嘉兴）人。有《柳窗集》《玉阶集》。

扬州慢

为金潜庵题董小宛病榻小影

水绘园荒，影梅庵冷，百年瞬息难留。叹佳人渺渺，自绝代风流。剩寒碧、孤吟一卷，欲凭诗句，闲写离愁。记金钗抛却，高家兵马扬州。　　劫灰尽处，替蛾眉、还诉恩仇。想钿毂春郊，桐桥夜月，都是前游。省识画图遗恨，疏窗畔、络纬啼秋。草芊芊如许，落红沉怨宫沟。

绮寮怨

几许云平烟淡，晚凉生翠微。傍古郭、映水衰蒲，西风紧、四敛馀晖。荒荒江楼断笛，吹残处、去客音讯稀。叹倦游、镇日愁吟，离群感、听彻乌夜啼。　　怅望更嗟路岐。阳关唱罢，临水醉后留题。漫说相思。算心事、只秋知。边城戍邮犹是，柳瘦损、雁来时。人归未归。霜花泪堕尽、魂梦迷。

古阳关

张家口旅次

碧树蝉声歇。石径蛩音咽。斜阳雨霁，前朝寺，残碑没。把车帘高卷，试看经霜叶。怅远游、相思万种对谁说。　　峭壁悬崖立，天宇阔。叹羊肠路，边风劲，乱云叠。且停骖萧馆，醉里吟花月。更几回、疏灯照影慰离别。

祭天神

几坐苦吟，通夕不寐

认故都城郭星星火。黯乡愁、几度寻思归计左。行吟中洒光阴，顾影依然我。未安眠不耐迢迢，通宵坐。寂寞里、双扉锁。　　漫赢得、花萼楼前过。还经岁，为异客，只念家山破。更何堪、兰成萧瑟，王粲飘零，对此青灯，到晓瞢腾卧。

（以上选自《同声月刊》第3卷第12期）

钱十严（3首）

钱十严（生卒年不详），号无梦。江苏太仓（今属苏州）人。篆刻家。有《逊庐词》。

蝶恋花

新　秋

欲问关山何处问。候雁南来，应带些些信。一代容光霜压损。四弦谁谱明妃恨。　　数到西风才几阵。吹向蝉边，渐老伤时鬓。我亦尘怀抛未尽。更堪凉月和人近。

菩萨蛮

别　意

秦淮依旧烟凝碧。桃根一晌音尘寂。青鸟信难通。画楼云几重。　　别来无定躅。空把归期卜。已分老江乡。琵琶幽恨长。

桂枝香

春日金陵怀古，步介甫韵

浮云满目。怎昼暝夜凉，霜气犹肃。多少征夫泪迸，美人眉簇。齐梁金粉垂杨外，剩凌虚、蒋山高矗。忍重回首，江南景好，一枝春足。　　又胡马、中原骋逐。叹笳急关河，残梦谁续。终古棋空，赌胜井难湔辱。游丝莫系桃根住，任秦淮流水环绿。几时明月，照情似酒，画阑干曲。

（以上选自《词学季刊》第2卷第1期）

沈云（1首）

沈云（生卒年不详），字秋凡。清末民初江苏吴江（今苏州）人。南社、同南社社友。著有《盛湖竹枝词》，与《盛湖杂录》合刊。

齐天乐

寿姚明晖祖母濮太夫人九十

漱芳楼畔婺星郎，太夫人有《漱芳楼稿》。蕤宾又催律中。子舍胪欢，孙枝挺秀，都是荀龙窦凤。含饴顾弄。喜九旬矍铄，福田广种。祝嘏鸿文，贾杨椽笔人争诵。　　瓒闺孅行难数，淑声传里党，女宗并重。茂漪簪花，令晖赋茗，况又才华殊众。冈陵晋颂。有三度孙曾，百龄算共。瑶池桃熟，留待期颐贡。

（选自《同南》第七集，民国七年排印本）

施祖皋（2首）

施祖皋（生卒年不详），字伯谟，斋名硕果斋。上海崇明人。初在沪上从事教职，民国八年（1919）秋，往南洋办实业。民国十二年（1923）春，在南洋星岛华侨中学任国学教授，讲授国文，后任星岛中华书局经理。嗜好倚声，有《硕果斋词》一册，多写南洋风土人情，刘士木序中评其词云："词中所写南洋风物，似一幅图画，惟妙惟肖，身居南岛者读其词，观其景，固知文字钩勒之妙，无微不至。即国内读者开卷之余，亦必心领神往，怡然不肯释。至其描写平民生活之作，亦能绘声绘影。"（《硕果斋词序》）

满园花

分　秧

一雨连绵久。水盈沟河口。听声声布谷、适南亩。纵横绿千畦，成荫遮前后。正值分排候。看出泥入水，忙煞农家夫妇。
这几天、望人来助手。待到无人就。反恨着、儿童幼。东阡事未了，北陌依然旧。新禾瘦。还要馌畯，用着那、豚蹄斗酒。

满江红

星洲杂感

暑气薰蒸，催人倦、午眠成癖。每醒起、暮云嘘雨，晚峰浴碧。弄月迎风闲散步，马龙车水忙鞭策。看道旁行色、汉穿裙，姑拖屐。　　风俗异，毋深责。更可怪，称同籍。乃相沿成习，语殊文格。故国河山千里远，频弹长铗呼归客。纵留存、也要已兼长，人都益。

（以上选自《硕果斋词》民国二十二年排印本）

谭祖任（4首）

谭祖任（？—1943），字篆青，一字瑑青，号聊园，广东南海（今属佛山）人。光绪拔贡，官邮传部员外郎。民国初年在财政部给李思浩总长司笔札，北伐后到平绥路局担任专门委员。鉴赏家、词章家。有《聊园词》。

琵琶仙

题《遐庵词趣图》

江水长流，浪淘里、唤起词魂英绝。坛坫愁入榛芜，余风渐消歇。天付与、松陵倦客，又多少、筐兰堪撷。断代编成，淄渑味审，珍重吟箧。　　叹回首、无限沧桑，算犹是、高歌旧明月。留取凤毛麟角，播人间馨烈。须会得、红箫细按，便一尊、謦欬如接。想见暝写晨钞，素虹腾彻。

（选自《青鹤》第1卷第1期）

石州引

春日即事，用贺东山韵

畹晚佳辰，凝睇倚楼，江浸天阔。窥帘小鸟亲人，款我清歌三折。轻寒又暖，几日刬地东风，黄尘吹损棠梨雪。频听卖饧声，正箫催芳节。　　花发。满城如画，娇绿嫣红，爱憎难别。琼酭酬春，梦想行雪痴绝。坠欢重话，枉自凭仗青鸾，钿盟莫绾同心结。悬泪说相思，对茫茫烟月。

（选自《青鹤》第1卷第4期）

探芳信

月当头日，聊园社集，呈同座诸公。

弄斜照。正竹约风清、梅依雪皓。望素心三径，寒色缀林表。负暄窗暖宜留客，开口当筵笑。好凭将、百罚深杯，暂温怀抱。　　相见一回老。叹似奕长安，黄尘压帽。大地河山，明月影中好。楼头时有哀鸿过，春阻边关道。醉醒余、夜永霜钟破悄。

（选自《词学季刊》第 1 卷第 4 期）

木兰花慢

题《讱盦填词图》

正荷衣换了，几春梦、倚新词。想月下研声，花阴度韵，情绪依依。年时沧江高卧，看海天霞绚日平西。渔唱扁舟送晚，樵歌曲磴忘归。　　男儿壮志何为。尘世事、几回悲。念竹山栖逸，龙川雪涕，长共襟期。江篱纵传幽恨，莫抛残心力写乌丝。微尚难同俗嗜，高怀不要人知。

（选自《青鹤》第 3 卷第 5 期）

汤宝荣（3首）

汤宝荣（？—1932?），字伯迟，号颐琐。原名鞠荣，字伯繁，江苏吴县（今苏州）人。商务印书馆耆宿，任总书记室。校勘《涵芬楼丛刊》。早年师事俞曲园，工诗。有《颐琐室诗》《宾香词》等。

洞仙歌

思范翁书来，言明年正月准作沪游，寄此迟之。辛酉十月十一日。

梅花消息，喜春风传报。约定词人准重到。待相逢、一揖车笠寻盟，仍只是，落落青衫乌帽。　　啸歌沧海外，旧雨今稀，几个晨星挂云杪。莫漫惜劳生，觅趣偷闲，凭勾当去、蔬盘蕣铫。屈指看、明年上元灯，好翦取淞波，细裁词料。

丑奴儿慢

晴冬迟雪十二月初十日

黄绵袄子，逗出妍纹柔绪。已斟酌、时过腊八，欲敛还舒。作去暖装寒，殢曦日日覆蘧庐。似提春气，纳人肺腑，壮我头颅。　　坐向小窗，梦温残后，心养灰余。尽留得、热烘烘地，晚艳犹初。蓦忆今年，年冬肥瘦定何如。同云看处，待招玉戏，对展农书。

齐天乐

荻堂老人集《东坡乐府》制词为寿，兼寄见怀之作，迟未有答，忽已月圆，抚序抒情，慢酬一阕。壬戌八月十四日。

看云便著怀人意，秋江鲤鱼风阻。锦认蕃机，珰悬玉札，珍诵坡仙词语。荃情察取。托正则骚魂，觋余初度。几日低回，放慵惊人月圆序。　　新凉轻泻衾簟，检疏襟落落，馨逸如故。之子云何，重阳有约，荒菊篱边迟去汝。明蟾罥户。尽竹屋寻痴，草窗笺谱。袖底携来，我歌君起舞。

（以上选自《宾香词》，《汤氏家集》民国十四年刻本）

万承栻（2首）

万承栻（？—1933），字公雨，号徯园，江西南昌人。1913年任江苏淮阳观察使。张勋复辟时，与胡嗣瑗同授内阁阁丞。曾客滞津门，流连文酒。能书画，间为倚声。

玉烛新

人日栖白庼宴集

灵辰调玉烛。正斗柄星回，岁阳来复。咎征暗卜，今朝是、几遍阴晴凉燠。归心雁逐。莫便恨、花前人独。闲看取、贴燕粘鸡，依然旧京风俗。　　词仙此地偏多，喜柏酒堪随，菜羹相速。滥竽与属。元音擅、究数东山丝竹。清辉更筑。待共醉、宫厨醽醁。从耐得、如许春寒，金花自缛。

金缕曲

题万红友凤砚。朱乌庵旧藏，今归水香村夫。

瑞石来丹穴。道吴娘、鸣机偶暇，玉纤亲锲。萝隐风流凭付与，片羽人间罕绝。信翰墨、因缘难说。谁料椒花吟舫后，让词堪、更诩河东薛。窥秘笈，我曾拂。　　紫云未许司勋乞。仅从分、灵鬌手搨，墨痕犹黦。名士佳人同宿草，镜匣鸾飘瞬忽。又争奈、螯弧先拔。休道楚弓应楚得，试端详、究是谁家物。终有日，凤池夺。

（以上选自《烟沽渔唱》民国二十二年排印本）

王承垣（7首）

王承垣（生卒年不详），字叔掖，号薇庵，直隶清苑县（今河北保定市清苑区）人。光绪癸卯年（1903）进士，曾任广东新会县知县，须社社员。《词综补遗》谓其“沽上须社初启，君始学为词，幽渺凄婉，往往入宋人之室，盖天赋者然也”。

祝英台近

咏　苔

小庭空，幽径仄。夜雨长新碧。无那残花，几点落红积。可怜一抹芳晖，深林返照，怎消遣、者般岑寂。　　俗尘涤。独自静掩重门，浓痕上阶石。愁检残题，惆怅感今昔。分明丁字帘前，香罗浅印，犹认是、别时行迹。

蝶恋花

咏秋蝶

百五韶光春事了。憔悴西风，腻粉腰肢小。坠叶偎帘霜信早。伶俜愁见红心草。　　瘦损玉颜秋又老。舞袖飘飖，梦后香尘杳。忆否花房双宿好。痴魂犹把空枝绕。

摸鱼儿

戊辰七夕，和石帚韵

怯西风、葛衣初换，瘦梧犹恋金井。绛霄鹊驾何时过，似见云裳娟影。孤思耿。任凉露、无声悄共栖鹤警。伶俜自领。叹海水横飞，秋烽满地，谁与诉悲哽。　　江湖梦，浑似漂蓬泛梗。名心空付灰冷。银州吉语都虚望，洗甲可容重请。层碧迥。又泪雨、牵愁断续凉夜永。浮生莫问。只竹馆敲词，芸窗检帙，聊遣此时兴。

百字令

须社百集题填词图

旧游回首，想园林画里，风流裙屐。檀板金尊豪兴在，肯负春秋佳日。逝羽年光，漂蓬身世，吟望头俱白。尘笺珍重，雪泥鸿爪留得。　　无奈叹逝伤离，频年心事，百感随风笛。书剑羁迟关塞外，垂老依然为客。别绪如云，前尘若梦，聚散殊今昔。何时尊酒，与君同按歌拍。

满庭芳

中秋前一夕，忉庵邀集新居飞翠轩赏月。

径曲藏花，廊深贮月，羡君营得菟裘。两三竿竹，添写庾园幽。疑是琅環福地，图书拥、笑傲王侯。闲情在，图成雅集，觞咏及高秋。　　怜余长作客，漂蓬身世，天地沙鸥。叹故山天外，松桂空留。消领尊前好夜，秦川恨、休赋登楼。沧桑事，兜来眼底，一醉散千愁。

霜花腴

戊辰九日集李氏园，不限调

桂丛易老，转眴间，西风又作重阳。商略欢俦，共陪耆宿，名园小集壶觞。壮怀激昂。叹半生、消向沧桑。强排愁、怯倚高台，冷吟添得鬓边霜。　　佳节尽多风雨，喜今朝日暖，莫负秋光。囊佩萸新，巾欹菊瘦，尊前暗惜年芳。倚阑自伤。满目中、衰草疏杨。暮烟深、兴尽归来，一钩初月凉。

满江红

放歌和息庵

以醉为乡，日月在、何论今昨。尽领略、饮醇情厚，餟醨风薄。俗子安知壶可隐，先生自有盘之乐。更半酣、雄辩四筵惊，天花落。　从颠倒，山巾著。休孤负，云溪约。有佳人窈窕，赠之金错。强饭君思吴下鲙，忍寒我是尧年鹤。且安排、清圣浊贤间，同斟酌。

（以上选自《烟沽渔唱》民国二十二年排印本）

王渡（7首）

王渡（生卒年不详），字梅伯，浙江余杭（今属杭州）人。曾在温州任清理官产处处长，参加瓯社。

满江红

绵绛春留，神不远、来依镜湖。灵旗飐，瓣香同爇，新集簪裾。南省清才天上客，东都高谊病中书。向宵深、凉月伴诗魂，明两庑。　　昌黎子，愁道孤。玉川子，叹神徂。罢满容歌舞，月榭萧疏。诗为人知吟老妪，词从己出屈群儒。共一庐、香火各千秋，文教扶。

鹧鸪天（二首）

落尽梅花乱遍莺。龙潭陆羽赛泉名。愁苗艳种明霞晕，春事蹉跎又落英。　　香雾软，罨金铃。风前歌扇惜飘零。慰他杜牧伤春意，爱有汪伦送我情。

莫向茶山问阿侬。无颜羞对映山红。山前山后浑如锦，疑是飞霞洞可通。　　红雨后，白云封。明年人面醉春风。采茶歌里春光老，比较梅花总不同。

蝶恋花

春夕访冷生病，归自劲风阁。

万紫千红都不管。嫁与东风，懒著繁华眼。梦里池塘春畹晚。劲风阁似蓬山远。　　念别伤离情莫遣。曲曲栏干，昨夜应凭遍。歌舞声中吟事换。药炉茶灶新诗卷。

春光好

得仙岩影片与铁尊师《纪游词》，装置壁间，赋小词纪之。

云鬟影，画屏间。衬瑶笺。模范江山风度，仗词仙。　　门外补栽新柳，依依不断轻烟。飞絮一帘浑不管，立花前。

八声甘州

飐灵旗翻起一天愁，千秋表孤忠。剩嵌空墨泪，乘潮人去，半壁尘封。累我吟昏醉晓，凭吊大江东。春水馨蘋藻，崇拜高风。　　狂到春风不管，任壮怀云涌，都付诗筒。又华年逝影，芳事惜匆匆。剪轻罗、早成春服，忆旧游、沤鹭喜重逢。颓波掬、怕蛟龙怒，且驻尘踪。

连理枝

海上成仙眷。还展兰亭宴。鸾镜无尘，凤箫有韵，门罗羔雁。任梅兄矾弟、漫商量，定眉痕深浅。

（以上选自《瓯社词钞》民国十年排印本）

王汉章（2首）

王汉章（？—1951），原名崇焕，字吉乐，晚号小敷翁，山东福山（今烟台福山区）人。南社社友。民国初年于《小说月报》发表有《阳秋剩笔》。

生查子

闻某君有《安重根传》之作，随意讽咏得句数四，适合此调，因略窜数字以协律。

三韩侠少年，异世留侯也。漫道大功成，却共虫沙化。　　华表鹤归来，石上藤萝谢。只手挽狂澜，莫补江河下。

生查子

题艺棠肖像，并寄之都门

忆昔义阳游，三载随缘住。吾去汝东归，汝送吾南去。　　无聊展写真，依旧葵园路。花发草堂前，想见当时处。

（以上选自《南社词选》，《南社丛选》民国二十五年国学社排印本）

王真（15首）

王真（生卒年不详），字道之，号耐轩，福建福州人。清末民初翻译家、官员、文人王寿昌之女，何振岱女弟子，“福州八才女”之一。终身未嫁。幼聪颖，喜读书，绝句清词丽切。著《道真室词》。

西子妆慢

圣湖春泛

柳飏轻风，桃扶嫩日，恰是平湖春霁。兰舟桂桨漾微暄，荡清波、软篷含翠。飞英小坠。送红雨、中流香腻。好消闲，向隔林朱阁，几番沉醉。　　虹桥外。暗抹峰痕，烟际浮青髻。钟声搁住绿阴中，约晴云、竹湾寻寺。深丛净地。有吟侣、来联芳袂。最难忘，斜照孤山一带。

琐窗寒

悼六弟达之

汴水云飞，楚天日远，旅魂何处。清游未倦，断送俊年如许。望征鸿、千丝萦恨，乡心却付东流去。念孤衾病馆，风霜凄楚，有怀谁诉。　　延伫。最难度。正别浦灯深，群山雾暮。联襟唤酒，仍旧榕城俦侣。恨西风、荒草自春，茕茕玉树归尘土。恁沉吟、梦绕池塘，泪洒幽窗雨。

点绛唇

梅溪晚望

野外斜桥，四边山色无重数。夕阳烟树。愁绝来时路。　　已是凉秋，底用还留住。凝情处。月生南浦。梦逐归潮去。

东风第一枝

送施浣秋之沙县

萱阁秋凉，榕城日淡，轻舟江上催发。生憎瘦橹寒潮，载去小楼旧月。同灯共研，漫忘了、卷文冰雪。引翠樽、击节高歌，肯信寸肠如铁。　　垂柳外、绿波影缈。斜照里、金笳声彻。不知愁著谁深，只觉欢从此歇。芳兰未老，莫便感、非时啼鴂。待留取、无限风光，满贮赋归吟箧。

紫萸香慢

戊寅重九，感事

倚高楼、画帘初卷，晓光渐敛遥岑。问东篱消息，待携酒，共登临。正是无风无雨，甚垂天云意，做尽秋阴。掩牛山、恨泪都付与幽吟，纵对菊、也难自禁。　　更深。戍鼓声沉。残烛耿、旧罗衾。记惊尘拂面，蛩啼乱碛，鹤唳空林。冒寒趣车荒巷，只归梦、绕窗琴。尽不愁、俊游虚度，却愁青女，何事华鬓寒侵。凄损寸心。

惜奴娇

近花朝风雨，书感

倚遍雕栏，烟色何凄惋。燕归迟、钩帘意懒。柳悴桃憔，谁知道、春将半。愁惯。几禁他、风寒雨暖。　　吟赏芳辰，早已恨、韶华晚。试罗衣、旧痕休浣。飘酒薰香，前游侣、云烟散。肠断。问甚日、江山重奠。

望海潮

旅　况

星芒摇曳，笳声断续，江城一味凄迷。零露凋秋，狂飙沸海，茫茫那处言归。烟路趁微曦。正寒深岸苇，翠减苔衣。愁掠西风，怕看山外片帆飞。　　谁能客里相依。但青溪邀影，纤月窥帷。蕉阁咏诗，梅窗索画，年来事事都违。沽酒认村旗。叹凭高还忆，莼老鲈肥。无限乡心，暗灯回梦到更迟。

赤枣子

夜　琴

弦悄悄，夜清清。初调旧谱迸秋声。弹到窗灯花落久，一帘凉雨洒残更。

满庭芳

和梅叟师原韵

断籁吹寒，清讴写怨，离心暗逗银箫。可堪孤影，斜月傍疏寮。念昔青灯问字，绛帷下、同绾双髫。今谁见，锦屏独掩，十载负吟宵。　　悠悠，劳怅望，山遮水阻，事往人遥。料乡怀此际，应被春消。故里梅花开后，空赢得、雨腻风骄。曾游处，梦醒窗晓，梁燕语初调。

小重山

夜读梅叟师湖游诗

翠幌风襟清欲绝。映寥空一镜、澄湖月。孤高如对两峰雪。衬寒梅、烟水共飞越。　　幽思渺难接。钟声低度处、夜初彻。金炉烟袅烛花结。祝长生、常把瓣香爇。

鹧鸪天

己卯重九作

黄满林泉落叶稠。乌山石磴忆前游。佩萸采菊初疑梦，携酒持螯不解愁。　　云展幂，月当楼。消沉南北望神州。平原一片伤心景，雁字寥天写晚秋。

西湖月

偕蕙愔、竹韵作螺洲之游，归作此阕。

回桥转棹溪湾，渐照眼螺洲，残冬风味。水涵红暖，烟皴翠靓，比春明媚。吟情闲引处，为野菊、霜丛迟暮意。映树杪、隐约蟾光，兀自窥人云际。　　河山岁岁惊尘，只似此清游，几曾消得。紫蟹新罾，金丸细擘，共商微醉。支寒添夜趣，恁说与、青灯无限事。也应惜、归日怀中，露香犹滞。

探芳讯

庭梅始花，寒意浓夜，窗虚人静，悄坐欲愁，以词写之。

擎窗幌。剪半穗灯光，霜风微飏。剩一番孤忆，前梦渺何往。寒栖檐额沉沉里，月在梅梢上。悄无言，却怪新愁，暗随春长。　　慵拨雁弦响。任烟冷金炉，灯疏罗帐。坐转残更，独自耽闲赏。星河欲坠天难曙，听彻邻鸡唱。待明朝、指点南枝更放。

兰陵王

十年前北居，数与健怡同晨夕。余归久之，君亦南归，儿女满前矣。因忆旧事，相与感慨，书此奉贻。

笑相慰。与子年来意味。西窗底，人瘦花腴，花不人怜对花愧。繁愁由识字。微艺。怎遭物忌。嗟今古，浓福庸多，女子谁教有才慧。　　京华忆留殢。念煮药调糜，为我忘睡。深情骨肉无堪拟。自别绪萦系，雁飞书杳，栏干望断剩独倚。怨尘世轻坠。
弹指。十年事。叹几换沧桑，离合悲喜。相看各鬓儿憔悴。但净涴凡思，水边山际。初心重觅，向静里，著远计。

瑞龙吟

浣桐归自连城，数日别去，复有兰州之行。

垂杨岸。凄断雾渚霜汀，锦舟难挽。连城愁隔天涯，那堪此去，金城更远。　　最依黯。归来匝旬旋去，欲留怎款。生怜驷隙光阴，骊歌叠唱，匆匆聚散。　　遥念关河行役，客心先逐，山回川转。多少驿亭风烟，都入诗卷。秦楼话旧，相对吹箫伴。应回忆、乡园共咀，莼羹菰饭。况味从今换。酒斟戍醨，歌听塞管。带也双心绾。长盼著，南来归鞍休晚。早消别绪，任凭书懒。

（以上选自《道真室词》，《寿香社词钞》民国三十一年刻本）

奚囊（1首）

奚囊（1876—1940），字生白、申伯，号燕子，江苏南汇（今属上海）人。南社社友。民国三年（1914）12月与浙江余姚戚饭牛合辑《销魂语》月刊。又为《国魂报》主要撰稿人，列“国魂九才子”之一。民国六年（1917），受聘为新世界游乐场《新世界报》总编辑，并为《社会日报》撰稿。自幼才思敏捷，能画，工辞章。著有《绿沉沉馆诗词稿》《玳梁馀墨》《香雪词》。

金缕曲

寂寞桐阴里。睹银蟾、绣屏潜上，露华如水。唤醒海红帘底梦，花影横斜满地。任别院、玉箫吹裂。风定白莲香绕槛，剩星河、络角重门闭。鼍鼓动，宵深矣。　　绿窗絮语灯初点。且休论、樱桃身世，荔枝年纪。尝尽相思熬尽苦，总是一般滋味。生怕更、藕丝牢系。卖剑量珠徒抑郁，叹曾经、沧海情波浅。三生恨，何时已。

（选自《春声》1916 年第 3 期）

夏纬明（4首）

夏纬明（生卒年不详），字慧远，江苏江阴（今属无锡）人。夏孙桐子。著有《清季词家述闻》《清代女词人顾太清》等。

高阳台

残　荷

露冷红衣，风欹翠盖，顿惊秋讯横塘。万柄萧疏，凌波尚芘鸳鸯。兰桡重觅前溪路，讶半湾、镜影凄凉。映烟堤，衰柳眉痕，同赋残妆。　　玉容消酒从谁问，任吴娘采撷，冰药盈筐。听雨闲情，留来搅动诗肠。裹鲊晚市依红树，羡老渔、枯菀都忘。漫夸伊，步殿春生，不怕秋霜。

霜叶飞

重九饮香山郭氏园，看红叶，用梦窗韵。

饯秋残绪。初霜候，联镳来访红树。散霞渲染露岩坳，绯箨飘如雨。认点点、丹山剩羽。斜阳犹映离宫古。换笑靥春峦，冷艳斗新妆，画境托谁毫素。　　休说戏马台荒，清觞应节，胜日佳会还赋。燕支余泪满宫沟，事往寒泉语。爱一叶秋痕万缕。折枝从压归鞍去。更预期、明年健，侧帽西风，插萸何处。

（以上选自《同声月刊》创刊号）

百字令

赵武灵王箭镞

太行西峙，问兴邦骑射，雄风何处。乱草荒凉鸣镝地，野庙神旗烟冱。影堕流星，痕嵌裂石，绣铁锋棱古。苔斑深蚀，悄然空谷风雨。　　休论锦瑟哀音，黄粱短梦，回首邯郸路。掌大中原频逐鹿，折戟沉埋谁数。金冷无情，兵销虚愿，此错千秋铸。沙丘渺矣，夕阳凭吊残戍。

满江红

费宫人故里

梦渺梧宫，钿车去、旧闾非昨。从柳外、问邻寻里，絮飞风恶。沟叶怕题亡国恨，野花长傍忠姬魄。比明妃、生长话荆门，留村落。　　人间世，悲化鹤。吴沼冷，虞渊薄。又蘼芜春远，井烟萧索。尺剑成名青史在，瓣香何处寒泉酌。望斜阳、还有燕归来，闲坊角。

（以上选自《同声月刊》第1卷第6期）

冼景熙（3首）

冼景熙（？—1931），字邵勤，广东南海（今属佛山）人。生平不详。据其子在《维心亨斋诗词集后序》所言，其少孤，后宦游江汉垂六十年。性淡远，不善奔竞。有《维心亨斋文集》一卷；《维心亨斋诗词集》十卷，其中词四卷。

浪淘沙

酣醉大江头。独卧扁舟。铜琶铁板未能休。愿借长风乘万里，破浪中流。　　何处有闲愁。芦白江洲。朗吟响振洞庭秋。惊起鱼龙群梦觉，云水悠悠。

满江红

叹逝水年华，时不再也

几阵征鸿，早掠起、秋云如织。斜阳外、半天霞绮，为谁标得。击楫中流歌慷慨，怀沙泽畔吟凄恻。看云间、天际下归帆，风涛激。　　远一带，枫林赤。近一带，芦花白。怎苍苍洄溯，总无消息。春水桃花渔父棹，秋江皓月桓伊笛。任年年、流尽好韶华，真堪惜。

高阳台

剑　侠

寂寂清宵，沉沉暝色，掀髯独对清灯。谁伴孤吟，檐前铁马东丁。双龙剑拂芙蓉冷，动雄心、匣里长鸣。不须惊。烟走一条，风满三更。　　这番幽怨从教雪，甚风雷事业，汤火功名。仰面星寒，看他来去无形。世间不少恩仇事，莫兰因、絮果多情。恨难平。片语俱无，肝胆先倾。

（以上选自《维心亨斋诗词集》民国二十五年冼氏排印本）

徐锡昌（5首）

徐锡昌（生卒年不详），字秋桐，浙江永嘉（今属温州）人。瓯社社员。

百字令

和梅伯仙岩纪游

雨窗人醒，泛粼粼新绿，船如天上。隐约仙鬟云外露，大好溪山无恙。系缆堤平，扶筇路仄，胜境供幽赏。寺钟何处，一声飞入苍莽。　　梅雨清溅岩腰，林亭徙倚，便作烟霞想。回首苍波江上路，几度潮平潮长。山意微茫，天风清越，访古频神往。昔时猿鹤，笑颜依旧相向。

鹧鸪天

茶山桃花

崔护重来未恨迟。春风犹是助娇姿。钟声缓度斜阳外，片片红霞罥翠微。　　花不语，客心悲。武陵何处镇相疑。归舟别有闲风味，流水鱼肥又一时。

八声甘州

辛酉季春，孤屿文丞相祠祀事礼成，集慎社同人澄鲜阁禊饮。

恰惊涛和恨泻江天，击楫渺中流。荡斜阳如水，铃声双塔，杯影孤楼。云外崇祠高耸，禋祀足千秋。乾净剩吾土，正气长留。　　嵌壁几行墨泪，共清辉健笔，风雨含愁。问江心潮汐，呜咽几时休。借一杯、消除块垒，引壮心、还欲拭吴钩。凭阑处、有烟波意，漫理归舟。

高阳台

题《半樱簃填词图》

风笛飘愁，云槎罥恨，天涯销尽狂名。开落樱花，十年人意凄清。凉宵怕理霓裳曲，识笛中、早换宫声。剩哀音，天海风涛，幽怨谁听。　　携筇来访仙岩胜，问林扃幽窅，可似蓬瀛。江水多愁，魂销银甲金筝。蒲江去后风流歇，拍阑干、鸥鹭争迎。漫回帆，留得骚心，梦艳蘋馨。

虞美人

题《莼菜》《鲈鱼》《隐囊》《纱帽》画幅

西风一夜秋风起。金粉南朝地。衰红春后也宜簪。倦客天涯早自动归心。　　年华暗换催人老。易惹花枝恼。阑干露冷梦难真。手卷珠帘还问故园春。

（以上选自《瓯社词钞》民国十年排印本）

许锺璐（11首）

许锺璐（生卒年不详），字佩丞，号辛盦，山东济宁人。光绪丙午科（1906）优贡，官河南汤阴知县。曾参加须社。《词综补遗》谓其："词幽婉深约，多自性情中出，俗手莫能及也。"有《辛盦词》一卷。

庆春泽慢

咏初雪

虚阁沉阴，重屏搁梦，寒声乍落雕檐。起看山容，几痕华发新添。一冬胜赏从头数，正尖叉、险韵才拈。忒匆匆、菊未曾残，梅未曾探。　　昭阳第一霓裳队，舞仙衣云外，玉影纤纤。还认霜痕，霏微扑满征衫。塞鸿自是惊寒早，料朔风、未到江南。且安排、宝鼎兰薰，暖阁芦帘。

定风波

咏夕阳

一抹疏林澹有痕。萧寥晚景最销魂。曾向乐游原上望。惆怅。乱山明灭近黄昏。　　落叶斜翻鸦背冷。清迥。又看倒影入江濆。引起穷途无限恨。谁问。天涯犹有未归人。

更漏子

寒　夜

怕清宵，宵更永。愁对孤灯倦影。莲漏尽，篆烟轻。熏笼倚到明。　　巫山远。彩云散。好梦近时都懒。来日事，费人猜。小梅开未开。

金缕曲

咏寒鸦

孤馆清飙发。最销魂、黄昏听到，数声呜咽。绕遍寒枝无栖处，三匝稀星澹月。谁画出、疏林一角。万缕凋零藏未稳，望隋堤、千古繁华歇。啼不尽，阵云阔。　　延秋门外伤心别。叹王孙、一般迟暮，白头如雪。夜半飞鸣谁家屋。身世三秋落叶。休更问、昭阳景物。不见玉颜凝立处，只凄凉、日影衔残阙。春再到，甚时节。

锦缠道

长　至

乍雪还晴，酿出小阳时候。尽销魂、柳舒梅瘦。天涯隐约春光透。小饮垂帘，砖影量清昼。　　问他乡故乡，客愁添否。听津桥、冷鹃啼又。叹一年、一劫沧桑换，明年何处，重置消寒酒。

江城子

忆　梅

江南芳讯近来疏。想仙裾。月明初。一翦冰云，随梦落西湖。为问山窗新雪后，三两树，著花无。　　红罗旧事总模糊。鹤情癯。雁声孤。怅望春风，不见岭南书。更说楼东梳洗懒，烦寄与，一奁珠。

瑞鹤仙

东坡生日

眉山停鹤驭。算岁岁词场，瓣香同炷。江湖更怀古。念巾裘腰笛，风流何处。春秋暗数。八百载、沧桑一顾。想今宵、赤壁神游，重唱大江东去。　　回溯。画投松鹤，句报琼瑶，昔时朋侣。

人间小住。应重认玉京路。叹飘零似我，平生磨蝎，一样辰宫偶误。傍梅楹、寒夜招魂，落花尊俎。

玉烛新

人日栖白庼宴集

新年清昼暖。正小试东风，落梅庭院。画屏几扇。翻新样、彩胜和云轻展。花须柳眼。渐漏泄、枝头春浅。看七日、都放晴曦，今年杜陵愁减。　　依然汐社风流，雅集朋簪，酒边诗畔。漏长烛短。霏珠玉、竞向银笺题遍。天涯望远。怕有客、伤心归雁。留逸兴、厮到元宵，华灯夜宴。

汉宫春

咏新燕

闲逐东风，向碧阑干外，贴地双飞。长亭短亭望断，才见伊归。花慵柳懒，恨年年、常是春迟。应认取、斜阳影里，去寻门巷乌衣。　　一晌雕梁梦醒，算枌榆春社，未负芳期。朝来海棠雨过，衔遍香泥。湘帘卷起，又呢喃、细语相思。休舞入、昭阳宫里，有人妒煞轻姿。

一丛花

咏木笔

胭脂染出几枝稠。红似去年不。东风吹入江郎梦，问金粉、零落谁收。写雨写晴，韶华写尽，难写是春愁。　　凌云蘸露小庭陬。第一占风流。乍开乍落催花老，怕花老、又换新秋。芳坞客稀，平泉酒散，惆怅忆前游。

春草碧

本　意

一痕遮断斜阳陌。刬尽又重生、愁如织。新绿吹上眉山，还恐东风倦无力。南浦暗魂销、谁得知。　　常记采绿吴江，褰兰楚泽。去年蹋青人、芳踪隔。几度零雨残烟，天涯望尽伤心碧。只合闭闲门、春寂寂。

（以上选自《烟沽渔唱》民国二十二年排印本）

杨秀先（10首）

杨秀先（生卒年不详），字君武，号蓼庵，四川成都人。著有《花隐词》。

浣溪沙（五首）

虚道金铃与护持。暗红深碧各参差。斜阳犹恋落花枝。　白纻中宵歌宛转，绿窗长昼锁葳蕤。可怜春去不多时。

见惯麻姑亦可怜。红桑东海又成田。尹邢何苦斗婵娟。　自去自来营垒燕，禁寒禁暖酿花天。有人费尽买春钱。

青鸟西飞日又斜。蓬山风信到樱花。教人争得不思家。　珠箔微叹闻怨瑟，戍楼残梦冷悲笳。一时回首隔天涯。

一角文楸劫尚争。琅玡歌舞总倾城。乌衣门巷忆曾经。　施帐解围闻俊语，避尘遮扇见深情。转嫌秋水不分明。

峦翠江南展画屏。望中风景似新亭。断肠才见蒋山青。　迸泪朱弦犹错落，相思红豆惜伶俜。当时槐梦不曾醒。

念奴娇

九月十四夜，饮北海五龙亭，霜月离离，澄波若镜。客有擫笛者，其音凄清嘹亮，不觉歔欷。因泛舟渡海，登承露台，凭阑四瞩，宫阙低昂，兴尽悲来，醉吟成此。

隔帘霜月，照离人酒醒，宫墙吹笛。故苑荒凉乔木老，荏苒风光如昔。露下亭芜，波澄宫树，枭枭孤蟾泣。管弦凄断，废池空剩凝碧。　汾水南岸西风，兴亡残梦，回首俱头白。一掬通天羁旅泪，犹共铜仙曾滴。台榭高寒，阑干徙倚，望眼关山极。浅吟狂醉，俊游能几清夕。

高阳台

感　春

梦雨抛春，寒花恋鬓，乱红何处池台。坐瞑斜阳，关山一笛飞来。泪痕依约青衫在，奈当春、酒病愁催。怪清尊，不共垂杨，绾住芳菲。　　旗亭倦侣江湖梦，纵香残烛灺，心未成灰。燕子帘栊，东风一例蒿莱。司勋已惯寻芳恨，任天涯、翠𢑥红偎。恁江头，商女笙歌，犹是清哀。

（以上选自《同声月刊》第1卷第6期）

忆旧游

庭前植白芍药，三载始华，孤萼殿春，靓妆伤晚。漫拈此解，相对凄然。

正烟笼缟袂，月映轻纨，乍展芳心。褪尽娇红影，任脂痕泪浣，粉印苔侵。闲倚断肠庭院，香袅绣帘深。又晚蝶慵飞，游蜂力倦，却到如今。　　三年共憔悴，只露眼风欹，愁黯烦襟。待唱将离曲，怕残莺唤醒，黍梦难寻。说与画阑低护，清昼日沉沉。剩殿取春光，斜阳影里晴又阴。

真珠帘

题马湘兰画山水兰花册子

红楼灯火深深处。隔帘栊、淡写潇湘烟雨。花影小阑春，伴翠颦眉妩。勾起南朝兴废恨，怕更听、练裙重谱。凄楚。认荒庵孔雀，旧时曾住。　　休问病柳栖鸦，但青溪几曲，流残今古。旧燕倘归来，说此情尤苦。舞歇歌沉欢易散，只画里、云山如故。凝伫。想银屏妆罢，坠钗低语。

倦寻芳

题《柳河东初访牧翁》小像

浅颦晕碧，新恨裁红，帘幕寒峭。取次凭阑，南国尚怜春小。展蛮笺，调眉笔，画堂消息谁还料。对杋盆，换迎年双佩，东风啼鸟。　　漫重忆、柳花如梦，烟月凝愁，清怨多少。胜日湖山，凄入断肠吟稿。红豆开残香渐远，绛云劫后人空老。尽兴亡，付花前，燕昏莺晓。

（以上选自《同声月刊》第1卷第9期）

杨易霖（4首）

杨易霖（生卒年不详），字雨霖，四川犍为人。著有《读词杂记》《周词订律》《词范》等。

长相思慢

一径霜花，廿年浪迹，邯郸客梦堪惊。沧江路绝，紫玉楼空，沙场千里秋声。万绿凋零。诉分钗苦语，催断寒钲。月影上围屏。抚鹍弦、闲吊荆卿。　　望河北残山，岭南枯树，斜烟远水纵横。重门飞不到，奈宾鸿、终古无情。酒散愁生。谁寄我、芳州杜蘅。夜茫茫、阑干罢倚，隔堤胡马悲鸣。

长相思慢

玉露惊秋，峭风动幕，闲居日夜怀归。蛩吟败壁，水落寒汀，情亲何止相思。素约难期。任金尊酒满，琼树鸦飞。别绪有谁知。已无人、高卧题诗。　　听寥寂哀笳，黯然流涕，河梁冷雨霏霏。频年亡国恨，到而今、愁换征衣。往事堪悲。明镜里、朱颜渐衰。倚亭皋、芦花万顷，不成重问斜晖。

戚　氏

马蹄轻。脉脉禾黍晓烟横。绕目繁花，困人光景。柳梢青。莺声。劝谁听。依稀粉黛隔重城。兰堂宴彻人散，素手低按小秦筝。好事难再，韶华偷转，故园锦字何凭。仗楼头丽日，河畔芳草，惆怅平生。　　孤影。鬓发星星。愁对宝镜。惹起少时情。乌衣里，画兰金井。绣幕银屏。醉逢迎。万籁未改，绪风一瞬，又满闲庭。异乡异客，海角天涯，畹晚魂断旗亭。　　梦里吴皋远，怜今夜月，分外澄明。送尽冲波去棹，渐山围四野露珠零。不堪载酒寻春，过江访旧，常是贫兼病。记翠翘、蝉翅交相映。歌舞罢、嬉笑盈盈。自去年、离别神京。未料得、后约费牵萦。纵秦箏冷。欢回逝水，怨逐浮萍。

河满子

明镜频添白发，曲尘暗换沧波。回首金城年少日，朝朝团扇轻歌。璧月琼枝何处，萤窗泪雨滂沱。　　烽火瓜州渡远，秋风板渚潮多。咫尺画楼归不去，荣华梦里南柯。莫怨池塘荒草，鸣蜩飞上青萝。

（以上选自《词学季刊》第 2 卷第 1 期）

杨庄（2首）

杨庄（? —1940），字叔姬，湖南湘潭人。王代懿室，王闿运第四媳。是名重一时的才女。著有《湘潭杨叔姬诗文词录》。

御街行

壬子七夕

露盘花水饶秋意。看新月、娟娟媚。云軿不动夜悠悠，咫尺银河万里。年年乞巧，时时弄拙，自笑屠龙技。　　愁来内热浑如醉。望灵兔、空挥泪。休将瓜果当寒冰，谙尽酸甜滋味。双星也自，连绵伤别，何况人间世。

疏　影

秋　蝶

看朱又碧。叹四时荏苒，佳景非昔。纤影裴回，似喜还愁，无言也自堪惜。娇娆意态宜妍暖，争忍听、寒风萧瑟。暗销魂、粉褪金残，恨入修眉谁识。　　凄寂。青陵旧见，丝丝嫩柔柳，时又飞雪。本是无情，自解翩翾，忘却去来踪迹。当年幸入庄生梦，自不管、露红霜白。且漫夸、冷菊夭桃，一任春华秋色。

（以上选自《湘潭杨淑姬诗文词录》民国二十九年排印本）

姚倩（4首）

姚倩（生卒年不详），字倩君，又名姚鸿倩，江苏常熟人。著有《萝香室诗词集》、《南湘室诗草》一卷、《诗余》一卷(后两种与妹姚茝合著)。曾结家庭诗社“丽红社”。

鹊桥仙

民国成立后阴阳历并用，一年得两七夕，喜填此解。

银河澄淡，繁星明灭，正是鹊桥初渡。画屏凝睇对牵牛，记曾与、花阴携手。　　柔情如许，良宵有限，往事漫劳细数。天公着意惜分飞，教从此、佳期两度。

鬓云松

秋　虫

绿苔平，黄叶下。窗里秋声，窗外秋灯射。切切惯将人意惹。带恨连愁，诉出多般也。　　待寻来，还又罢。只有一庭，凉月如烟泻。纵不悲秋听也怕。梦浅寒深，絮澈凄清夜。

望江南

人静也，独自下阶墀。幽径香来风细细。柳梢月上夜迟迟。小院立多时。

菩萨蛮

立秋后一日，风雨间作，有怀蕙侬姊。

才惊一叶梧桐落。离怀顿觉增萧索。风雨更飘潇。吟魂黯欲消。　　思君愁不寐。泪揾红妆退。为问素心人。秋来瘦几分。

（以上选自《南湘室诗草》一卷、《诗余》一卷民国四年排印本）

叶成绮（3首）

叶成绮（生卒年不详），女，字圣彦，安徽桐城人。

忆江南

兰棹远，泪尽酒初消。不是秋城偏寂寞，一林风雨自萧条。重过旧年桥。

浪淘沙

小院伴回廊。如许秋光。几行疏柳滞斜阳。病起思人成兀坐，细数寒蛩。　　几日又重阳。枕簟新凉。一痕烟雨划秋江。说到吴船风又软，枉费商量。

浣溪沙

秋夜，忆徽姊

如水新凉沁薄帷。依前圆月小楼西。夜香烧罢翠帘垂。　　腰瘦不禁愁系绾，梦遥还赖酒扶持。天涯宁更有逢时。

（以上选自《词学季刊》第1卷第2期）

俞令默（2首）

俞令默（生卒年不详），女，浙江杭县（今杭州）人。

清平乐

落红无数。正是愁来路。休倚高楼吟旧句。杜宇声声不住。　　春光去也匆匆。纵教留恋无从。痴绝天涯飞絮，终朝犹逐东风。

蝶恋花

宵深见月

碧海青天怜皎洁。一样人间，两样团圞月。如此凄清如此夕。任伊枨触年时别。　　霜冷离鸿音信绝。彻夜思量，底事成胡越。不愿珠圆宁玉缺。为情瘦损情知得。

（以上选自《词学季刊》第2卷第2期）

恽毓珂（1首）

恽毓珂（生卒年不详），字瑾叔，号醇庵、瘦兰。江苏武进（今常州）人。宣统年间（1908—1911）官温处道兼盐局督办、浙江咨议局代理委员。辛亥（1911）后定居上海，鬻文为生。与恽毓善等为宗族辈。曾参加淞滨吟社、春音社。有《兰窗瘦梦词》。

扬州慢

题《讱盦填词图》

蓬海高楼，竹林深坞，尽容老去闲身。过斜阳一雨，有几拍留痕。伴名士、清尊啸咏，素云黄鹤，天半逡巡。状神仙、标格风流，依旧纶巾。　　岭梅唤我，共林逋、重到江村。奈玉去琯吹商，金徽换徵，门外风尘。度出怨箫分刌，屏山上、旅客愁人。念乡关茅屋，凄凉归思鲈莼。

（选自《青鹤》第3卷第10期）

翟駥（6首）

翟駥（生卒年不详），字楚材，安徽泾县（今属宣城）人。瓯社社员。

百字令

和梅伯仙岩纪游

白云封岫，问遥空笙鹤，何时重至。丹井寒边春更好，芝术都含灵气。雪瀑琤琮，雷潭戛玉，俯仰空尘思。骖鸾昨梦，桂林山水能记。　　回首风景不殊，山河满目，已忍新亭泪。湖海游踪聊复尔，投笔横戈何事。莲社新盟，芒鞋旧侣，多少闲滋味。松风吹袂，朗吟人在天外。

南楼令

西湖白文公祠附祀樊谏议，敬赋。

声望重员郎。清名盛李唐。绛绵州、一个南阳。馨逸自存长庆集，敦古谊、爇心香。　　禋祀遍遐荒。流源浙水长。掬清漪、算荐寒浆。料得香山称快事，重聚影、在钱塘。

鹧鸪天

茶山桃花

春曙亭皋绛雪寒。禁寒人共蝶衣单。东风翦彩薰香易，暗水流花款梦难。　　千尺涨，隔家山。深潭闲煞钓鱼竿。流莺啼梦春三月，封泪红愁雨未干。

八声甘州

辛酉季春，孤屿文丞相祠祀事礼成，集慎社同人澄鲜阁褉饮。

莽天涯草色恋王孙，前尘黯铜驼。但烟程载酒，旗亭赌韵，能否销磨。剪取一江春水，红涨落花多。孤屿拳如鹭，轻枕鸥波。　　如此江山无恙，剩闲吟浅醉，往事蹉跎。继兰亭清响，陈迹觅烟萝。吸霞觞、风流如昨，又寺门、斜掩夕阳矬。归舟外、塔铃声送，还袅清歌。

卖花声

题《半樱簃填词图》

小谪记蓬瀛。风雨关情。十年听尽怒潮声。闭户闲翻新乐府，艳夺红樱。　　玉手小银筝。传唱旗亭，蘋洲笛谱最凄清。主人词笔雅近草窗。嚼蕊吹花春未老，香雾冥冥。

虞美人

题《莼菜》《鲈鱼》《隐囊》《纱帽》画幅

乌纱慵整停杯起。前度登临地。鞠英才向鬓边簪。鲈味莼香乡思系秋心。　　西风括影茱囊老。污扇黄尘恼。花开便算梦中真。倚竹天寒只伴一枝春。

（以上选自《瓯社词钞》民国十年排印本）

翟贞元（6首）

翟贞元（生卒年不详），女，江苏泰兴（今属泰州）人。毕业于中央大学，师从吴梅，入潜社。1949年后，任教于北京外国语学院。

曲游春

咏　燕

俊羽轻盈甚，拂柳阴花径，来去如织。细啄芹泥，垒香巢应在，雕梁帘隙。泪眼楼头，问知否、行云消息。纵呢喃、软语殷勤，留得几分春色。　　记得。铜驼巷陌。怅往事依稀，多少游勒。瀚海飘零，趁云深梦暖，剪红裁碧。花雨林间湿。休轻负、江南寒食。怕等闲、换了韶光，乌衣路隔。

（选自《词学季刊》第 1 卷第 2 期）

八六子

月夜泛舟北湖

暮霞沉。玉轮涵水，湖山映带平林。看远浦萦青绕白，满船鬓影衣香，暂停柳阴。　　吾生难觅知心。好景芳时难得，浓欢乐事重寻。但入夜空闻，打城潮急，素波流月，对人无语，那堪点点惊鸥不定，霏霏凉雾初侵。散幽襟。哀蝉柳边又吟。

（选自《词学季刊》第 2 卷第 1 期）

满江红

秋　思

悄倚危楼，看节序、橙橘又逢。风袅袅、洞庭波远，谁采芙蓉。又是关山飞木叶，不堪沟水各西东。更琵琶、瑟瑟起寒江，孤舫空。　　湘江恨，愁未融。湘累怨，几千重。叹寻常风月，一瞥无踪。天外哀鸿惊好梦，梵宫遥夜度疏钟。渐凄凉、月色转虚阑，移井桐。

拜星月慢

槛菊开残，阶桐落尽，满目秋光零乱。倦客天涯，有羁情无限。更愁绝，盼到、西风音信无准，一水蒹葭人远。向晚鸣榔，助离人凄怨。　　念韶华、瞬息成虚幻。青鸾里、暗自朱颜换。堪叹十载江南，早繁华过眼。到如今、旧梦云烟散。空赢得、镇日眉难展。向夜永、剔尽灯花，独听残北雁。

东风第一枝

春　柳

缕缕娇黄，丝丝淡碧，东风着意搓就。爱伊摇月藏烟，恰值断桥芳昼。经番晴雨，看一抹、雅黄初透。算岁岁、带雨攀条，赢得泪丝沾袖。　　千万路、驿亭纤手。千万恨、渭城娇口。寄声旧日章台，系住俊游能否。凝妆楼上，又怕见、陌头人瘦。莫等闲、吹老杨花，催起别情如酒。

过秦楼

拟清真

木落空山，波沉南浦，客里更逢秋晚。霜晨画角，月夜疏砧，唤起别愁千万。犹忆执手河桥，别语分明，晓风吹散。念妆楼日日，阑干凭遍，困酣心眼。　　空望断。叠叠云山，重重烟水，锦字难凭鱼雁。蘋花摘露，红叶沾霜，冉冉物华轻换。争奈无端梦中，归骑疑真，迎门笑浅。又秦箫咽月，吹彻相思一片。

（以上选自《词学季刊》第3卷第1期）

张锦（6首）

张锦（？—1932），又名丽芬，别号闲与山人，湖南长沙人。朱应徵室，清末大臣、近代教育家张百熙次女。七岁丧母，事父至孝。辛亥革命后，家道中落，与夫君隐居上海，著有《闲与轩遗稿》。

一剪梅

春　感

芳草萋萋糁绿苔。怕染尘埃。犹带尘埃。一双新燕故飞回。来也徘徊。去也徘徊。　　云鬓蓬松坠玉钗。才理妆台。又倚妆台。年年风景为谁催。故我疑猜。今我疑猜。

鹧鸪天

春　愁

远客离愁怕倚阑。雨中无计避春寒。故园今日休回首，柳坠柔丝不忍看。　　抛岁月，感云山。可曾芳草绿湖南。金尊空向花前醉，风景催人又一番。

画堂春

春　燕

东风吹醉满园芳。绿窗帘卷斜阳。一双新燕去来忙。细语暄凉。　　寻伴浑身杏雨，安巢一嘴芹香。似曾相识到华堂。栖稳雕梁。

鹧鸪天

忆庄妹

冷落天涯信渺闻。最愁人处近黄昏。一帘花月侵春梦，万里关山断客魂。　　情切切，病沉沉。清宵莲漏不堪听。怜佗好梦成吴越，忍见罗衫湿泪痕。

浣溪沙

戊午，溪桥春日

春日迟迟影欲斜。芳阴移过碧幮纱。东风吹上野兰花。　　胡蝶一双忙点缀，燕儿终日语喧哗。小窗新试雨前茶。

生查子

庚申，海上中秋

去年明月光，写出中秋景。海上气清高，尊酒团栾庆。　　今年明月光，偏为中秋隐。无复旧时情，满目疮痍憾。

（以上选自《闲与轩遗稿》民国二十二年排印本）

张敬熙（7首）

张敬熙（生卒年不详），字穆生，浙江山阴（今绍兴）人。有《饮醴诗》《画眉词》，收入与楼巍诗词合刻的《楼幼静张穆生诗词合稿》。

百字令

金陵怀古

龙蟠虎踞，溯石城形势，英雄事业。六代河山余感慨，剩有秦淮凝碧。典午残碑，景阳枯井，凭吊成陈迹。台城一角，帝子当年仿佛。　　不堪重话南朝，轻衫团扇，名士多于鲫。冷落铜驼宫外树，付与斜阳荆棘。玉笛声残，金莲尘冷，一片愁凄绝。只余衰柳，后湖犹挂明月。

风入松

雪后郊行

卷帘几度晚风清。快雪喜初晴。湿云散尽银光丽，策短筇、小步郊坰。放眼溪山画稿，数林寒翠深深。　　残阳返照到孤城。衬出远峰明。行行重向溪桥去，最耐听、折竹声声。一任寒雅噪晚，开襟微笑行吟。

淡黄柳

风雨酿秋，夜坐谱此。

寒烟冷雨。做就一天暝。竹院销沉萤火影。帘外风声渐紧，陡觉吹成几分冷。　　画楼迥。花枝隔疏磬。夜方永，人初静。问谁能、领略清凉境。卧听墙阴，声声更鼓，欲睡分明又醒。

南乡子

秋宵坐雨

寂寞晚凉生。小簟轻衾梦未成。一阵东风千片雨，淋淋。隔著窗儿听到明。　　仗酒破愁城。不信愁偏逐酒增。无限中年哀乐感，清清。愁听高楼擫笛声。

凄凉犯

九月二十六日，渡钱塘，暮色四合，飙轮驰归。睹沿途景物，暝曚凄楚。仆本愁人，对兹能毋兴感乎?

钱塘击楫。正秋晚、西风一片愁绝。客途寥寂，乡音隐约，归情更切。飙轮乍接。此身似风驰电掣。看横空、微云弄夕，画出二分月。　　无限凄凉景，似水回波，若驹过隙。故乡到眼，正家家、梦温蚁穴。街鼓声声，伴镫影微明不灭。只愁人、独听雁语，响哽咽。

菩萨蛮

辛未除夕立春，欲雪

痴云浓裹山如梦。冷烟流水凝愁重。转眼岁华初。寒梅花影疏。　　新年人自旧。薄醉屠苏酒。春意一丝丝。春情惟梦知。

虞美人

山　行

千重岚翠迎眸绿。曲曲泉流续。篮舆深度半溪云。看取乱峰一路不知名。　　天风十斛开阴暝。斜日悬孤岭。遥遥石径少行人。野花如锦绣出满山春。

（以上选自《画眉词》，《楼幼静张穆生诗词合稿》
民国二十一年排印本）

张启汉（3首）

张启汉（生卒年不详），字平子，湖南湘潭人。华兴会重要成员，南社社友。

蝶恋花

星沙晚春

郭外蘼芜青欲遍。浣尽红尘，乱扑骅骝面。十里花开随意远。星沙春尽肠应断。　　谁道潇湘歌舞艳。满目轮蹄，花落无人见。鬓影衣香都尽散。昔时王谢今时燕。

木兰花慢

前阕意有未尽，续填此广之，不自知其哀以思也。昔年此际，集南社之吟朋，赓兰亭之韵事，今非其时矣。屯艮远在海上，见此得无泪下耶？

盼杜鹃血泪，都点滴、上莓苔。正花片浇红，柳丝绽绿，恨绪纷来。春光正依人暖，骂东风、偏着意安排。流荡云边新月，惊翻池上春雷。　　暗香传不到深闺。梁燕语频催。只满户蛛丝，空庭草色，犹认吟杯。豪情半随逝水，任余波还突过秦淮。待把锦书付与，刚肠已断千回。

扬州慢

此白石自制中吕宫调也，中有云："自胡马、窥江去后，废池乔木，犹讳言兵。"及今读此，尚有余痛，况身撄其祸者乎？余因倚声和之，以冀与邦人士同声一哭。

山外云光，水边帆影，尽人细数前程。渡重湖八百，遍村树烟青。欻飞燕、归巢野幕，曲乡荒径，无处非兵。更红尘飞鞚，遥鞭都指湘城。　　渌江株里，只星星、磷火传惊。似拂妓坟边，空灵岸侧，堪寄闲情。现剩有陈人在，凄风冷、雨听鹃声。念当年诗料，而今悲绪环生。

（以上选自《南社词选》，《南社丛选》民国二十五年国学社排印本）

张荃（1首）

张荃（？—1959），女，号荪簃，广东揭阳（今属潮汕）人。之江文理学院毕业，夏承焘弟子，又从龙榆生习词。大学毕业后，张荃先后在浙江的甬江女子中学和广州的培道女子中学任教。后任教于台湾大学、马来亚大学。有《张荃诗文集》。

喜迁莺

玄武湖

樱桃才了。又翠叶翻圆，游鳞吹藻。细蕊含羞，红葩卷恨，划破碧波舟小。杨柳浅深摇曳，芦苇参差环绕。蒋山暗、斜阳低照，疏阴林表。　　深悄。听杜鹃、啼血正哀，余响云霄袅。丛绿牵情，晚霞散绮，消得旧愁多少。归去画船人，独飞尽、芳洲鸥渺。莫回首，但孤城岑寂，湖亭残照。

（选自《词学季刊》第2卷第1期）

张苏铮（16首）

张苏铮（生卒年不详），字浣桐，福建福州人。何振岱女弟子，“福州八才女”之一。曾任省立女子家事职业学校语文教师。有《浣桐书室诗词》。

虞美人

萤 火

冷光未肯因人热。隐约偏难灭。凉宵为底入疏棂。却被银灯掩得不分明。　　流辉破暝归何处。珍重秋芜路。有人携扇下空庭。莫向月篱烟砌弄星星。

一丛花

旧梦阑珊，芳情冷落，孤灯一点，愁思千端。

慵拈酒盏搁诗瓢。胜事负今朝。断肠落叶荒笳外，江山好、人意无憀。危塔枕风，倦铃咽雨，家国两飘摇。　　华年佳节总轻抛。新恨况如潮。层阴恁掩团圞月，便有月、也自萧寥。繁管舞筵，乱蛩别枕，等是可怜宵。

长亭怨慢

酒醒，见月社集

又还是、瞒愁一霎。酒醒灯残，乱蛩吟叶。待恋余醒，琐窗无奈趁人月。梦边寒峭，偎不住、庄生蝶。蓦地换愁来，似暗展、春云千叠。　　情切。对盈盈素靥，忍记那时将别。花阴露重，早溅湿、当阶罗袜。待旧恨、说与从头，甚不管、眉山低压。任鼓角沉沉，催去将人轻撇。

西江月

花朝阻雨，懒于应召，独对瓶枝，怅然有感，拈笔倚此，即呈蕙愔。

拾翠痕遗绮陌，偎红清绕琼楼。年年空自替花愁。花却笑人消瘦。　　明镜不留姿鬓，华灯偏隔春眸。相逢合悔晚相求。怎忍些儿僝僽。

虞美人

连城客次，寄呈梅叟师

馀情可信芳如昨。梦也愁离索。灯帘雨屋夜漫漫。谁识天涯裳佩怯荒寒。　　琼英取次开仙苑。香寂湘江岸。细根瘦叶不成丛。又是一年负了养花风。

夺锦标

秋边雁思

回浦声寒，衔芦意苦，坠影天涯还错。眼底人间何世，离黍空城，乱烟颓幕。念银塘露冷，有多少、文鸳飘泊。算年年、度遍关河，怎似今番萧索。　　莫问芳洲杜若。海气冥冥，甚处菰田寥落。又接秋声几许，千杵愁砧，一天悲角。待龙庭返羽，怕轻负、玉楼人约。且殷勤、著字书空，不管回文难学。

清平乐

辛巳十月，余将之皋兰，雨中遇浣秋于延津门，相顾惊喜，继之以悲，夜语拥灯，不觉漏之尽也。

满江寒雨。驿思同清苦。人向西征天向曙。迸入片时延伫。　　车声辗白灯光。一声一转离肠。输与天边雁影，风中犹得成行。

花　犯

十月既望，征车折轴，停辙庚岭。寒梅照眼，尘袖浮香，徘徊不忍去。乃折一枝，以碧绡笼之，携与俱西，用慰客中岑寂，然对花忆梦，枨触尤多矣。倚声寄旧雨。

倦征程，停车庾岭，梅花照行色。似怜孤客。向水曲山偎，和露轻摘。笼香暗喜轻绡密。相携还数驿。怕此去、别魂愁悴，仙姿无处觅。　　乡园几树尚凝寒，天心未肯卓，阳和消息。关塞外，龙沙回、佩环声寂。从今后、绿鬓朱钿，算只有、相思空望极。纵念我、翦枝时寄，途遥何日得。

台城路

金陵感旧

廿年不过台城路，江潭柳俱人老。荒堞屯旗，高陵吹角，又是一番斜照。秦淮放棹。漾几曲蘋波，岸湾迷蓼。近水栏干，旧时颜色看犹好。　　乌衣怎忘巷小。看寻巢燕子，玉栋千绕。索果呼娘，簪花泥姊，依约欢情多少。而今更到。听风笛声声，总成凄调。一片烟林，莽寒鸦古道。

临江仙（二首）

雁行中断，则树不荣，痛入心魂，作歌当哭，为钟姊作。

记得垂髫初失母，江南细雨无边。伤心景物入新年。绣衣缄旧箧，素帐幂愁烟。　　从此一灯依阿姊，娇憨未肯先眠。几回携手立花前。泥人添半臂，呼弟试吴绵。

记得仓皇离白下，征车辗尽斜阳。淞江一角小红墙。弱魂惊未定，笳吹更苍凉。　　客里生涯都未可，扁舟载梦还乡。芸窗相与对缥缃。夜来无个事，笑语侍高堂。

庆春泽

新寒，社集

弄暝云沉，笼寒日淡，几番无准晴阴。不卷重帘，有人新恋罗衾。么梅孕冷溪桥路，倩炉烟、扶梦相寻。怎堪禁，菊老荒篱，雁老遥浔。　　吴绵乍试依然怯，念霜关倦角，风院残砧。两处眉山，一般都许愁侵。冰轮莫辗空枝露，盼东风、吹暖蕉心。甚而今，才暖薰笼，又冷瑶琴。

买陂塘

奉寄梅叟师

渺云山、归程何许，依稀一径天际。疑真疑梦思量遍，长叹此行非计。闲徙倚。便插得瓶枝，问与谁相对。更阑迤逦。剩枕角凄迷，灯前独自，雨滴寸肠碎。　　风窗畔，想像慈颜隐几。伤时感别无寐。天寒苦念梅花瘦，况是瓣香心事。千里外。纵按澈冰弦，离恨空盈指。扁舟可舣。盼待到春来，阴霾销尽，归去讨文史。

一萼红

读梅叟师诗竟，恭题其后

绪风轻。送蹁跹仙鹤，流响下青冥。万象悠然，微悰湛若，夜气无限清泠。瘦吟身、拈须悄立，仰寥天、孤念映千灵。紫竹潜吹，素弦自鼓，却待谁听。　　为语喧春百舌，尽随音宛转，何似无声。象外幽玄，此中真宰，闲来时叩心扃。叹庭阶、苔痕立断，负深期、惟我未能承。剩得炉香一卷，梦绕梅厅。

东风第一枝

仲冬上浣，车至沙坪，以让道不慎，轮支危岩，岌岌欲坠。时近昏黑，十里以内，寂无人烟。山既多狼，复有伏莽之戒。力趁星光，急行十余里，夜过午，始得宿食，而神魂交瘁矣。

仄径绳悬，飞车互击，迢迢万里如此。何须轴折辕摧，早是意疲梦瘁。重山午夜，正深黑、寒林无际。猛一声、骖絓颠崖，几逐月轮西坠。　　荒冢畔、魍魉恣肆。从薄里、虎狼窥伺。蓼虫怎惯相安，宇宙谩猜甚世。瞢眬前路，但几点、星光微示。喜渐近、野火前村，似有故人相慰。

八声甘州

自题并影听笳小帧

迎晨曦容与古城阴，幽思落荒遐。望天山迤逦，沙原莽荡，危堑槎牙。薄暖才融积雪，流水点飞鸦。依约乡园景，红杏谁家。　　莫道关河难度，看明驼塞上，并影听笳。数征程万里，归路梦中赊。念江南、年年此际，断愁魂、细雨沁千花。怎生见、卷黄云地，有此容华。

（以上选自《浣桐书室词》,《寿香社词钞》民国三十一年刻本）

张祖铭（10首）

张祖铭（生卒年不详），字织云，关赓麟室，江苏铜山（今徐州）人。著有《饴乡集》四卷（与关赓麟合著）、《琴风馆词》。

菩萨蛮

别　思

柳丝低拂阑干绿。锦衾斜掩屏风曲。何处系离愁。楚云天尽头。　　碧窗魂一缕。杜宇凄凉语。别泪背人弹。杏花春昼寒。

卖花声

江亭霁望

野色上高楼。风定帘钩。深深芦苇足藏鸥。密树参天晴涨绿，惟乏扁舟。　　邻笛韵悠悠。无限新愁。夕阳西下水平流。看尽壁题萧寺晚，侬也归休。

清平乐

病　中

疏帘风透。久病腰肢瘦。银簟如云消永昼。憔悴镜中眉皱。　　睡余强倚高楼。远山点点生愁。不解近来浑懒，沉疴何日方休。

眼儿媚

秋　闺

霜酣枫树叶飘红。关塞度征鸿。连天秋草、数声秋笛、万里秋风。　　暝烟别院蛩吟歇，露井下疏桐。深闺无寐、凄凉月色，偏照帘栊。

一斛珠

怀　人

晓寒慵起。开奁减尽眉尖翠。疏林萧瑟西风里。秋燕呢喃，不识倚阑意。　　野塘雁去愁难寄。晴烟弄暝霜侵砌。黄花也似人憔悴。何日相逢，蝴蝶梦千里。

清平乐

乡　思

楼台烟树。望断清江路。黯黯乡思谁与诉。怕听征鸿南度。　　秋阶落叶催寒。凄凉月上阑干。梦里乘风归去，一声邻笛惊残。

昭君怨

秋　雨

秋老菊篱香冷。瘦落半窗疏影。小雨湿黄昏。最销魂。　　深掩屏风人悄。肠断江南芳草。无计隐新愁。上眉头。

长相思

九月晦夕小雨

漏声收。画屏幽。一雨敲窗送暮秋。深寒侵小楼。　　思悠悠。倚香篝。故与诗人作唱酬。梧阶滴不休。

蝶恋花

冬 闺

雪霁庭阶铺乱絮。静掩屏风，已是天将暮。月照窗棂人不语。绣帏侵透寒如许。　　宝篆沉沉香作雾。斜凭熏笼，暗听征鸿度。酒力渐消慵举步。灯花正共梅花吐。

点绛唇

雪 霁

积雪晴开，余寒低压梅枝亚。玉尘凝瓦。旭日光相射。　　遥想灞桥，驴背微吟乍。梨花下。淡妆幽雅。写入诗中画。

（以上选自《饴乡集》民国八年排印本）

章璠（1首）

章璠（生卒年不详），字伯璠，江西南昌人。

柳梢青

雨横风斜。洛阳旧苑，红绽云遮。小圃烟昏，雕栏睡足，春在谁家。　　春明门外天涯。浑不似、沉香彩霞。绣被疑堆，锦帷初卷，幽思交加。

（选自《词学季刊》第 1 卷第 2 期）

赵汝绩（7首）

赵汝绩（？—1948前），字孝陆，山东安丘人。光绪三十年（1904）进士，官内阁中书。有《慏苍阁词》。

如此江山

疏华手把荷衣冷，菲霏浴兰芳洁。丽绪婵媛，瑶情烂漫，秘简曾翻玉叶。沧江泪咽。算故国沉哀，中仙能说。花草斜阳，旧乡临眺梦云热。　　江山金粉似洗，剩凋残霸气，腕底明灭。凤味吹香，鸾笺唾碧，浅缥云林万叠。幽光喷薄。看簌簌璚觚，碎钿零玦。时方搜集清词。一代骚魂，喜千葩绚发。

疏帘淡月

年芳畹晚。忆绀海光摇，绯罗天影。坠粉飘烟，殢尽绣漪鸳梦，珠檠泪泼金茎悴，荡灵芬、露房尘瞑。水嬉零落，清商调苦，昔游谁省。　　望天外、碧云黄鹤，正锦泾人去，玉箫凄硬。宛宛菱丝，愁绾少儿鸾镜。琉璃塌冷铢衣薄，渗冰肌、香雾销凝。怨娥知否，芙蓉小院，塞鸿宵警。

（以上选自《词学季刊》第 1 卷第 3 期）

木兰花慢

素秋朱鸟去，水云泣、冷西台。痛惨绿尘飞，冬青月苦，扣砌荒苔。低徊。玉珰怨札，剩沧江涕泪渍琼瑰。一掬椒浆桂糈，词仙何日归来。　　心灰。鸡塞梦初回。凉吹露茎摧。看御笺银沫，花奁钿粟，空赋龙媒。沉哀。带萝被荔，恍临风三嗅楚兰衰。传遍弓衣乐府，闲情删尽风怀。

高阳台

凉　夜

露泣幽虫，烟呼倦羽，寒光荡玉新晴。金粉沧洲，凄凄残月胧明。笺天拟乞灵箫谥，讯飞仙、谁阏瑶扃。更何人，翠管花裙，夜沸春声。　　璇台梦冷华芝老，望秋河缥缈，潋艳疏星。病草零花，回风夜夜堪惊。微闻孽海冤禽悴，恁寒潮、落了还生。正怀人，孤负青棠，络纬衰镫。

高阳台

夕　阳

风叶揉丹，霜柯绣紫，明霞散落林塘。暮景飞腾，亏他绝丽斜阳。文窗了鸟朱楼迥，殢行云、孰惜流光。最怜伊，珠网琼疏，漠漠昏黄。　　西风不解鸳鸯热，恋微微光影，独守蘅芳。燕去谁家，商量锦字携将。卷葹未死红心苦，染湘罗、密裹瑶珰。且要招，千里婵娟，来画虚廊。

长亭怨慢

画湖重到，风叶漫天，渺渺兮余怀也。

又来听、画湖风叶。一片琤琮，碎琼骚屑。斜日危阑，断肠烟柳不堪折。燕嗔莺懒，还忆否、春云热。旧事怆延秋，算只有、城乌能说。　　凄绝。望丹山隐隐，香雾百重明灭。笙寒月暝，谁更倚、小楼吹彻。拈素手、沸沸清商，早涌起、舞愁千叠。怕玉貌孙娘，零落舞裙如血。

金缕曲

层楼风雨，感音而作

烟雨层楼暝。忆灵修、微波无语，怨潮春冻。北渚参差风袅袅，是否湘累凄弄。道天末、夫君愁病。黄竹无花斑骓去，恁眉间、心上思量定。总不识，欢情性。　　双枝红豆沉吟种。祝东风、欢苗爱叶，陆离香径。便袭芳菲缄恨字，只恐春人未醒。料压枕、痴云如梦。珠泪阑干龙绡湿，惨红巾、望断青鸾影。谁寄与，乐昌镜。

（以上选自《词学季刊》第3卷第1期）

郑锷（3首）

郑锷（生卒年不详），字昂青，浙江永嘉（今属温州）人。瓯社社员。

高阳台

题《半樱簃填词图》

帘影千丝，墙阴一角，朱樱晓露初干。春满蓬莱，花开尚怯春寒。斜阳如水阑干瘦，寄吟身、画里江山。倩灯边，低按银筝，声袅觥船。　西泠厌听啼鹃。驾扁舟归去，风雨湖天。白雪阳春，依然光照临川。云帆回忆扶桑胜，怅当年、好梦难圆。谢公亭，馀韵重寻，翰墨因缘。

虞美人

和彊村先生韵

横塘沤鹭差池起。烟水忘机地。幽花疏散未宜簪。一任东风来去总无心。　涉江休怨芙蓉老。欢事翻成恼。离愁别绪画难真。知否十年如梦玉楼春。

虞美人

题《莼菜》《鲈鱼》《隐囊》《纱帽》画幅

西风故国黄花瘦。又载江湖酒。莼鲈风味客心秋。一抹斜阳红荡水西楼。　隐囊坐对弹棋老。画打维摩稿。岸巾笑语隔江山。待我扶筇深入白云间。

（以上选自《瓯社词钞》民国十年排印本）

郑秋铎（1首）

郑秋铎（生卒年不详），字叶桐，生平不详。

齐天乐

病　起

宝奁争把朱颜怨，应怜沈腰如妒。宠月留歌，扶花劝醉，妨了千金词赋。珠灯困舞。算痴梦人间，一番辛苦。待证前踪，小蛮针线费将护。　　年芳消尽媚妩。料飘零欠抵，江上烟路。泪忏红禅，心惊绿鬓，剩有吴箫凄度。银屏正午。甚唤起娇慵，隔帘分付。恨入天涯，玉梅寒未吐。

（选自《词学季刊》第2卷第3期）

周登皞（7首）

周登皞（？—1940），字熙民，号补庐，福建侯官（今福州）人。光绪戊子年（1888）举人，掌浙江道监察御使。曾任拱卫军军需处秘书，北京政府肃政厅肃政使，绥远道尹。有《补庐词》。

金缕曲

咏寒鸦

极目寥天阔。蓦何来、墨痕万点，欲回还折。暮色西山苍然至，掠过寒林数叠。渐水外、飞霞明灭。夹道槐阴曾几日，到而今、冷与征鸿答。遥指点，黯城堞。　　昭阳旧事休重说。但斜晖、无情一片，影迷宫阙。几树垂杨销魂处，弱缕惊栖未贴。又槭槭、风欺病叶。闻道蒋山神未死，尽看他、残饭江天接。感时物，总愁绝。

锦缠道

长　至

此节团圆，偏是客惊孤拥。念明朝、粉糍谁送。夜长曙色微微动。贺表年时，引起朝天梦。　　笑闺中五纹，今都无用。寸分阴、那知珍重。这一阳、黍谷初回际，东风几日，解得穷檐冻。

玉烛新

人日栖白庼宴集

椒花初荐福。又第一风光，候占来复。海王肆畔，轻寒里、已有香车云逐。蓬门昼冷，但料理、辛盘残馥。粗粝计、归纵无田，明朝尚思占谷。　　遥传练性斋头，援旧例题诗，菜羹新熟。滥斟蚁绿。偏来晚、负了良宵灯烛。阳春试和。怕更理、玉作平龙凄曲。愁滞我、乡思花前，年年异国。

汉宫春

咏新燕

匼杏初红，瞥翩飞双翦，掠过檐牙。画梁乍来又去，禁得风斜。芳踪细数，路迢迢、海角天涯。何处是、卢家玳瑁，郁金少妇如花。　　休管废兴王谢，有巢痕可觅，且住为佳。从来吴宫汉苑，总付啼鸦。栖身最稳，只安排、泥护芹遮。情意重、红红系著，人怀肯向邻家。

蓦山溪

寒　食

东风乍暖，吹到饧箫澈。焚死不公侯，算留个、销魂时节。客中滋味，明日是清明，浇冷酒，对飞花，天末头惊白。　　汉宫传蜡，往事伤心说。国火换匆匆，休更问、轻烟消灭。进香一骑，陵使几时来，御堤柳，攒道梨，付与啼鹃咽。

淡黄柳

咏新柳

三眠未币，眉意谁描出。煞费春风裁剪力。几许攀残冶叶，无赖莺梭又抛掷。　　晓烟织。青青弄初色。便愁煞，渭城客。看风光、渐转铜驼陌。寄语东皇，汉宫人字，留意重扶旧碧。

应天长

费宫人巷，限美成体

御河未入，眢井复苏，天乎造就奇节。愤得鼎湖消息，回思寸肠裂。歼渠手，心似铁。强笑语、暗中呜咽。洞房夜，袖里刀光，一缕寒雪。　　宁死为全贞，虎穴从容，拼洒颈腔血。但把主家私祝，无人识潢牒。红心草，萦秀骨。访旧里、未经芜没。最娇弱，十六年华，行路能说。

（以上选自《烟沽渔唱》民国二十二年排印本）

周伟（7首）

周伟（生卒年不详），字君适，湖北黄陂（今武汉黄陂区）人。为陈曾寿之婿。须社社友，曾任山东巡抚。善画、工词。

声声慢

题清微道人《空山听雨图》

烟峦隐秀，雾观藏幽，当时曾霭昙云。慧业难消多生，修得兰荪。凄凉画楼燕杳，几风霜、暗蚀巢痕。仙梦觉，忆瑶京伴侣，小别千春。　　追念山房听雨，正铢衣寒澈，莲座檀薰。万感人天，丝丝撩乱吟魂。闲愁漫无系处，付画图、影事留温。埋恨地，对苍茫、终古暮曛。

芳草渡

答忉庵寄怀

夕照里，送鼓角声寒，岁华如扫。抚曲栏凝望，清霜净洗林皓。天阔鸿雁渺。摧南云风峭。料两地，别后心情，著恨多少。　　吟稿。旧愁黯黯，燕约分明轻负了。剩回首、梅边菊畔，依依梦曾到。甚时把袂，为整理、断肠千绕。对翦烛，烂醉银罂共倒。

凤凰台上忆吹箫

纳兰容若生日，集苍虬阁

冷暖心期，醉醒身世，清才绝代谁怜。剩飘零一卷，肠断鸾笺。来酹词灵杯酒，伤岁晚、倦旅幽燕。尽消歇，繁华尘土，万劫人间。　　征鞍。当时出塞，度落日长河，残雪萧关。料两般风物，齐入吟鞭。寂寞神京回首，铜驼卧、白草荒烟。更谁见，乌衣双燕，能忆当年。

一萼红

人日栩楼花下觞集

约箫期。正园林澌冻，池阁晚晴时。鸭鼎浮烟，犀帷护暖，芳讯才动梅枝。翠卮映、脸霞晕薄，趁檀板、唱彻好春词。照席灯阑，转廊风细，良夜迟迟。　　寂寞天涯行乐，叹休文瘦损，带眼频移。哄夜藏钩，踏春挑菜，还入前梦凄迷。漫长忆、兰桡系处，料明月、犹自斗修眉。望到吴云雁程，应过荼蘼。

太常引

题清微道人《橅马湘兰墨兰》长卷

素心寂寞伴烟萝。托命在岩阿。纫佩恋湘娥。倩描取、伤秋泪多。　　春风画笔，人间流转，瑶瑟费哀歌。玉井本无波。甚一点、温馨未磨。

忆旧游

过水西庄遗迹，追怀查湾

望低云转碧，残照匀黄，楚客情孤。驻马寻陈迹，叹雕阑改尽，委恨寒芜。豪华一代宾主，俯仰岁时徂。想裁韵当花，聆歌倚竹，清景模糊。　　江南旧词客，自衣染燕尘，闲了西湖。回首东风里，听鸣廊叶颤，逐侣禽呼。名园遗事难问，故老只今无。写百叠闲愁，春波一曲如画图。

浣溪沙

题宋王晋卿山水轴

宝绘丹青尺素留。烟霏深渺写林幽。云篁藓壁动清秋。　　尘外孤情倾玉局，毫端破墨入营丘。寂寥异代接风流。

（以上选自《烟沽渔唱》民国二十二年排印本）

周学渊（6首）

周学渊（生卒年不详），字立之，号息庵，安徽建德（今池州东至）人。光绪二十九年（1903）进士，历任广东候补道、山东候补道、军机处记名等职。1906年任山东大学堂校长，1909年任山东调查局总办。致力于版本学研究，工诗词，郑孝胥称其“颇有才调”。

临江仙

咏新荷，和查湾韵

浴水鸳鸯风乍暖，缘溪万叠青钱。如珠清露滴初圆。藏鱼羞见月，宿鹭渺如烟。　　白发江南余一梦，红酣应谢丹铅。水蒲风絮夕阳天。翠奁添小影，玉貌想当年。

琵琶仙

臣庵归自滨江，集于栖白庼，酒阑同赋，用石帚韵。

休浣征衫，快携酒、醉倒双双荷叶。帘外红绽榴丛，酡颜斗娇绝。相忆久、离亭草绿，更催醒、梦中啼鴂。共倚高楼，星辰似旧，烽火愁说。　　况同是、漂羽天涯，赐衣在、香罗恋佳节。经眼锦帆何许，等飞花飞荚。千古恨、湘流不尽，试彩毫、意皎冰雪。但恐骓系垂杨，又怜轻别。

玲珑玉

夏日赋冰

铜碗声中，更谁唤、旧陌红尘。春明梦换，绛桃碧藕犹新。敢望恩分禁井，恐一杯春露，沧海难论。酸辛。题鲛绡、诗泪满巾。　　岂料光阴似岁，纵聪明分雪，难净愁魂。一片清莹，展玉壶、自许心亲。休嗟雕纹镂彩，便消去、依然皎洁，不玷蝇痕。且珍重，镂金箱、瑶席乍陈。

齐天乐

咏早蝉，用碧山韵

老槐垂绿凉阴满，一声高处初起。五月薰风，千年冷魄，万斛深愁谁寄。轻圆沸耳。应清胜么弦，细明重珥。得意先鸣，那知身外有憔悴。　　频烦池上对雨。叹黄深翠减，疏断秋意。饮露盘空，吟风榭改，才觉伤心身世。休言玉碎。只几日繁音，顿成焦蜕。漫托宫鸦，泪挥斜照里。

水龙吟

冰丝庵感旧

那堪坠叶秋深，病床一决难相见。笼花曲槛，摊书小儿，此情凄断。三苦平生，七哀风谊，故交吟卷。二十作平年旧梦，飘零语笑，青灯换，朱颜变。　　重过松阑竹院。痛前踪、回肠车转。青山独往，伊人不作，剩藏题扇。谁与招魂，白云乡渺，猿惊鹤怨。恨尊前客少，琴弦又绝，睇沧溟远。

金缕曲

题吴柳堂先生《罔极编》墨迹

鱼直书青史。算同光、峥嵘几辈，孰能追此。大节如今昭星日，犹见蒿庐数纸。痛国难、甘泉烽委。风雨漂摇西狩恨，更何堪、血泣麻衣子。书废读，恐难比。　　重来吊古寻燕市。想祠堂、松筠故宅，后先媲美。取义成仁平生学，自古艰难一死。那料得、鼎移龟毁。若辈不为宗社计，读遗编、黄鸟悲风起。忠与孝，本同体。

（以上选自《烟沽渔唱》民国二十二年排印本）

朱守一（4首）

朱守一（生卒年不详），字梅痴，四川井研（今属乐山）人。河南大学毕业，邵瑞彭弟子。著有《梅痴吟稿》。

兀　令

楼头莺声传隔苑。绿窗人懒。何处逢宫辇。剩春色江南，怕被流年换。杨柳陌上青青，起舞酬歌管。怕縠罗云断。　　明月圆时芳信远。梦回孤馆。鱼雁都星散。有竹叶葡萄，且共倾金浅。莫忆天阙澄晖，阑槛东风遍。叹落花经眼。

生查子

妾是镜中花，郎是天边月。相望不相依，更道天涯阔。　　郎照妾颜红，妾见郎心缺。终古不相逢，却羡人离别。

长相思慢

月榭风清，露桥梦隔，秋声莫怨天涯。丹枫醉叶，紫菊凉英，尊前千里尘沙。巷陌云遮。笑琼楼倚马，宫树藏鸦。极浦草烟斜。苦孤征、何处胡笳。　　问轻别情怀，远离滋味，而今那忍还家。纵然留玉砌，奈朱颜、羞照桃花。往事谁赊。珠翠杳、收残彩霞。望乡关、新来病酒，碧箫吹恨年华。

安公子

和邵师重九韵

柳岸参差影。断鸿又说相如病。不见登高传绿酒，向商声倾听。算翦彩江南，倚槛堪寻省。惊旧游、九畹西风冷。记归艎初系，清揽黄花三径。　　芳露凝金井。楚山淮水笙箫迥。唤取芳尊酬晚照，写当时愁迸。笑落帽参军，利禄何年醒。到夜阑、卷箔酬佳景。任杜老天涯，自成一襟秋兴。

（以上选自《词学季刊》第3卷第1期）

朱应徵（2首）

朱应徵（生卒年不详），字保之，湖南长沙人。张之洞婿。有《荡澜簃词钞》，又名《哀逝集》，共收词五十首，为哀悼亡室张丽芬而作，纪家庭琐事，皆步清真韵。

芳草渡

庚申秋，归故都

八月里，有劝我归寻，故园诗侣。遽驾言遄返，秋光恁好无雨。三载为客苦。当离乡号诉。靡寸挂，只道行行，一任前去。　　茫顾。幸堪息景，老屋溪桥芳草路。笑城郭、人民几度，炊烟旧门户。举家合浦。话不尽、丝丝心绪。且卒岁，领取梅开鹤舞。

蓦山溪

清　明

山南山北，遍是销魂路。枉待令威来，指累累、人生尽处。何曾似笑，犹且瘴昏多，和谁语。同谁伫。黯黯长眠去。　　酴醾一架，糁径铺红雨。柘景故偏斜，厌村前、醉人社鼓。高冈况是，坯土未曾干，双眸举。泪泉注。怨柳摇烟缕。

（以上选自《荡澜簃词钞》民国排印本）

附录：
现代（1912—1949）散曲选

刘清韵（套数3首）

刘清韵（1841—1916），原名古香，小字观音，别署东海女史。行三，又称“刘家三妹”。江苏海州（今连云港海州区）人。刘蕴堂女，沭阳钱梅坡室。晚清较有成就的女文学家。擅长诗词，精通书法、绘画，有《小蓬莱仙馆传奇》《小蓬莱仙馆曲稿》等作品。其创作的散曲深入社会人生，广泛关注女性命运并立足于现实，语言雅洁自然，情感真挚、本色浓郁。

【南仙吕】

昔韩昌黎有送穷文，张平子作遣愁咏。皆于坎坷之境，抒厄塞之辞。余穷既不殊，愁尤相类，借彼短调，写我长怀。

【步步娇】秋夜沉沉秋阴悄。耿耿秋灯照。秋虫恁絮叨。使我心头百绪纷来搅。排闷托湘毫。拂花笺打一幅穷愁稿。

【醉扶归】想当初掌上同珍宝。到而今倚竹暮连朝。尽人夸续史业能齐，又谁知煮字饥难疗。呼庚祝癸总徒劳。望梅画饼干成笑。

【皂罗袍】不独米无柴少。更屋欹墙倒，没计营巢。秋风匝地卷衡茅。杜陵广厦同缥渺。瓶浆涸竭，炊烟寂寥。雏儿稚女，啼麋索糕。小狸奴也待哺将人绕。

【浣溪沙】正横担十分急焦。再平添万千烦恼。新逋陈负，纷纷的把户敲。齐来讨。香奁典尽难为报。也只得吞声任聒嘈。

【香柳娘】记吾师有言。记吾师有言（指龙太夫人）。且舒怀抱。谋生自可丹青靠。展冰绡试写，花卉与翎毛。枉把精神耗。究何曾得济，算开门七件，依然无着。这景况，看将来怎好。

【尾声】由来否极还生泰，或有遭儿泰运交。幸莫把此日的艰辛忘却了。

（选自《女子世界》1915 年第 2 期）

【南仙宫入双调】 中秋对月遣怀

【步步娇】高卷珠帘霏香雾，莽莽清光赴，秋心一半苏。火爇名檀，满斟清醑。含笑语蟾蜍，可能容尽意儿输情愫。

【醉扶归】我愿驾云軿朗诵乘风句，我愿按霓裳重披探月图。我愿凌寒手抚桂花枝，把平生疑抱向嫦娥吐。待问他琼楼玉宇底盈虚，待问他清天碧海何今古。

【皂罗袍】人世利名牵处，怎纷纷扰扰，一片模糊。穷通得丧既多殊，升沉显晦尤难悟。英雄儿女，子孽臣孤；吞云饮泣，狂歌碎壶。恁茫茫的缺陷谁能补（按：第七句应平平仄平）。

【好姐姐】叹偌大、圆灵照，罗浮未周，且索把新词闲谱。无边怅触，只湘毫一一濡。劳延伫，琼箫更向这花前度，不识仙宫解听无。

【尾声】灵台粉碎虚空久，且消受绿樽频注，一任那缥缈罗云自卷舒（按：首句应叶）。

（选自《女子世界》1915 年第 3 期）

【南仙宫】　题王翼臣茂才《泰山堕泪图》

王朐人童时遭捻寇掠至山东，寇败被获，同难十七人皆死，独王以泰安广文艾先生救得免。图报无由，绘图志感，余不多艾君之施，而多王君之不忘。为谱此调，亦足以风。

【新水令】有人曾陟岱宗高。惹茫茫泪痕多少。雏莺悲失木，子燕泣离巢。魄散魂飞，何处所遭。掳掠的情悰自陈告。

【步步娇】记当时匝地烟尘篝狐啸。远陷豺狼窖。见纵横白骨抛。叹几度途穷，伤几回乡杳。浩劫苦难逃。拚童年血染荒原草。

【收江南】呀，幸有那王师风动涌如潮。把欃枪恶焰霎时消。喜刚刚皇天解得网周遭。又谁知厄运相连到。遇巡兵缚牢。遇巡兵缚牢。准备着一丝儿命送今朝。

【园林好】看同侪头颅尽枭。许生还家园尚饶。此救厄真同再造。漫说是报琼瑶。漫说是报琼瑶。

【沽美酒带太平令】感恩施梦寐劳。感恩施梦寐劳。曾共那群仙海屋献蟠桃。猛忽里修文又见招。天荒地老。只几回沉痛几牢骚。沉痛的斯人已渺。牢骚的此泪徒抛。既访取倪黄笔妙。更征求李杜才高。你呵，安排着名笺自抄。名香自烧。这图儿须索自珍藏好。

【尾声】寸珠尺璧宁堪宝。只有风义能为万世的标。试看那海上群峰青不了。

（选自《女子世界》1915 年第 6 期）

邓嘉缜（小令1首）

邓嘉缜（1845—1915），字季垂，原名嘉统，号文密，室名暖玉晴花馆，江苏江宁（今南京）人。晚清重臣邓廷桢之孙，民国词人、藏书家邓邦述之父。同治九年（1870）优贡，用知县。光绪元年（1875）举人。曾在贵州、台湾、湖北等地任职。光绪三十一年（1905），简授徽州府知府，改知锦州府，调奉天（今辽宁沈阳）。东三省改定官制，署奉天巡警道。未几裁缺，遂引疾自免。后寄居北京、天津等地。著有《晴花暖玉词》。

【天净沙】 蟹 蝶

蟹螯轮囷，分析其枝，又合半为一，黏之壁间，俨然蝶也。吾乡词家沈夕阳有仿元人小令，辄漫拟之。

文章一世名家。侧身输稻爬沙。《尔雅》殷勤读些。蓦然神化。羽衣香梦南华。

（选自《晴花暖玉词》1919年《双砚斋丛书》本）

胡薇元（套数2首）

胡薇元（1850—1924），字玉津，又字孝博，号诗林（又作诗舲），别署壶庵、跛翁、玉津居士、百梅亭长、七十二峰隐者、天云居士等。河北大兴（今属北京）人。清光绪三年（1877）进士。清末曾为官广西、四川、湖北等地。民国后成为清室遗老。著有《玉津阁集》十二种，其中第六种为《壶庵五种曲》，存套数两首。

【北中吕】 《翻书图》

丙辰霜降后，青城石室山人出《翻书图》属题，为北曲散套。

【粉蝶儿】一幅生绡。画中人同留玉照。书城坐拥展卷魂消。邺架排，分甲乙，问郎含笑。恁风流并遣无聊。欲翻时寸心先料。

【叫声】当日个牙签判玉人标。翠翘。翠翘。待麻姑纤指爪，计吟成处士百篇诗，更赖取清娱寻检巧。

【醉春风】谟觞室慢低回。委婉丛龙尾砚。阿郎曾此教吹箫，忆从头某书某卷。不误分毫。颠倒殃央两字，格外分明易找。

【迎仙客】图书馆，去崇朝。更喜家无封禅稿。比东坡，对琴操。雨后花前。消受容华妙。

【红绣鞋】獭祭免四河嘲诮。不学他钱柳风骚。书厨学海自推敲。翻时充栋少，题罢待儿抄。与卿卿共雠校。

【普天乐】想当初翠袖耐天寒，四库虫鱼饱，相契在烟波眷属，写韵轩高。又谁知凭伊画流传，一旦的绘出娟娟好。儿家情事被摹描。偶然里入新诗。任人传播，不多时远寄琼瑶。便引出新编络绎，香宋诗豪。

【石榴花】玉堂骢马姓名超。雅韵嚼绒绦。把寒酸风味变刁骚。阿侬初诵罢，双颊红潮。一行行只咏婵娟貌。说灵芸难遣良宵。助风魔狂煞诸诗老。问仙郎艳福怎能消。

【剔银灯】昔年粉署弓招。香熏左掖趋朝。那时间联班跄济多同调。未几儿卜归期手版徐抛。一例把车骑邀，酒盏浇。对明月低拍红牙按绿么。

【苏武持节】转瞬白虹光耀。恨执政轻心掉。一霎时覆朝堂狂噪。听连番恶耗。武天骄。文叫嚣。谁人肯把宫廷保。到处同将丑虏挠。焦。也么焦。只剩得穷内翰石室老。

【红衫儿】甘向书幡槁，闲画眉儿俏。张京兆留旧稿。懒蹋红尘道。禅也逃。酒也逃。看检书自了。

【煞尾】图书中自乐陶陶。旧书堆安睡书呆觉，嘱画工画柴桑莫画梁鸿傲。叮嘱伊将画稿收藏，百世后手卷儿有人宝。

【南北双调合套[①]】 壶中乐

【北新水令】壶中名姓不须编。自有木衡门便览。考槃原是隐，洒落似登仙。蔼轴安闲。且留待佗千秋月旦。

【步步娇】千竿修竹红尘远。等闲自把重门掩。奇礓一角山。丁字帘前。静对图书展。安贫道乃全。歌一曲漪兰空谷无人见。

【折桂令】七十翁不受人怜。管甚么炎凉冷暖，党派周旋。到处有诗坛词社。二三好友，大笔如椽。论南北不用俺临机决断。讲外交不用俺半句多言。天与清闲。岁月盘桓。数平生没受过暮夜黄金。隐桐乡作遗民，愿受一廛。

【江儿水】笑傀儡由他扮，把长安棋局翻。直弄得掀天揭地纷纷乱。白衣苍狗霎时变。奸雄谲士蜃楼幻。月落酒阑人散。梦里邯郸，说不上那门公案。

【雁儿落带得胜令】穿一件深蔚蓝旧绢衫。吃几口盐黄齑淡茶饭。白髭须不比他四皓贤，破毡靴恰像个钟馗判。既没得郭汾阳将相权。也不怕伍子胥属镂剑。爱花陶令诗，荷锸刘伶传。醉也么颠。俺是那大雪中犹高卧的旧袁安。

---

① 原调记为“北曲散套”，实为南北双调合套，改之。

【饶饶令】蹉跎垂日暮。澹泊梦都闲。且当做逃禅入定。把雄心炼。又何须入深山费往还。

【收江南】呀，学洪厓避世去求仙。比苏卿啮雪并吞毡。又何妨闻韶三月食无盐。何必叹颠连。遮莫是领八霞司的青玉案。

【园林好】百梅亭风雪连天。辛夷馆风景连蹁。有竹居梨云小院。得意处竟忘言。得意处竟忘言。

【沽美酒带太平令】履平地。似登仙浮沧海。吸鲸川。好回头即是岸。坐看鱼龙把钓竿。似令威鹤返吊城郭。俯人寰。又何须俸钱十万。又何须长安策献。又何须沉吟不断。又何须葛藤纠蔓。俺这些时知天乐天。随缘度缘。呀，素患难行乎患难。

【清江引】高公一去何时返。只好梦中见。雄文镜里花，青史风中线。不觉的寻乔松归去晚。(老友前太常寺乡高赓恩)

(以上选自胡薇元《壶庵五种曲》，1921 年大兴胡氏玉津阁刊本)

汪凤藻（套数1首）

汪凤藻（1851—1918），字芝房、云章。江苏元和（今苏州）人。同文馆英文班毕业生，译书纂修官，翰林院庶吉士。甲午战争时期任驻日钦使。本系“词臣”，性情淡雅，所存散曲多为寄兴抒怀之作。

【南宫调】 题《花团锦簇图》遗稿

【恋芳春】湘水无灵。美人薄命。逢人羞说才华好，聊放怀诗酒，寄兴山林，弄月吟风用。怎叹自古红颜更甚。闲自审。仙佛缘悭。争如诗画情深。

【梧桐树】春风暖绣衾。春睡尚余醒。彩笔纷披，绘幅回文锦。参伍错综谁人领。昔日若兰输他灵敏。天女散花，巧倩云孙赠，辞成黄绢纱窗静。

【玉交枝】说甚风景。游湘楚精神减损。工书工画工吟咏。把多少心肝呕出。尽杜鹃血溅诗囊冷。一帘明月梅花影。吊吟魂哭煞王孙。吊吟魂哭煞王孙。

【醉扶归】璇玑一轴传数省。羡他江南江北尽知音。天涯到处觅芳魂，王郎何事扫吟兴。到而今，画图争识拜霞卿。盥薇朗诵诗脾沁。

【步步娇】莫是玉楼将修文聘。从此分鸾镜。霎时教渔老成孤另耕钓。山庄空留馀韵。才大命终淹鼓盆。待把苍天问。

【高阳台】我想你奉倩神伤，安仁饮泣，古今同此酸辛。锦心绣口，果一字千金。沉吟。在暂时离别犹难遣，也怎尽教却红尘蓬岛归真。说什么，今生未了卜来生，絜果兰因。

【拍煞】宽怀且把残篇整，休辜负芳心一寸。准备着纸帐罗浮梦里寻。

（选自《墨缘丛录》1912 年第 9 期）

顾家相（套数3首）

顾家相（1853—1917），字秀敦，号勴堂，浙江会稽（今绍兴）人。清光绪二年（1867）进士，官河南彰德、归德知府。宣统初引疾辞官，侨居陕西。有《勴堂文集》《诗集》《联语》《日记类钞》等十三卷，及《浙江通志・厘金门》初稿三卷，《五余读书廛随笔》两卷。散曲有《勴堂乐府》一卷。

【北南吕】　哀思曲

并　序

余以辛亥季春，解彰德郡篆，即遣眷属来寓西安。缘先考妣皆葬鄠县，不能不为秦之侨民，且前一岁已卜就寓庐，有宾至如归之乐。余旋于夏至前抵寓，三男適光则八月下旬方到，征尘未拂，而已闻武昌警报矣。九月朔日西安民军接踵起事，全家在危城之中，幸未遭土匪焚掠。虽仅阅数日，秩序渐复而痛定思痛，犹觉动魄惊心。既而甘军东来，攻扰近省州县，鹤唳风声，时时在耳，迨甘军闻共和诏下，始行撤退，干戈静息，诚为一方之福。惟是京华北望，朝局已非，回首前尘，如梦如昨。忆余生咸丰癸丑，是为洪杨破金陵之岁，其时北方诸省，固无恙也。同治初元，秦中乱作，屠戮之祸，惨不忍闻。乃未几而回匪荡平，东南旋底定焉。自时厥后，或边徼用兵，而中原无事；或小丑窃发，而大局无妨。越南、朝鲜两役，为外交巨衅，然余在内地，又值听鼓闻居，初不相涉。庚子变起，余所宰萍乡，为刘忠诚辖境，所营煤矿，又为张文襄提倡，同在东南保护之中。都门诸事，可骇可笑，盖闻而知之。回銮后，入都觐见，忝膺郡守，彰德近接畿疆，极欲勉图报称。无如新政日繁，民生日蹙，县官日益困苦，督责寡效，表率终虚。且默察时艰，乱萌隐伏，去志既决，罢黜自甘，非敢漫诩见几，实尚希图幸免，犹冀少罹兵革，垂老或不致再睹烽烟。方将凿井耕田，为击壤康衢之叟，何意事变忽乘，及身亲见，差幸已无官守，尚可进退自如耳。仲夏中浣届六旬诞辰，亲友多情，欲为致祝，余既力拒其请，而悲从中来，不能自已。乃取六十年阅历兴衰之迹，援笔成文，长歌当哭，聊写牢骚，且以质之亲友。若谓上拟庾开府之《哀江南》，郝文忠之《哀三都》，则吾岂敢！

【一枝花】最难忘髫龄值乱离，更何堪垂老遭兵革！受饥荒容颜增菜色，苦奔驰磨炼到筋骸。饱听了炮震枪排，还留得残生在。依北斗望京华，无穷感怀。怎比得商山翁皓首芝餐，权做了东陵侯，青门也，那瓜卖。

【梁州第七】想当年肇皇图龙兴辽海，莅中原定鼎燕台，喜相承重熙累洽臻康泰。辟版章武功煊赫，举词科文教宏开，翠华巡舆情爱戴，木兰狩蒙部绥怀。天运穷盛极终衰，人事迕措置多乖。失藩封被吞了缅越琉球，订约章迷混了东边疆界，护朝鲜割弃了海外珠崖。堪哀，可骇！说不尽一朝基业兴还败。料史官能纪载，俺只把切近的遭逢叙述来，珠泪盈腮。

【转调货郎儿】禁不住惊涛灏瀚，料不定沧桑变幻，谁收拾浮沉破碎旧江山？俺待要抚松枝寻夏社，歌麦秀泣殷顽，转眼的六十年华似指弹。

【二转】想当初奠苞桑大清天下，涵帝泽遍遐陬向化。有鲰生诞育在邠州长武衙（先考宰长武，余生署中），似昆山片玉美无瑕（余生时，先妣祈神庙签，诗有“且向昆山求片玉”句）。我椿萱珍重得高无价，亲传授经师家法，指望著文章蔚国华。

【三转】自从那起金田潢池兵盗，据金陵江湖云扰。蓦地里燎原凶焰烛天高。幸名贤开幕府，赖儒将赋同袍。殄封狼三湘年少，荡鲸鲵长淮俊髦。更歼除东西捻巢，滇黔蠢苗，羌回桀骜，全仗出群才，手挽银河把氛祲销。

【四转】那时节正中兴升平有象，不提防龙归天上，依旧是垂帘母后莅朝堂。选宗支，承大统，增科举，策贤良，恩波浩荡，引动得那文人十八省的千百里的都跃向桃花浪。鄙人呵，逐队观场，桂杏联芳（乙亥顺天乡试中式，丙子联捷），颤巍巍名字魁春榜（会榜列第六名）。牛刀试，骥足骧，分发到江西豫章，一例儿钱谷簿书劳鞅掌。

【五转】想朝廷，广招徕，辟通商口岸，慎稽查榷江洋税关，任梯航万国萃衣冠。营租界，设专官，一件件怙冒怀柔政令宽。争奈是传教开堂，儒排异端（西教先盛行于外域，而后入中国，与佛教、回教同。愚民不察。以中国本有之邪教作一例观，诚为错误。然佛教迷信成俗，已数千载，儒士犹或排之，其排西教亦无足怪）。争奈是迎与赛敛钱难（西教不拜多神，约章声明华民入教者，迎神赛会概不出资。但春祈秋报自古已然，旧俗势难改变。假如一村百户，岁需百缗，若有三十户入西教，顿少三十缗，仍须七十户加增摊认，必非所愿，民教龃龉，此亦一大原因），争奈是杯弓蛇影生疑案（中国邪教，小则惑众敛钱，大则谋为不轨，自张角以后，历代有之。师巫邪术，久悬厉禁。采生折割，乃邪术之一端，前人指为白莲教所为。白莲教盛于明代，史册可征。西教设育婴堂，民间遗失孩童，辄疑为堂中诱拐，谣言传播，有挖眼剖心之说。同治庚午，天津之案，酿祸甚巨），争奈是听狱讼庸流偏袒（教士护教民，官吏畏教士，此尤通病）。因此上民怨沸郁积多般，因此上奸徒勾结起波澜。练习了红灯照义和团，看一伙儿没下梢的圣母师兄上将坛。

【六转】这不过怒吽吽莠民用武，怎抵挡气昂昂洋兵内渡！联合了美法英德日俄奥意众师徒，弄得个端庄刚董都无措。逼迫了九重帝后，满朝亲贵，纷纷扰扰，牵牵扯扯，幸大同宣府，百忙里才转到迢迢递递秦关深处。多亏得龙蟠虎踞的吴，襟江带湖的楚，同心协力，安安稳稳，保守偏隅，还有个堂堂使相，峨峨仗节，把邦交重固。到头来济济跄跄，捧日回光照帝都。

【七转】破白浪六鳌击楫（辛丑，余因明保调取引见，癸卯请咨，由海道北上），觐丹墀双熊画车（以知府发河南）。一载睢阳郡，符摄真除，邺下在雄州列（陈筱石中丞，奏改彰德为要缺，以余请补。先委暂署归德事。至丙午年冬始到邺）。几行字考韩陵碑碣（韩陵井石，今已无存，仅文字尚可考见），三尺土访茂秦墓穴（明代诗人谢茂秦，葬府城南廿里，余承江叔海观察之命往访，旧碑倾侧，为筑碑楼加题识焉）。铜台歌舞凄凉歇（铜雀等三台在府属临漳县，乡间仅存三土堆），剩空堂昼锦开黉舍（书院内有昼锦堂，今改设中学校）。自惭这二千石的官阶，并没有一半点的涓埃报天阙！

【八转】自回銮旧邦新造，挥戈处虞渊日杳。慈宫联辔返重霄，把繁华顿消顿消。庙堂中风雨乍漂摇，叹绸缪牖户的孤儿藐。教新操也么哥，调秋操也么哥，会党儿多少！硕彦耆臣相继而凋，不憖遗一老一老。燕雀嬉堂，大厦儿烧，问谁能铜柱擎天表？起风潮也么哥，换新朝也么哥，换新朝恰逢了革命成汤逊位尧。

【九转】这长安是秦汉隋唐京邸，历千载销沉王气。一自我家君作宰到关西，抛撇了流觞亭，春日曾修禊，甘领受灞陵桥，冬雪且吟诗。侥幸煞少年科第，驱宦辙图南还北徙。猛在那急流中抽身脱离，挈眷属可也携手同归，忽惊听季秋月朔动征鼙，只得避灾患柴门暂闭。眼见的时危局险民生敝，聊借这高歌谱出伤心事。若问天下滔滔应向何处栖？俺则愿享余年长守著先人丘垄里。

【煞尾】闻说道宫闱陵庙都无改，似这般优待前朝礼数该。对旧君故国兀自存忠爱。洽民心快哉！迓天庥大哉！好称扬盛德共和的太平代。

上曲脱稿于壬子首夏，其时优待皇室条款虽经颁布，而燕秦远隔，未悉实情。迨儿辈自都下归，缕述两宫安善，令大总统于优待各节，均已履行。且定议驻跸颐和园，犹不忍遽请迁移，而存留太庙，永归清室奉祀，尤亘古未有之旷典。昔虞舜禅位，文命商均，退处藩封，而仲尼称为“宗庙飨之，子孙保之”。今兹盛举，以视唐虞，洵有加焉。薄海臣民，非特不必存鼎迁社屋之悲，尤当以躬逢其盛为幸。爰附识数语，窃自笑杞人之忧为过计也。中秋后六日勮堂自注。

洪昉思弹词，篇首用南宫【一枝花】【梁州第七】二曲，末用煞尾一曲，前后相应，盖本元曲女弹词之旧也。然元人所作【转调货郎儿】，首尾有无，亦各不同，故余初稿未用之。甲寅秋杪，重入都门，虽风景不殊，钟簴无恙，而文武衣冠之异，王侯第宅之新，未免增人怅触。爰取自序及附识之意，补填三阕，置之首尾，俾与洪氏一律。长言咏叹，不自知其手之舞之足之蹈之也。勚堂又识。

【正宫】 告存曲

并 序

民国肇基，海内欣欣望治。癸丑之夏，李烈钧发难南昌，金陵安庆，先后响应。秦据河汉上游，为天下安危所系，乃能倡明大义，拥戴中央，东南糜烂，秦独晏然，士民咸额手相庆。而侨居斯地者，亦且视为乐土焉。不意甲寅三月，忽有白狼之祸。白狼者，宛南巨盗，初但为患乡里，钞掠旁近州县，嗣经外匪勾结，渐扰及鄂皖边境，日益猖獗。二月间，豫军会合邻省截剿，已溃散矣。适老河口军队叛乱，为之向导，贼势复振，乃由荆紫关犯陕境，入武关。陕军御贼于蓝田之东，而贼已从间道出大义峪，将直逼省城，幸为风雪所阻。三月初九日，扑鄠县陷之，维时省城讥察严密，屡获贼谍，内应不成，贼遂西窜。余曩在京师，有术士用邵子神数推余命造，谓寿止六十二，应于四月不禄。当寇警迫时，余贻书亲串曰："迩来饮啖如常，起居无恙，自揣必无死理，或者刀兵之劫，在数难逃，则不可知耳。"次男燮光，充金陵审计分处科员，适俞氏女本籍杭州，于报章中阅陕省匪警，寝馈不安者累日。亲友在南方者，争向金陵杭州问讯，盖局外之揣测，其惶急尤甚于局中也。既而西征诸军，屡获胜利，贼遁陇右，复为团练所阨，中央劲旅，源源而来，天讨用张，人心绥靖。光阴荏苒，瞬届端阳，余犹得与妇子家人，赏艾绿榴红之胜景，可谓大幸。因仿袁简斋《告存诗》之例，谱告存曲一套，以谂亲友。（术士推简斋先生寿七十六，故于是岁除夕，作诗告存。然术家论年月，主节气，不拘晦朔，简斋固未之知也。本年五月十三日交芒种节，方出四月节令，附注于此。）忆余于彰德解组时，曾拟定归陕后，旅居一年，即南下省视历代先茔，兼续长江区域旧游。奈以时局变迁，蹉跎两载，今假年惬愿，残喘犹延，辄欲诹吉启行，偿吾游兴。爰预计程途所历，胪列篇中，运腕挥毫，瞬息万里，固不待汽机之鼓荡，轮轴之转旋，而已倜倜乎神往矣。五月十四日勮堂自记。

【端正好】化工幽，玄机暗，双丸运象纬光含。叹白驹过隙浮生暂，橐籥谁能勘！

【滚绣毬】想古来豪杰呵志高的不凡，气盛的难犯，纵具有济时才乱丝能斩，还仗着顺风行趁势张帆。蜃楼儿幻出奇，空花儿一现昙，苦到口莫抛他橄榄，茧缠身自缚了春蚕。说甚么康宁好德箕畴五，富寿多男华祝三，梦境同酣。

【叨叨令】尊德性讲贤希圣希，才不愧千人万人的范。建勋业要家肥国肥，须肩荷千钧万钧的担（去声）。论治道比载舟覆舟，牢系住千寻万寻的缆。标威望仰韩公范公，曾惊破千夫万夫的胆。兀的不羡煞人也么哥。兀的不妒煞人也么哥。剩青史上大书特书，好留下千年万年的鉴！

【脱布衫】念先君品重楩楠，宦西方星聚冠簪（先君由大挑作宰秦中，时同郡先后至者凡四五人，均为林文忠公所称赏）。栽花处毗连陕甘（陕甘先系合闱，甲辰、己酉两次分校，皆兼得两省之士，迨补官长武，则两省接壤处），盼生儿虎头燕颔（余生长武署中，自幼尤蒙期许）。

【小梁州】俺是个三索占来应少男（排行第三），忆髫龄稚弱娇憨。免怀识字话呢喃（余读书太早，口齿尚不能清，稍长始渐改正），青灯暗书味觉醰醰。

【幺篇】神童美誉当何敢，也休夸青出于蓝。这文字呵性虽耽，情自歆。谁承望怀铅提椠，便释褐换朝衫（科第得来甚易，自知侥幸）。

【上小楼】漫说道大车槛槛，毳衣如菼（《毛诗》家以为听政官之车服。此两句平仄与《西厢》“合欢未已，离愁相继”止第五字不同。与《长生殿》“别离一向。忽看娇样”恰合，故用之。阅者勿笑其腐也）。肯自信听断能明，抚字能周，民社能堪。况又是赋役严，供亿欠，煞费那乘除加减，只一片保赤心诚求相感。

【幺篇】甘寂寞半生仕赣（在江西凡二十六年），庆遭逢枫宸露湛，几年价凤诏频颁，熊轼真除，豸绣加衔。畏民喦，恒抱歉。防讥竽滥，卸责任，一身轻，罢官何憾。

【满庭芳】衷怀恬惔，早则是年登花甲，白发鬖髿。多指望共和国体堪模范，又谁料闪妖星光射天欃。戮生灵磷飞黯黯，掳人财虎视眈眈。看毒焰燎原爁，昆冈玉石，良莠一齐芟。

【快活三】察军情孰立监，评将略苦难谙，只不过儒生纸上把兵谈，呀，吊战场谁与设梁皇忏？

【朝天子】恨豺狼太贪，恨犬羊太婪，屈指的十数城池陷。更谰言谍语竞工谗，似恶鬼向高明瞰。虽不至烽火连三（白狼在狭境未及一月），竟达空函（用殷浩事），却怎生查检音书不许缄（当轴以谣言太重，军事秘密，遂有查检邮信之令）。俺的儿女呵，身在江南（唐代杭州亦属江南道），心系渭南（长安城在渭水南，汉高祖初置渭南郡，后方改京兆尹），阅报章都拍案高声喊。

【四边静】蓦然见天空飞舰（中央派毅军陆军，先后来陕会剿。四月朔，到飞艇四只，初五又到两只，耳目一新，人心大定），喜我武维扬把寇乱戡，指日里净扫烟岚，恁方知兵力山难撼。鄙人呵合掌和南，合掌和南，订行期将素志偿游览。

【般涉耍孩儿】俺待要之江故里轻舟泛，且先从燕市停骖。祝中央威信万方覃，量恢宏五族包涵。须识得受终文祖斯为盛，赛过了放桀南巢德不惭。遥想琳宫绀宇，试流连悯忠古寺，谏草遗庵（此首预拟入都）。

【五煞】蓟门烟树浓，白门柳色毵。绵延铁轨通天堑（叶音錾）。恰像那鹏搏渤海风千里，转瞬的鱼美松江月一篮（“松江月一篮”，乃桐云阁试帖句）。栈伙争招揽，安抵了沪滨廛市，见许多金字空嵌（此预拟由津浦铁路至金陵，复由金陵至上海）。

【四煞】浦江头，展汽轮；武林城，弛负担（平声）。西湖景物宜浓淡，空濛山际云笼岫，潋滟波心月印潭。闻清梵，乘兴到韬光随喜，灵隐朝参（此预拟由沪至杭）。

【三煞】镜湖天气清，若耶名胜探。遗踪细访兰亭赚，千秋禹迹长留穴。七点星光半倚岩，增凄惨，已改换宅边桑梓，幸保存墓上松杉（咸丰辛酉，寇陷郡城，老屋被毁，今虽重建，已非其旧，惟先茔荫树，近颇无恙。此预拟由杭归里，展谒先茔）。

【二煞】煮龙团，茗一瓯；馈花雕，酒数坛（吾绍兴酒最驰名，大坛佳酿，名曰花雕）。嘉肴良醯供调蘸，充盈不负将军腹，饕餮聊医太守馋。凭吞啖，珍重这盘中辛苦，领略些味外酸咸（此预拟亲朋宴会）。

【一煞】咏西归辙息飏，效东来关度函。磨驴故步回前站（余终以归老西安为宗旨，南游事毕，仍当西上），但愿得缥缃架上常娱老，一任他欸乃声中助挂帆（昔有老年纳妾者，赋诗曰：“我已扁舟将出海，得卿来作挂帆人。”余尚欲从南方挈一妾来，故云）。毕竟是馒头馅（谚云：城外多少土馒头，城中尽是馒头馅），终有日栖神碧落，撒手尘凡（题系告存，却透过一层说）。

【煞尾】吟成同谷歌，莫认渔阳掺（此字通作参，读去声，与操不同）。将一腔儿愁闷倾心坎，遍告我大小亲朋，还有个生存的俺（读若“暗”，依王实甫用之）。

（以上选自《文艺杂志》1918年第13期）

【商调】 题章仲愚《西湖泛月图》

仲愚，吾甥也。乙卯二月相携南返，盘桓累月，爱西湖之胜，倩工绘成小像，作月夜泛舟状，忽忽两载矣。丁巳春，书来索题，时君爱女适将周晬，又近君五旬晋一诞辰，爰为作此，兼以致祝云。

【山坡羊】郁牢骚京华羁旅，望迷漫故乡烟树。好招邀南辕治装，小勾留西子湖边住。闲独步，涌金门外路。要看那空濛山色云容护，潋滟波光旭景舒。亨衢，履康庄直矢如（旧驻防营，撤去民屋，改辟市场。拆开西北城垣，内外如一，由车站筑马路直达湖滨，宽敞平坦）。叩须，趁扁舟一苇俱。

【水红花】文澜高阁富藏书，费钞胥，旧编新补（《四库全书》遭乱毁失，赖杭绅丁松生先生捐资收集，并雇人钞补，几复旧观）。圣因古寺幸銮舆，散僧徒，鹊巢鸠踞（圣因寺附近行宫，御题碑碣甚多，今行宫改为公园。寺内宸翰诸多损失，曷胜今昔之感）。更有六桥三竺，胜境擅清腴，登临休惮径崎岖也啰。

【山坡羊】玩芳菲韶光欲暮，罥斜晖金乌难驻。尽流连钟鸣漏迟，正当头月到天心处。轻弄橹，中泓安稳渡。风声两腋吟情助，气壮三蕉磊块除。蟾蜍，问清辉何地无？仙姝，豁星眸识我乎？

【水红花】想当年骑竹迓骢舆，宰名都，桐封领土（君曾任阳曲首县）。想当年飞鸟化双凫，控边隅，河中险阻（君莅任晋省各邑，而永济、万泉、猗氏，皆蒲郡所属，后奉檄署府篆，未莅任）。此夕清游逸趣，回忆曩时无，好留画本付倪迂也啰。

【山坡羊】识前非蘧卿善悟（游西湖之岁，君年四十有九），筮羲爻商瞿定数（商瞿受《易》于孔子。孔子决其五十后多丈夫子）。嫩生生光腾掌珠（丙辰春，君五十诞辰前数日生女），玉亭亭待茁阶前树，天伦叙，门庭庆有余。赏心乐事缘随遇，美景良辰兴不孤。东隅，似浮云过眼虚。桑榆，祝黄花晚节娱。

【水红花】男儿生小设蓬弧，许驰驱，豪怀有素。骅骝开道熟长途，唱骊驹，关津飞度。从此琴樽剑屦，游览遍寰区，雪泥鸿印续前图也啰。

鱼、虞、模韵，例得与入声屋、沃、烛、术、物、没通押。兹仅“六桥三竺”句，用一“竺”字，且系句中韵，无关紧要，庶南人读之不觉也。自记。

（选自《豫言》1918 年第 67 期）

吴承煊（小令9首，套数6首）

吴承煊（1855—1935后），字伍佑，号东园。安徽歙县人。曾任江苏国粹保存社社长，莪庄吟社社员。工词曲，亦工骈文，能小说，才思敏捷。从1911年起，曾在《申报·自由谈》发表多篇作品，也是王钝根编辑的《游戏杂志》、陈栩编辑的《女子世界》和李定夷等编辑的《小说新报》的主要作者，有大量诗歌、词曲、文章发表于这些刊物。有《竹洲泪点》散曲，未见。现存散曲多为传统题材，也有部分涉及时事，作品风格骏逸，声韵铿锵。

【北仙宫驻马听】 题《扶郎上马图》

珠系罗襦。宝镜生愁金凤孤。翠曳罗裾。雕鞍宛转铁骢扶。柳花驿外柳花铺。桃花纸上桃花妒。离别苦。锦鞯玉勒迟南浦。

马首踟躇。红粉青梅送别图。蛾眉媚妩。绿波碧草销魂赋。骊歌渺渺涉征途。驹光急急催行路。人远去。望中遮断垂杨树。

（选自《游戏杂志》1914 年第 8 期）

【南吕香柳娘】 守 邗

【香柳娘】过陈家古沟。过陈家古沟。分兵扼守。烟丝织绿营门柳。亘鼍梁几处。亘鼍梁几处。滚滚北桥头。曲曲南江口。壮声援蜀阜。壮声援蜀阜。来鸥去鸥。去来潮溜。

【前腔】阵云遮四周。阵云遮四周。握奇风后。八门形式龙蛇走。想纶巾羽扇。想纶巾羽扇。谨慎武乡侯。慷慨宗留守。把图经口授。把图经口授。才优识优。兵家参透。

【前腔】郁崔嵬驿楼。郁崔嵬驿楼。几回搔首。白衣转瞬成苍狗。那浮云变幻。那浮云变幻。莫把党人钩。要把穷黎救。甚蛮争触斗。甚蛮争触斗。清流浊流。总归疑窦。

【前腔】问君愁不愁。问君愁不愁。一隅虎负。恢恢天网疏难漏。甚孙恩八郡。甚孙恩八郡。枉说烂羊头。那得真犀首。你饥奔渴走。你饥奔渴走。淮流泗流。江湖左右。

【前腔】据雄城石头。据雄城石头。祸延京口。天涯何处逋逃薮。且沿江北渡。且沿江北渡。星火黯瓜洲。烽火连钟阜。驾轻艭急走。驾轻艭急走。扬州泰州。争先恐后。

【前腔】坐高高舵楼。坐高高舵楼。谁为牛后。谁为争食鸡儿口。这共和两字。这共和两字。天地杞人忧。风雨江神走。怕分瓜剖豆。怕分瓜剖豆。欧洲亚洲。能有几邦交我厚。

【前腔】问江南旧游。问江南旧游。几家仍旧。几家老少平安否。洒新亭老泪。洒新亭老泪。梦冷碧桐秋。人淡黄花瘦。待洗兵时候。待洗兵时候。离愁别愁。销多少玉樽清酒。

（选自《小说新报》1917年第3卷第8期）

套数

新乐府三集题词

【新水令】一窗风雨读《离骚》，最关情美人香草。黄金鹦鹉盏，碧玉凤凰箫。明月花朝，才觉得江南好。

【驻马听】千里神交，鲤信浑忘道路遥。三生缘好，蚁忱只慕斗山高。谪仙醉墨旧时瓢，放翁团扇新资料。凭写照，梅花一树春风笑。

【沉醉东风】飞逸兴，烟霞啸。傲遣闲情，风月推敲。麒麟阁只赏诗，蝴蝶笺看脱帽。暗中摸何谢刘曹，文选楼前一鹤翱，声远度九峰三泖。

【折桂令】闻槐堂多少英豪，英气凌云，豪气凌霄。星宿天高，元精耿耿，元箸超超。萃四贤，沈舒同调，集群彦，朱陆分曹（谓舒向梅、沈师隐、朱谦甫、陆野衲四先生）。翡翠兰苕，琼玖瓜桃。契诗书苔岑永好，联翰墨萍水新交。

【沽美酒】新乐府，采衢歌，辑巷谣。较贾岛，轹孟郊，生过江花生谢草。梦沉沉，情渺渺。灯黯黯，漏迢迢。

【太平令】曾记得，神禹穴洪水难浇，鲁王宫秦火难烧。看今日几处书巢，看今日几处诗窖。惟有我家山尊德性早才高品高，又光韬彩韬，国粹存，蔚江山文藻。

【离亭宴带歇拍煞】最好是雨蓑烟笠娄松钓，莫要把雪泥风絮沧桑恼，思往事，岁月滔滔。眼看他旧旗亭，眼看他红儿小，眼看他青娥老。那金迷纸醉场，休说梦飞难到，缩地有方，问天欲笑。但只愿银瓮出，屡丰年，玉烛明，光景运，里鼓鸣，多瑞兆，元音雅颂调，正气祥和召。这红锦囊，碧纱笼新造。一征稿，再征稿，三征稿，稿多少。

（选自《游戏杂志》1914年第8期）

【北仙吕】 醉 言

乙未冬与蒋君奂庭拍于酒家，谱成，蒋君润文，今二十年矣。曾以其词嵌白附诸星剑铗中，今以录供同社拍正。

【新水令】天涯何处说牢骚。酒家楼一灯寒照。篝香飘菡萏，瓮酿熟葡萄。良夜迢迢。枯坐久，漏声杳。

【驻马听】几个新交。肯为王祥脱宝刀。几人旧好。肯怜范叔赠绨袍。眼前块垒一时浇。胸中丘壑千秋抱。休懊恼。东风已绿瀛洲草。

【沉醉东风】茶僧瘦，愁痕碧扫。烛奴肥，梦影红摇。养鸡廉，敢望多，分鹤俸，谁嫌少。客窗中俗虑全抛。人立梅花月正高。听说是江南春早。

【折桂令】这三年浪迹江皋。一事无成，万事无聊。几度心焦。穷闾雁泣，中泽鸿嗷。恨缠绵莺啼春晓。苦清凄蛩语凉宵。岁月滔滔。宇宙遥遥。感沧桑蜃市烟昏，嗟沦落鹫岭风号。

【沽美酒】只剩得诗几卷，破寂寥。书几卷，慰寂寥（时同在李木斋先生处）。高山一曲谁同调。你终军，年正少。我贾谊，哭徒劳。

【太平令】游子意，故人情，报李投桃。暗摸索，何谢刘曹。证冰心醉竹含娇。开雾眼名花看饱。这一片江潮海潮。涌诗瓢酒瓢。到夜深，有长庚星耀（李公亦无宴不招）。

【离亭晏带歇拍煞】你看他，胭脂憔悴红儿小。琵琶呜咽青娥老。空啼鸟，梦殢南朝。再休提苎萝村，再休提芙蓉阙，再休提蓬莱岛。只繁华富贵场，算总是愁圈套。斫地狂歌，问天欲笑。那麒麟阁，有画图；凤凰台，劳怅望；鹦鹉洲，空凭吊。无须玉斗撞，且把金樽倒。收拾起烟霞啸傲。三百个青铜钱，酒债多偿不了。

（选自《游戏杂志》1915年第13期）

【商调】　宁　劫

江淮军笛之一

（引子）【风马儿】又到梧桐叶落时。一秋消息先知。你看月明银汉三千里。西风起，有多少北雁南飞。

（过曲）【金络索】红羊劫后灰。白鹭洲前水。一片苍葭，一片伤心地。风花瑟瑟，烟柳丝丝。扇影衣香斜照里。我这里蛾眉宛转双缳死。你那里猿臂生平一剑知。空流涕，秋来不化海棠枝。可怜侬一个魂儿。可怜他一个身儿。不抵那江边交颈鸳鸯睡。

【前腔】迢迢铁板矶。滚滚金焦水。一叶扁舟，一叶帆风驶。翦江北渡，带月西驰。笳鼓齐鸣兰棹舣。两三星火瓜州市。咫尺桥梁荻港旗。军声起，夜来混乱鹳鹅池。可怜他一个娃儿。可怜他一个雏儿。好一比雁儿急匆匆的弋人矰缴先逃避。

【前腔】猩红铁瓮旗。蟾白金山寺。一片江声，一片东流水。如云猛士，如雨王师。孝陵兵扎前朝卫。田单军入燕人垒。龙潭来去路逶迤。休儿戏，营盘细柳亚夫移。可怜他一个鸡儿。可怜他一个鹜儿。兀孜孜的恣情争食胡为尔。

【前腔】兵分第几师。国有无双士。诸将称雄，诸将联鸡势。硝烟昼黯，弹雨宵飞。万道金蛇雌电紫。砰砰磕磕雷声死。骇绝天崩地裂时。狂风起，一江秋水走冯夷。可怜他君子化的猿儿。可怜他小人化的虫儿。一个个只怕微行遇着揶揄鬼。

（选自《小说新报》1917 年第 3 卷第 9 期）

【北仙吕】　扬州伤春曲

【新水令】背人不敢说牢骚。莽书生捻髭微笑。味酸嫌曲蘖，性热恨樱桃。息影江皋。春又暮，莺声老。

【驻马听】暮雨潇潇。有客潜行扬子桥。轻风袅袅。无人同看广陵潮。隋堤杨柳绿烟飘。韩家芍药红云绕。闲怀抱。凭花说与春知道。

【沉醉东风】游邗水，司勋年少。宴平山，永叔年高。美人魂，玉钩斜。词客醉，金樽倒。梦惺忪，灯火窗寮。回首扬州十载遥。香国里有几分春到。

【折桂令】旧迷楼问甚前朝。绿晕莓苔，碧掩蓬蒿。目断魂销。当年粉黛，何处笙箫。罢水嬉，龙舟不闹。踏月回，鹤跨无聊。皓首搔搔。白眼瞧瞧。愁八八，琼花夜盗。怨三三，玉树春凋。

【沽美酒】分明是媚青春，豆蔻稍。红玉艳，碧玉娇。亭访竹西馀夕照。锦帆悬，鸥戏沼。珠帘卷，燕归巢。

【太平令】怎今日记开河，几溯洄，汴水迢迢。几溯游，泗水滔滔。系不住瓜步征桡。赋不得芜城新稿。对诗瓢酒瓢。脱金绦玉绦。女相如，是绛仙才调。

【离亭宴带歇拍煞】须记取，碧桃门巷花开早。绿杨城郭天初晓。空啼鸟，冶叶倡条。眼看他鹧鸪飞，眼看他鹦鹉忏，眼看他蝴蝶咆。甚繁华富贵场。江都梦，谁先觉。春去春来，寒怜热恼。凭诗书契，董仲舒，旌节光，谢安石，感沧桑。搜文藻，新词几唱酬，旧迹徒凭吊。鹃血化，泪痕多少。愁圈套，解不开，解不开，愁圈套。

（选自《小说新报》1917年第3卷第3期）

【双调】　题《江楼宴月图》

【新水令】披图想像月中游。好江水那堪回首。孔融官北海，庾亮宴南楼。弘奖风流。论文有一樽酒。

【驻马听】竹叶金瓯。块垒浇残夜不休。梨花玉斗。尘埃涤尽复何求。一弯当做钓诗钩[1]。几回呼取扫愁帚。蛾眉暗皱。阿纤只解婵娟斗。

---

① “钩”，原刊作“钓”，当误。

【沉醉东风】年岁永，吴刚介寿。姓名香，阚泽封侯。广寒宫，乍换新，清虚府，还依旧。甚霓裳，图谱犹留。攧笛人来法曲偷。问当日，银桥在否。

【得胜令】鹅黄载六舟。螺红赌一筹。拨鹍弦越艳双垂手。调雁柱，吴歈几换头。豁吟眸，贪看十指柔。度歌喉，佯遮半面羞。

【折桂令】千载事，一霎邗沟。十年梦，一觉扬州。芍药春稠，芙蓉秋瘦。故宅梧桐，大堤杨柳。朝揽胜，江湖左右。宵感逝，淮海沉浮。梯航五洲，车书九邱。新词十离，新诗四愁。

【月上海棠】青州从事招红友。有酒树，凭教化石榴。买醉典貂裘。尘容抗，俗状走。月明如画，应照淡歌衫舞袖。

【前腔换头】菱花镜刮杨妃垢。桂粟金分素女忧。不死药才搜甚。玉杵儿玄霜臼。笑青娥白叟。忘年契，暗结同心双扣。

【殿前催】触动我，思悠悠。空盼断，铜街廿四洛阳周。画阑十二香楼守。谁教双陆嵌红豆。刻骨相思掷采骰，问沙鸥，僻处荒陬。浑不似凤侣鸾俦。又不似燕侣鸾俦。

【鸳鸯煞】他买丝像合平原绣。铸金情感司勋厚。元白交投。丹青画就。鹨鹈觥觫。蟾蜍户牖。夜光皎，碧琳玉宇，秋声乱，黄钟瓦缶。料得此晚凉时候。星带那酒旗收。月晕这襟痕透。

（选自《小说新报》1917 年第 3 卷第 8 期）

北　曲

【新水令】华亭何处挂诗瓢。莽书生鬓丝吟老。丰城三尺剑，吴市一枝箫。梗泛萍飘。千里远，江南道。

【驻马听】几个新交。谁为王祥脱宝刀。十年旧好。谁怜范叔赠绨袍。世情凉薄怕投桃。浮生落寞嗟潦草。输一笑。江山故宅空文藻。

【沉醉东风】假名下，张王李赵。摸暗中，何谢刘曹。字神仙，碧蠹穿。书断烂，红蟫槁。甚纵横纸界芭蕉。短幅长篇信手抄。休浪说，灾梨祸枣。

【折桂令】老人星，南极光昭。五凤摩霄，一鹤归巢。絷驹苗藿，鸣鹿苹蒿。处士卢，青山观瀑。孝廉船，黄浦乘潮。江汉滔滔。湖海迢迢。桂轮扶，吴刚年耄。花榜署，阚泽名标。

【沽美酒】曾记得，赋芜城，振彩毫。过淞沪，泛画桡。利市秀才真氀毷。访旧游，三泖杳。寻旧梦，九峰遥。

【太平令】缘底事，朝解组，混迹渔樵。暮弹冠，抗节英豪。最难受，北山腾诮。最难问，南岳献嘲。就是那，才高品高。怎禁得，心劳力劳。惹旁人，说尘缘未了。

【离亭宴带歇拍煞】浑不信，焦桐经爨知音少。猗兰操曲知几早。休嗟悼，阴长阳消。眼看他，雁南翔，眼看他，鹏北徙，眼看他，狂澜倒。这河山战一枰，枉瀛海浮孤棹。将五十年兴亡看饱。甚麒麟阁，吊功臣，鹦鹉洲，哀鼓吏，凤凰台，无端兆。秋风白下门，春雨黄陵庙。添多少诗人资料。舒长啸，下东皋，捡奚囊，删旧稿。

（选自《小说新报》1917 年第 3 卷第 9 期）

易顺鼎（小令1首）

易顺鼎（1858—1920），字仲硕，一字实甫，又字中实，号眉伽，又号哭庵、一广居士等，自署忏绮斋。湖南龙阳（今汉寿）人。光绪三年（1877）举人，中日甲午战争时期曾赴台抗日拒侮，后被张之洞聘主两湖书院经史讲席。出为广西右江道，历广东钦廉道。袁世凯执政时，代理印铸局长。一生留下近四十部诗词集，还有大量的叙事、议论性作品。其散曲存于《丁戊之间行卷》第九卷“南北曲”。

【南吕阅金经】　题《秋篷听雨图》

雁与新寒约，鸥将旧隐招。翦灯独自话无聊。潮。流到泰娘桥。妆楼悄。曾否梦吹箫。

（选自卢前录《曲雅》，1930年成都存古书局刻本）

高凤池（小令1首）

高凤池（1864—1950），字翰卿，上海虹口人。商务印书馆创办人之一。

【南商调金络索】

斜阳染树梢。绿野春光妙。柳下墙边，有一个佳人眺。踏青举步迟，过溪桥。闲折柔枝暗里抛。回身不觉情难诉，低首犹然恕带娇。东风悄。翩翩吹得短裙飘。一去遥遥。一望劳劳。隔小院惟闻笑。

（选自《国学周刊》1933 年第 1—10 期）

谈善吾（小令6首）

谈善吾（1868—1937），笔名老谈、叟，别号谈老谈，别名谈长治、谈治。江苏无锡人，一作安徽人。南社社友，曾主编《中华新报》。与于右任相友善。历主《民呼报》《民吁报》《民立报》笔政，人称“三民记者”。现存散曲多记载民国时期的风物人情，颇具新闻色彩。

【黄莺儿】 咏苏州民警冲突事

启口果兴戎。一言间，怒气冲。这班巡士真真勇。刘麻气最雄，双刀砍得凶。治安扰乱蛮强哄。乱轰轰，遭殃最苦，米店主人翁。

到底为何来。打伤人，更不该。激成罢市将谁怪。区员急煞哉，邻居吓煞哉。家家闭户原无奈。怎收台，幸亏知事，挨户劝门开。

（选自1914年9月2日《大共和日报》报余）

【黄莺儿】 上海花会之风近称盛行，潮州人颇遭訾议，乃潮州会馆会议取缔，诚盛举也，作此美之

花会久轰传。妇人们，并少年。一时大受无形骗。输银几万千，还将产业添。自家竭力来供献。笑开颜，潮州土客，大获满腰缠。

会馆把门开。是潮帮，总请来。大家会议需除害。官中禁本该，私家禁更该。不教花会留租界。最关怀，各家子弟，取缔用钱财。

（选自1914年9月13日《大共和日报》报余）

【黄莺儿】 咏判罚纵妓拉客案

拉客本违章。罪难宽法，捕房入家。鸨妇遭魔障。王家老姑娘。纷纷李与张。一齐解到公堂上。问端详，大家科罚，分别定鹰洋。

也算吃官司。到公堂，竟发痴。内中独有陈杨氏。听完判罚词。居然乐不支。在堂暗笑因何事。太稀奇，中西官议，倍罚以惩之。

（选自 1914 年 9 月 22 日《大共和日报》报余）

孙礽（套数1首）

孙礽（1872—?），字正礽，一字芸伯，亦作云伯，号百花社主、蠖叟、布衣等，江苏江宁（今南京）人。性狷介，不慕势要，持守甚严。读书极淹博，工诗词文赋，不屑科举、以布衣隐于市。家有水南草堂，颇具花木之胜，春秋佳日常邀约好友结社唱和，或为灯虎之戏。其射覆隐语最工，巧思不穷，与晚清周左麾、姚壁垣、郑季申、华金昆并称“金陵五虎”。著有《灯影录》《蠖叟笔记》《水南草堂稿》《忆香词》等，大多已佚失无存。现存散曲为套数，均是题画之作，发表于《著作林》等刊物上。

【南仙吕入商调】　题《晴窗写兰图》

【新水令】融融晴日碧纱寮。染霜毫为花写照。幽香生象管，倩影托鲛绡。嫩蕊新苗。籍笔底春风袅。

【江儿水】蘸水临流影，研香浥露娇。当比似云屏一幅湘兰稿。当为和瑶琴一曲猗兰操。当认取璇闺一觉征兰兆。贞静天然惟妙。自赏孤高，问众卉谁堪同调。

【梧桐树】磷砌石耐交。落寞芝同峭。空谷无人，独把芳心抱。娉婷韵最娇。绰约嫣然笑。且有灵根，自合居瑶岛。谢名流写出这佳人貌。

【解三醒】展名图双钩丽藻。诵名词九畹申椒。慨香荃芳杜如烟渺。莽风尘举目蓬蒿。虽则是天涯何处无芳草。惟自慨尘海随时伍艾萧。更有那狂蜂扰。只好把素心香魄，写入冰绡。

【尾声】这艺林清品堪珍宝。松雪瓯香笔空超。斯图当作写离骚。

（选自《墨缘丛录》1912年第16期）

周岸登（套数2首）

周岸登（1872—1942），字道援，号癸书，别号二窗词客，四川威远人。清光绪十八年（1892）中举，历任阳朔知县、苍梧知县、泉州知州。辛亥后任四川会理、蓬溪，江西宁都、清江、吉安等地知事，安徽庐陵道尹。公事之余，不废吟咏。曾任教于厦门大学、安徽大学、重庆大学、四川大学等校，主讲词曲（林荫修、郝作朝、周怀笛《周岸登教授事略》）。

【商调】 送吴君毅归成都

居鱼韵

【集贤宾】话巴山对床春夜雨，撩旧感太愁予。四十年飞蓬转絮，投老尚困诗书。漫通天表奏初明，望长安痛哭唐衢，问谁与楚魂招宋玉，遣骚心唤起三闾。风歌凭笑傲，麟叹竟何如。

【逍遥乐】忆当年经师章句，请业何居，名园号蘧。太平时行步尽安舒，坐春风童冠相于。有卧子同门兼圣羽，八吐清词，玉佩琼琚。礼传二戴，友是两龚，才高八厨。

【上京马】便从此踏汴梁春雪，试锋车予，也向日下含毫赋。子虚更侵寻谪桂，海投荒思社宇。梦远入三神，山风引徐徐，这的是壮游心先探海东珠。

【挂金索】予也八桂，虞衡正续骖鸾。录群也，赋笔涛笺，写作燕台句。君也日照婵媛，暂为樱花住。一故国山河，肯听胡尘辱。

【浪来里】畅东游，瞻日出，试民权黜曼殊。西行细绎蟹行张，法权万流归约束。吾门高足孔颜事，定将祖国梦华胥。

【梧叶儿】驺衍谈天六陆，惠施行书五，四海尽菑畲。效御风师列，御说非攻疑鲁输。笑为我辟杨朱，一更懒寻司马季主。

【么篇】予也压溺迫，何能淑丘。民肆哀贱儒，争知乐毅笑曹蜍。滞章门羞徐孺，避海滨名褒蜀。除三害旧周处，也随人栖栖教育。

【醋葫芦】四年中赋茅狙，八千里双鲤鱼，盼归欤赋归欤终竟滞归欤。哀江南歌皖口舞巴渝，乍相逢暮云春树，风雨夕地翻天覆诉离居。

【浪来里】你道我，萧瑟情还似庾流离，感大类徐，问何日诛茅早定玉台书。怕江头信宿渔人还未许，睁双眼视天无语，莫浪比史迁归者伴清娱。

【高过随调煞】不要你付雪儿画壁歌，界丝阑绿子书。只要你袖归锦里诵似山腴，只要你倩龚生引商刻羽，到文筵调丝吹竹。只要把三十年的交期，借将箫管唱喁于。

（选自《心力杂志》1933 年第 2 期）

【越调】　商山寺吊陈圆圆墓

何奎垣书来云，于昆明北门外，商山寺废址乱冢中，寻得陈圆圆墓，碑文漫灭，只“大戒比丘尼”五字可辨，得诗云：“不独江南有李香，红妆一例系兴亡，我来凭吊空惆怅，蔓草荒烟几夕阳。”即用其韵。

（过曲）【小桃红】便剩了一抔香土越兴亡，已拚却和愁葬也，海云东望麻姑何事又栽桑。尘劫恨杳难量。那里有度金仙，护仁王。只落得惨红羊，巧布修罗网也，痛南朝金粉凋伤。舒远目寄瑶天，睎旧史吊红妆。

【下山虎】朵云远降。滇海空航。水部高霞唱。五华那方。戒比丘尼，抚碑疑想。寺岂明余山姓商。叹淫昏吴不享。算乖除清也亡。碧沼残魂漾。事殊景阳。又何须辱井胭脂悲孔张。

【五韵美】买秋心，携春酿，呼朋背郭间共访。剩丛蓝坏址废观赏。狐踪蚁壤。土花蚀，残碑幽圹。哀倾国，掩便房。那的有绣础鱼灯，宝衣露幌。

【五般宜】当日个，下长秋，迎（去声）来战场，归燕小，占高枝，变成凤皇。争健羡，夫婿擅侯王。前史后史，几人瑜亮。朱弦断响。胡风坐长，更拚得白骨烬全家，换青娥终是枉。

【山麻稭犯】（山麻稭一至六）死富贵，生魔障。争似我偷换黄绝，顿脱尘缰。清凉。谁管他生菩萨四面观音像。（江头送别第七句）赛嫦娥八面观音样。（山麻稭尾）免教人，鼻侵浓醋，腹生冰炭，耳闹丝簧。

【蛮牌令】金牛道伴戎装。奔牛镇念家乡。繁华春过眼，梵呗好收场。君不见虞姬霸王。又不见琴客秋娘。朱颜短，白发长，自寻解放，一证空王。

【黑麻令】今日呵，望江南山光水光。陡令我回肠断肠。堕台城鸢翔鹤翔。化乌衣飞入秦淮，浑不是江香李香。更谁问王堂谢堂。都变作尸汪血汪。倘伊人环佩归来，料应也魂伤梦伤。

【江神子】我只为端忧接混茫。赋远游天问怀湘。指昆明漫写高唐。招魂不下奠椒浆。遮莫是悲今悼往。

【尾声】璺天事影非虚妄。但认取贞蕤无恙。莫问他万古江山几夕阳。

“辱井胭脂悲孔张”句第五字，原稿作“评”，癸翁以其不叶律更作“悲”，自谓虽于原意有间，亦无如何云。伯建附议。

（选自《民族诗坛》1938年第2卷第2期）

定红轩（套数1首）

定红轩，生平不详。

【南正宫】　题桂宝摄影

【锦缠道】细平章。画中人眉痕短长。无复旧容光。轻抛扬真如梦里荒唐。欲再得和卿偎傍。只叫做天上人间，怎禁得悲伤。心上事万般惆怅。男儿泪，女儿肠。都被那东风吹散，就变作春梦一千场。

【朱奴剔银灯】(朱奴儿首至合) 记当初恩情未忘。笑和侬并坐牙床。娇滴滴商量夜未央。还一曲琵琶高唱。(剔银灯合至末) 何当。将卿容暗藏。料应是相逢无望。

【雁过声】彷徨。尽他魔障。羡荷池鸳鸯一双。可怜侬何冤何枉。风求凰。妾思郎。夜焚香。私祝上苍。抛荒。莫癫狂。伊人一去无从访。千百遍呼卿画图上。

【小桃红】如玉貌，神仙降。悲往事，凄凉况。春花秋月无心赏。平风顷刻生波浪。他生再莫成虚谎。把前生宿孽清偿。

(选自《游戏杂志》1915 年第 15 期)

冒广生（小令2首，套数1首）

冒广生（1873—1959），字鹤亭、鹤汀，号鸥隐、疚翁、疚斋、钝宧、同生（《清代朱卷集成》第195册）、小三吾亭长，冒辟疆裔孙，江苏如皋（今属南通）人。冒氏为光绪二十年（1894）举人，清末曾参与戊戌变法活动，任刑部郎中等职。民国后，曾任财政部顾问、农商部经济调查会会长、中山大学教授等。1949年后，任上海文物保管委员会顾问，1959年病逝上海。著有《四声钩沉》《冒鹤亭词曲论文集》等。

小令

【北中吕朝天子】　莫愁湖同冀野作

碧荷。绿波。小阁江天坐。笑白头恣意到声歌。心事谁知我。庾信关河。谢安哀乐。玉箫声都入破。阿那。纥那。要你个疏斋和。

（选自《国风》1934 年第 5 卷第 5 期）

【越调寨儿令】　秦淮泛舟同纕蘅、小鲁、时伯、臧新自宜城来

二十二年作

你莫哀。且开怀。江山友朋风月偕。酒罢灯才。茶灶安排。好几年冷落了秦淮。这壁厢是江总遗宅。那壁厢是顾媚长街。庾兰成头尽白，刘梦得又重来。唉。杨柳也旧楼台。

（选自《民族诗坛》1938 年第 2 卷第 1 期）

套数

【北越调】　同协之萝冈洞探梅，兼过其王夫人殡宫

【斗鹌鹑】一路的，车辙辚辚。一抹的，山光隐隐。一天的，

夕照微微。一阵的，花风喷喷。缟袂明妆，端详试认。是藐姑，现色身。怪那回，亲到罗浮，不曾得近。

【紫花儿序】我待携纸帐，来温好梦，买浊醪，来倒芳樽，荷短锄，来结仙邻。我兀自，低头细忖。不提防，魂断行人。悲辛。道今岁花开不见春。寂寥孤殡。谁守天寒，野市荒村。

【小桃红】记从那日呵，香销玉碎宝钗分。百事伤心尽，庭际的黄梅也枯损（协之所居曰“黄梅花屋”）。病吟身，朝茶晚饭谁来问。单衾自扪。五更添闰。猛可的，娇儿梦里唤娘亲。

【秃厮儿】我是个，一饭难酬母恩。再来也感音尘。背人偷向梁燕问。又即日，旧巢痕。无存（壬申岁寓协之金福巷，兹来寓颙园，夫人既殁，金福巷旧居亦改易矣）。

【圣药王】我则见，花似昏。叶似颦。酒杯浇向竹篱根。是酒痕。是泪痕。今宵千万慰夫君，来返玉梅魂。

【尾声】车儿又，快快催人紧。花儿是，无言送夕曛。分付那，风姨十日少颠狂。莫又重来也，满眼空枝剩残粉。

（选自《群雅》1940 年第 1 卷第 3 期）

姚华（小令1首）

姚华（1876—1930），字重光，号茫父，贵阳人。光绪丁酉科（1897）举人，甲辰科（1904）进士，历任工部虞衡司主事、邮传部船政司主事、邮政司建核科科长，曾赴日本法政大学攻法律、政治。民国后，任临时参议院议员，因政见不合于同僚，遂归去，郁郁终老，民国十九年（1930）病卒。通绘画、金石、诗、词、曲，尤以曲知名，著有《古盲词》《弗堂词》。

【水仙子带折桂令】为丹林题午昌作《淞南吊梦图》

灵犀长是托春鹃。蝶去花飞又一年。尽图中画里都寻遍。对寒淞。数坠欢。微波尚自潺湲。盟空在。人堪恋。魂未远。风若旋。依稀月下星前。依稀月下星前。无过缥缈营丘水墨仙。纵然参逸情禅。依然未了尘缘。江海量愁深浅。江似生前。海隔天边。愁聚笔颠。怎得似江也能翻。海也能填。

（选自《蜜蜂》1930年第1卷第7期）

倪承灿（套数1首）

倪承灿（1876—1962），号镇海铁池。清时诸生，曾为《浙江潮》主编，以经办文学刊物和小说闻名，亦能作诗、词、曲。

【南仙吕入双调合调】祝云章老友令郎吉夕之喜

【步步娇】压架蔷薇垂堤柳。嘉序清和首。关雎叶好逑。似此风光，燠寒刚扣。恰称结鸳俦。看重重喜气已临门久。

【醉扶归】你画眉才是，风流京兆丹青手。你扫眉才是，瑶池仙侣女班头。到而今是青衫红袖适相攸。信三生良缘结下知心友。更何数春光占断媚香楼。怎不教旁人妒煞鸾凰偶。

【皂罗袍】算双双艳福，让君消受。况文明婚礼，参酌华欧。观光宾友集城陬。江东风气开今后。华堂初启，歌琴茗瓯。华灯初上，花枝酒筹。试樽边簁角新仪纠。

【好姐姐】记取郎才八斗。配娘容。两无孤负。香肩并立，风吹兰麝幽。君知否。人间竞道登科小。胜比银河会女牛。

【尾声】凭谁颂祷同声口。为重庆家庭幸福修。原不但花好月圆人罕有。

（选自《繁华杂志》1915 年第 5 期）

于右任（小令44首）

于右任（1879—1964），原名敬铭，字伯循、诱人、右任，号髯翁、太平老人，陕西三原（今属咸阳）人。光绪二十九年（1903）举人，为上海大学创校校长，曾任陕西靖国军总司令、国民政府监察院院长等职。工书法，尤善草书，著有《右任诗存》《右任文存》《右任墨存》等。

【双调折桂令】　季鸾弟癸丑十月十一日在北京出狱二十五年纪念

时同在汉口

危哉季子当年。洒泪桃源，不避艰难。恬淡文人，穷光记者，呕出心肝。吊民立余香馥郁，说袁家黑狱辛酸。到于今大战方酣。大笔增援。廿五周同君在此，纪念今天，庆祝明天。

注：当时季鸾主持北京《民立报》，因宋案持正不阿，权奸胁诱，不为所动。及赣皖兵起，遂捕下军政执法处，羁押三月。及释，北方天已寒，例给入狱时所著之纱大褂以出。

（选自《民族诗坛》1938 年第 2 卷第 1 期）

【双调殿前欢】　在成都时，谒工部草堂，久欲为诗不成，今献此曲以表微意

杜先生。江河万古想高名。柴门不正居然正。谁到了夫子门庭。还能卖孝经。大哉诗圣。为时代开生命。临风一曲，也发天声。

（选自《民族诗坛》1938 年第 2 卷第 2 期）

【中吕山坡羊】　神圣战争

忧愁风雨。迷离云树。流亡不尽艰难路。寇何如。寇何如。中

原春色还如故。神圣战争当共负。兴，天定助。亡，人自取。

【南商调黄莺儿】　书示冀野、庚由

铁板唤谁来。祝词坛起霸才。献身报国不负这全时代。酸斋苦斋。甜斋丑斋。那贤豪个个真灵在。有吾侪。中华民族，文运定新开。

（以上选自《民族诗坛》1938 年第 4 期）

【双调拨不断】　太炎遗像

自民呼。及民吁。当年共作神州主。垂老请囚戏本初。伤时掷笔哭渔父。到此时先生知否。

余办《神州报》时，自称神州旧主。《民吁报》失败时，余至东京，先生曰：我亦神州旧主，能不助君？

【中吕醉高歌】　题朱心佛藏季刚遗墨

茫茫青简青山。此际何堪望眼。金陵兵火黄家院。遗稿飘零几卷。

（以上选自《民族诗坛》1938 年第 5 期）

【中吕醉高歌】　题冀野《饮虹乐府》

十年慷慨歌声。远道流亡鬓影。文人争起生民命。旗鼓中原待整。

【黄钟人月圆】 阴雨连日，此情冀野、庚由知之也

云垂四野鹃声乱。梦绕战场还。鄱阳湖上，风陵渡口，大别山边。【么】文人呕血，将军效命，计已经年。芦沟桥畔，春申浦外，戏马台前。

【双调殿前欢】 题《全面抗战画史》

噪昏鸦。中原满地逞胡笳。沿江各口窥胡马。切莫嗟呀。看神州放异花。一战收功也。把血史争图画。更高呼，中华万岁，万岁中华。

（以上选自《民族诗坛》1938 年第 6 期）

【双调拨不断】 祝民国二十八年

告同胞。都知道。今年战事应全好。入寇胡儿马不骄。中兴祖国天方晓。反攻时到。信今年。异往年。今年国运应全转。运转人人唱凯旋。凯旋世世无边患。但无忘国家多难。

【双调拨不断】 屏轩在前线屡以书来，请为其父书墓表，先此慰之

孝能忠。忠能勇。山河血战争为用。出险船儿万里程。磨肩担

子千斤重。且看他日车翻动（反少陵《崔塘两厓》诗末句意）。

（以上选自《民族诗坛》1939年第2卷第3期）

【双调殿前欢】太白集中战争文学特精奇，爱而咏之

李青莲。三杯拔剑舞龙泉。诗家血色开生面。不做神仙。文章更值钱。庸儿眼。那知道民族精神战。认大作为，乾坤啸傲，风月消闲。

（选自《民族诗坛》1939年第2卷第4期）

【南吕金字经】 吊经子渊先生

白马湖边宅。黄牛峡里舟。苍茫家国愿难酬。留。海上忆同仇。寒之友。风雪卫神州。公病中每以死重庆为恨。寒之友，公与同人所组书画社也。

（选自《民族诗坛》1939年第2卷第5期）

【正宫塞鸿秋】 北温泉飞来阁望缙云山

相思岩上相思寺。相思树结相思子。相思鸟惯双双睡。相思竹自年年翠。似羡白云飞。敢作劳人计。更临风思唤高僧起。

按：缙云山一名相思岩，缙云寺旧名相思寺。相传旧产相思树，

结相思子，实赤如火。又有相思竹与相思鸟。

（选自《民族诗坛》1939 年第 2 卷第 6 期）

【中吕醉高歌】 北温泉山前晚眺

当年落日停桡。一浴荒池破庙。重来小坐江天好。绿水青山白鸟。

【越调天净沙】 寄孙总司令

中条雪压云垂。黄河浪卷冰澌。血染将军战史。关西豪士。手擒多少胡儿。

（以上选自《民族诗坛》1939 年第 3 卷第 1 期）

【正宫鹦鹉曲】

冀野在白沙印吴霜厓遗著《南北词简谱》成，治曲者得有准绳。可以报霜厓于地下矣！作此慰之，用白无咎韵。

奔驰万里昆明住。歌当哭一个白头父。更辛勤手订遗文，欲唤中天雷雨。叹人间调晦声沉，怎奈客中仙去。有疏斋遗命无忘，认法曲千秋响处。

（选自《民族诗坛》1939 年第 3 卷第 6 期）

【黄钟人月圆】　梦中有作

山河表里风云会，曾记我来思。买牛学稼，呼鹰结客，驻马寻碑。【么】酸甜戏耳，苏辛为友，李杜为师。八年血战，不为名将，泪洒关西。

【黄钟人月圆】　梦王陆一

书签渍满辛酸泪，亡命记当年。芦沟桥外，瞿塘峡口，五丈原前。【么】潮平潮涨，人歌人哭，此恨绵绵。钟山云树，贝湖冰雪，剩有名篇。

（以上选自《中华乐府》1945 年第 1 卷第 1 期）

【越调天净沙】
题张默君白华《草堂京闱诗稿》（三首）

风风雨雨京华。明明晦晦天涯。辛辛苦苦作者。至公堂下。犹余几卷簪花。

犹余几卷簪花。晦明风雨兴嗟。玉尺楼前旧话。风流如乍。哀吟响遍中华。

哀吟响遍中华。草堂似有云遮。展卷凄凉天马（卷中有翼如写《天马赋》）。国殇歌罢。合称忠孝名家。

【中吕醉高歌】 旭初、尹默为心远、絜因写《双燕堂曲册》，因题

明年更胜今年。万里神州运转。凤城一角神仙眷。双燕堂前燕燕。

【越调天净沙】 题雯卿女士《前线归来手册》

战场落日飞沙。寒梅争放寒花。若个横戈跃马。自由小姐，新诗走遍中华。

（以上选自《中华乐府》1945 年第 1 卷第 2 期）

【中吕醉高歌】 追忆陕西靖国军及围城之役诸事，凄然成咏，共十首

【前调】关前春雨人歌。塞上惊沙浪锁。劝君莫唱家山破。太华莲开万朵。

【前调】禹王庙上风高。黄祖陵前树老。长途驻马乡人笑。留得诗情画稿。

注：七年由禹门渡河至延安转三原。

【前调】当年仗义登坛。苍隼护巢竞返。云屯牧野繁星烂。西北天容照眼。

注：成立总司令部编义师为五路。

【前调】死伤谁覆戎衣。饥馑翻怜战垒。文人血与劳民泪。天下歌呼未已。

注：吊于鹤九、李春堂、宋相臣、樊灵山、惠有光诸先生。

【前调】几章民治残诗。几页人豪战史。名儒名将兼名士。时代光明创始。

注：吊朱佛光、李子逸、胡笠生、彭仲翔、柏厚甫、周定侯诸先生。予有《民治园杂诗》二十首。

【前调】魂招东里心惊。路入南仁月冷。山河百战人民病。五丈原头自省。

注：南仁村为井勿幕先生殉难处。十一年夏岐凤败后，予由甘肃南下。

【前调】贝加湖畔云开。乌拉山前冻解。誓师大漠风云待。金鼓东征未改。

注：由苏联至五原入陕。

【前调】名城高挂残晖。燕子犹寻故垒。兵民负土坟前泪。争祭当年饿鬼。

注：西安围解后，军民二坟皆负土所成，故名曰“负土坟”。

【前调】丰碑为慕文豪。凶岁虽安父老。秋风忽起咸阳道。多少高坟蔓草。

注：友人欲为王陆一立碑，予以年荒阻之。

【前调】自由之战经年。革命成功尚远。太平乐府人间遍。呼唤中华运转。

（以上选自《中华乐府》1945年第1卷第3期）

【中吕醉高歌】 闻日本投降作付《中华乐府》

中央社讯：于院长右任顷以【中吕醉高歌】调撰曲十首，祝贺胜利，题为“闻日本投降作付《中华乐府》”，兹志于次。

万家爆竹通宵。人类祥光乍晓。百壶且试开怀抱。镜里髯翁渐老。

金刚山上云埋。鸭绿江心浪溅。卢沟月暗长城坏。胡马嘶风数载。

黄河水绕边墙。白帝云封绣壤。万灵效命全民向。大任开来继往。

区区海峡波惊。莽莽红场月冷。兴亡转瞬归天命。不做降王系缨。

谁弹捷克哀歌。谁纵波兰战火。诸姬尽矣巴黎破。两面鏖兵曰可。

欧洲守望何人。群众哀号隐隐。海洋巨霸从今尽。来日之歌笑引。

当年兵火流离。口渴谁来送水。渔人晒网樵夫睡。都是离宫废垒。

高原木落天宽。故国风和日暖。等慈寺下歌声断。长使英雄泪满。

至诚不外无后。真理方知有始。受降城下逢天使。大道之行在此。

自由成长如何。大战方收战果。中华民族争相贺。王道干城是我。

（以上选自《中国文摘》1945 年创刊号）

朱恕（套数1首）

朱恕（1878—1944），字澹香，一字素仙，号懒云，浙江杭州人。祥甫次女，陈蝶仙妻。工书史，善诗词。其散曲题材较为狭窄，用词纤巧，闺阁气重。

【南仙吕入双调】 《倚翠楼吟草》题辞

用四弦秋送客谱

【新水令】笑文章从古属须眉。险抹杀裙钗我辈。有情牵玉虎，无福嫁金龟。寂静香闺。且向砚池中，注一滴洗剩的胭脂水。

【折桂令】我春来只惯昏昏睡。变成个没字的碑。亏得你一卷新诗。枕上吟哦，消遣多时。那些个若兰锦字。那些个婕妤秋辞。倘将来比并妍媸。一样的玉骨冰姿。你前生不是曹昭，你前生定是文姬。

【雁儿落带得胜令】缠绵是南都荳蔻枝。秾艳是西洛鸳鸯纸。骀荡是东湖书画船，豪迈是北固云山史。一篇篇云锦织天机。一声声嶰竹吹仙吕。好装修砆砾亦珠玑。巧缝裁布帛皆罗绮。真呢，画眉的称才子。信呢，女尚书信有之。

【收江南】闻说你夫婿也能诗。可算得文福已双齐。这楼名倚翠太新奇。都管是草稿凭肩起。五七言算诗。短长句算词。赛过个青虫相对吐秋丝。

【沽美酒带得胜令】灿生花笔两枝。写不尽鸳鸯字。想当日鸡旦唱和时。把蛮笺密记。积赚下许多诗。才编辑做半生情史。喜春风心花意药，说甚么昨非今是。要不过道情言志。小楼前花枝柳枝。也劳你牵肠挂齿。写的个满篇儿淋漓尽致。

【尾声】我来属和生查子。算女子无才便是痴。问那世界上有几个男儿得如此。

（选自《女子世界》1915 年第 2 期）

胡朴安（小令1首，套数3首）

胡樸安（1878—1946），原名韞玉，字仲明，一作颂民，号樸庵，别署有怀、半边翁。安徽泾县（今属宣城）人。南社耆宿。历任《太平洋报》《民权报》主笔，大夏大学、持志大学教授，江苏民政厅厅长。喜读书，博学善文。所作散曲文辞雅致，题材关注现实。

小令

【风入松】　悼瞿安先生

当年同卧秣陵烟（民十九，同寓李一平书斋二月余）。闲话晚窗前。乾坤一霎风云变。泣空山夜夜啼鹃。肠断谁赓白雪，心伤莫问苍天。

（选自《戏曲月辑》1942年第1卷第3期）

套数

奈何曲

昔归玄恭作《万古愁》曲，自盘古以来，人人皆可骂之人，事事皆可骂之事，此所谓无可奈何之日也。讵知世变日急，纵的可骂者，玄恭悉已骂之矣；横的可骂者，玄恭初未尝一遇之。玄恭虽处无可奈何之日，犹有可以奈何者也。今日真是无可奈何之无奈何矣！目有见，见之无可奈何也；耳有闻，闻之无可奈何也；口有言，言之无可奈何也。无可奈何而病，神昏昏其若迷，心耿耿犹有识。汗下如雨，悠然而醒。四肢萎顿，卧床旬日。病而不死，更唤奈何？展转反侧之间，聊为此曲。以纾予愤，不能音律，拟于短笛无腔之信口吹云。时二十五年一月二十日也。

一病犹存未死身，满腔愤恨怎能伸。平生不解宫商谱，击筑哀音自有因。

太虚本泬寥，无端的被那经济学家，弄得七颠八倒。说甚么唯物史观，引得无产阶级，一个个手里拿着一把杀人刀。说甚么经济统制，引得政治领袖，一个个张开大嘴，吸得平民精血，海枯也那泽焦。到头来，六大洲浑战无处可避，二十万万生灵怎样能逃，只留得一片沙漠无寸草。

有许多助桀为虐的机械学家，各斗心思巧。大炮飞机天天造。你的比我的坚，我的比你的牢。腾云驾雾放枪炮，横海绝洋驰大船。纵然一时小鱼吃虾把威武耀，一转眼大鱼吹浪又来了。就是势均力敌能抵抗，岂知两刚相遇，皆不坚牢。只落得血洒平芜，化作雨潇潇。何必你称雄，我称豪。拿大宇宙的眼光来看着，只是蜗角蛮触闹一遭。

最可怜，工程师，绞头脑。蚁起楼台鹊起巢。矗立大厦，高出云霄。壮观只图得人叫好。伏处其中者，足不履地，头不戴天，一个个伸出长颈在窗子眼里瞧。好一似蜂窝高低上下一阵闹。有朝有日炮火到，片瓦寸椽都留不牢。

人类本是猢狲豪，却装出文明貌。表面上的礼让，暗下里的枪刀。说甚么国际公法，维持和平好。你看《九国公约》，早已扯碎得一条条。就是国内几条民法儿刑法儿，也是自来统治者，利用的老调。法官胡子古，律师帽子高，都是做成的圈套。

历史总虚掉，尽是后人假造。你看孔老先生删书断自唐虞，那以前的都不要。但是他修起春秋来，又把二百四十二年的事，凭着自己的心思，贬贬褒褒，弄得颠颠倒倒。无非是一种手腕，留与后人瞧。古来事，都不真。现在事，皆难靠。许多鬼鬼祟祟的政治背景，表面上总是堂堂之言，正正之貌。这都是他年的历史材料。

考古家，更可笑。做一个蚯蚓儿，下饮黄泉上食槁。碎石破陶一齐要，骨头牙齿都是宝。五十万年一百万年，随口乱道，总是虚无缥缈。自诩能上增历史万年多，总不能下延国祚千载少。说甚么仰韶期，马厂期，新店期。多是拿现在空间的名称，做作邃古时间的名号。与邵康节十二会之说，一样的弄玄枵。

堪怜文艺家，枉自心思妙。也不过是清风明月夜和晓。螽螽儿趋趋跳，草虫儿喓喓叫。就是偶然有一声两声儿幽雅如笙箫，也只能伴旅馆孤客无情恼，增霜帷嫠妇多愁悄，自诩供大众欣赏功不小，实则是图沾点露水吃过饱。自鸣可怜宵，一朝寒露节过霜降到。瘪死在草根土穴无人追悼，这是文艺家的下梢。

人类不是人，国家更谈不到。一切学术，都是抢饭吃的杀人刀。气闷胸欲破，心愤志不消。恨不得一脚把地球踢翻了，千秋万古永寂寥。

（选自《文艺捃华》1936年第3卷第1期）

【北中吕】　桃花源曲

晋室纷纷乱五胡，迷离春色太模糊。
苍皇戎马今何世，楼阁仙山乍有无。

【粉蝶儿】风暖云高。遍春山晚霞笼照。醉东风万树夭桃。啭流莺，飞乳燕，中夹着清溪一道。春水三篙。趁新晴泛舟游钓。

【醉春风】水尽路多迷，山深花更好。白云冉冉见人家，有竹树环绕。绕。只见那茅屋藏山，柴门临水，夕阳斜照。

【普天乐】见几个古衣冠，闲吟眺。气清神静，黄发垂髫。足不入是非场，心不感名利扰。稳住深山无人到。管甚么岁月滔滔。试看那云峰四叠，良畴万顷，嫩柳千条。

【红绣鞋】问来往宾朋多少。笑山中尽是吾曹。和衷共济赛同胞。云藏林屋古，日丽黍禾饶。乐丰年心闲眠睡早。

【满庭芳】入门来殷勤礼貌。呼邻招友，鸡黍盈庖。此中人语多玄妙。不知汉魏何朝。春意暖园林啼鸟。夏阴浓池柳鸣蜩。秋光皎。飘飘瑞雪，四季总陶陶。

【上小楼】想当初避秦来到。竟忘却年时多少。只在此凿井耕田，玩水游山，伐木诛茅。身纵劳。志不挠。登高舒啸。叹红尘几人同调。

【十二月】那渔翁尘心未了。出仙源世事空劳。昨日是尘寰路隔，今日是仙境途遥。凝望处云山杳霭，梦魂中烟水寂寥。

【尧民歌】描不出满怀懊恼离云巢。重来听鼓角中原马蹄骄。曾记得当年台榭闹笙箫。今日里颓垣败瓦火频烧。号咷。哭声振四郊。这凄惨向谁道。

【耍孩儿】既不能重寻仙境舒长啸。只落得穷途潦倒。兵戈满目饥乌叫。进不能退又无聊。那里有疏星朗月清凉夜，到处是血雨腥风黑暗朝。只剩得成群狐兔，频添了一派腥臊。

【尾声】战云四野低，杀声一阵高。这桃源本是虚无缥缈。只博得千古文章争慕陶。

（选自《大风》1941 年第 83 期）

望江南

【太平令】最可怜贫民们衣食不周。说甚么饱暖无忧。无非是冷饭残馊。不过些鹑衣污垢。挨至得一命才留。又遇到貔貅。这残躯将何处呼救。

【离亭宴带歇拍】有一日阴云遍野雷霆吼。大风折木虎狼走。一个个弃甲曳矛，眼看他狡如狼，眼看他猛如虎，眼看他懦如狗。

乾坤妖已宁，风景清依旧。将千万年雄图不朽。那石头城云霞高，燕子矶波涛壮，紫金山草木茂。龙盘虎踞雄，出类拔群萃。不信这和平不久。好将玉帛代干戈。凡人群，皆我友。

（选自《觉群周报》1946 年第 6 期）

陈栩（套数 19 首）

陈栩（1878—1940），原名寿嵩，字昆叔、蝶仙，号栩园、天虚我生，浙江钱塘（今杭州）人。其生年，一作 1879 年。光绪癸卯年（1903），以经济特科征，不赴，弃科举，办实业，曾主编《大观报》，创办《著作林》，开设石印局。1916 年主编《申报·自由谈》，为“鸳鸯蝴蝶派”代表人物之一，次年加入南社。1940 年卒于上海。擅词曲。

【南正宫】　贺周病鸳续弦

【锦缠道】拂琴床。理么弦新声凤凰。兰麝霭云廊。道吴刚今宵初聘寒簧。喜不是河魁在房。写蛮笺十幅催妆。却扇讶容光。合当个明珠擎掌。撤莲炬上华堂。喜的那东风无恙。把小乔真个嫁周郎。

【朱奴剔银灯】（朱奴儿首至合）再平章眉痕短长。未抛荒儿女心肠。料渴念于今一例偿。依旧是可憎模样。（剔银灯合至末）思量。记年时断肠。莫不是彩鸾重降。

【雁过声】端详。风清月朗。照分明银荷一双。晚妆卸罢呼张敞。解明珰。扣缥囊。笑姮娥灵药偷将。何当做迷藏。仙山海上无从访。俺守义男儿原是谎。

【小桃红】温柔福，应教享。神仙眷，应垂谅。鸾胶续断琴心放。迎来桃叶双枝桨。携归荳蔻同心帐。好鸳鸯假病休装。

【南正宫】　潘兰史为惜洪姬银屏之别，作《红豆图》索题

【锦缠道】蓦思量。四年前银屏窅娘。眉黛比山长。曳罗裳弓鞋屧响回廊。卸铅华明眸淡妆。乍开帘风揭衣香。亭子水中央。刚卷起流苏一桁。烧翠珥炙银簧。度一曲清歌嘹亮。记相思红豆一双双。

【朱奴剔银灯】（朱奴儿首至合）住鸳鸯芙蓉满塘。饷鸾凰荳蔻盈囊。愿量尽明珠买夜长。铸一对黄金图像。（剔银灯合至末）商量。老

柔乡醉乡。再不羡大罗天上。

【雁过声】荒唐。天公魔障。劈团圞瓜分半瓤。彩鸾飞出销金帐。拓纱窗。拂琴床。剩当时月照空梁。凄凉漏声长。围屏六折花无恙。怎试唤香名无影响。

【小桃红】寻遍者桃花巷。盼煞那桃根桨。低鬟记曲娇模样。年时深嵌人心上。画图算是相思帐。怕相逢老了潘郎。

（选自《游戏杂志》1914 年第 7 期）

【南正宫】　题崇川徐澹庐小影

【锦缠道】蓦溪山。起秋声修篁几竿。雨霁绿苔干。曲栏干是谁来也珊珊。剪芙蓉云罗袖翻。端不是小谪华鬘，日暮正天寒。闲靠在湖山石畔。通明殿。散仙班。乍离了玉皇香案。把烟霞和月晚来餐。

【朱奴剔银灯】（朱奴儿首至合）出瑯環瑶函罣翻。步邯郸宝瑟休弹。把满地秋花带笑看。争不得流光偷换。（剔银灯合至末）应难。把金丹驻颜。好留个庐山真面。

【雁过声】流连。物华堪恋。影斜阳翩翩自怜。玻璃剪取菱花片。漱流泉。砑蓝笺。化身儿游戏人间。人间几何年。凭他世界沧桑变。你群玉山头浑不见。

【小桃红】这不是春风卷。倒做了相思券。步虚声隔蓬山远。青禽难倩情丝绾。锦鳞况又浮沉惯。笑陈蕃一榻空悬。

【南越调】　题崇川张峡亭《哭棠词》

【小桃红】秋窗谁种断肠花。引铅泪潸潸泻也。想那时间，添香伴读髻云斜。享尽了好年华。只道是花长好，月长圆，人长寿，赢一段风流话也。又谁知一霎罡风，吹散了鸳鸯侣，彩云儿幻做烟霞。

【下山虎】人间天上，两处嗟呀。你这里肠先断，他那里泪如麻。尽把个一寸相思，做了愁苗恨芽。毕竟梅花错聘他。纵有幅真真画。唤不应芳名没捉拿。也只索痴痴罢。招魂楚些。你便题尽红笺何用哪。

【五韵美】镜台边，湘帘亚。记寻常小别还牵挂。怯虚房兀自担惊受怕。于今堪讶。向泉台夜半闻鸦。怎消受那些杯影弓蛇。仗谁个递药斟茶。凭你娇喉呼哑。

【五般宜】这不是凝芳尘的云屏绛纱。那不是冷香裀的鱼轩凤车。苦高柔，玩妇休夸。是谁来，把些个催花鼓挝，恨不做干将莫邪。一堆儿形销影化。怎把个徐淑升仙，撇下了夫婿秦嘉。

【忆多娇】呀。天一涯。云路赊。地久天长闲磕牙。不信那奔月嫦娥不恋家。秋水蒹葭。秋水蒹葭。于今是霄汉泥沙。

【尾声】画眉人去张郎寡。空余血泪哭棠花。不补情天怪女娲。

（选自《游戏杂志》1914 年第 8 期）

【北正宫】　除夕书怀

【端正好】算年来诸磨弄。成日价昏昏梦中。隔衫儿揉不着心头痛。生就是伤心种。

【辊绣球】我也曾走章台骋玉骢。我也曾坐华堂列鼎钟。我也曾数金钗羔羊坐拥。我也曾担琴书山水游踪。我也曾插宫花照脸红。我也曾下书呆刺股工。我也曾拆腰求陶潜清俸。我也曾投笔效班氏从戎。到如今青衫落拓依然我，说甚么黄卷多情误乃翁。埋怨天公。

【叨叨令】论朋友疏的密的都将咱花花落落的哄。论亲戚亲的远的都当咱庸庸碌碌的用。论诗书新的旧的枉将他朝朝夕夕的捧。论年华来的去的总将他容容易易的送。论功名青的紫的有什么荣荣耀耀的供。论声华虚的假的倒落得洋洋沸沸的哄。兀的不浑煞人也么哥，闷煞人也么哥，还把些生的活的丢不下哀哀切切的恸。

【脱布衫】咱不怨才穷命穷。咱不怨时穷运穷。好男儿从来没用。恶天公许多礶砻。

【小梁州】白眼看人做哑聋。一任他头脑冬烘。文章无用哭西风。如今世，怕你不受牢笼。

【塞鸿秋】有的是黄金屋铸藏娇宠。有的是桃花扇底笙歌拥。有的是临邛卖酒寻烦冗。有的是银屏射雀凰求凤。空埋没了英雄。倒头来何用。怕的是暗昏昏睡不醒华胥梦。

【甘草子】肩仔重。为马为牛解不散丝缰控。新岁月去匆匆。旧烦恼更忡忡。况兀是遭逢多磕碰。磨折煞可怜虫。大地茫茫何路通。认不定西东。

【煞尾】耳边爆竹连宵哄。又是今宵一岁终。残年休送，新诗休讽。心事如潮酒俱涌。

（选自《女子世界》1915 年第 4 期）

【南商调】　题徐澹庐《梅花山馆读书图》

【二郎神】东风峭。绮窗前梅花开了。纸帐生寒初睡觉。梨云梦影，夜来偷过溪桥。一度沉吟添懊恼。没情的枝头翠鸟。絮唠叨。把倩女离魂惊断难招。

【集贤宾】心香预备一瓣烧。待今夜明朝。趁月地云阶人悄悄。不嫌他山远水遥。回廊缭绕。博取个檐前双笑。端正好。莫放那咏花人到。

【黄莺儿】书味乐陶陶。读书声，未敢高。怜伊怯胆生来小。脂容粉态，心头细描。书中自有黄金窖。买珠寮，几生修到。来结岁寒交。

【莺簇一金罗】红袖太妖娆。怕孤山处士嘲。粉装玉琢琉璃罩。向中间起一座花神庙。剪生绡，细推敲。若画个美人儿忒煞娇。若画个女仙儿忒煞俏。烘云托月，轻匀淡描。偎香傍玉，情真意高。因此上写一幅徐陵照。

【簇乡林】山窗外，雪未消。小园中，月正高。痴心但愿花长好。没昼夜无昏晓。不辞劳。汉书读罢，还肯读离骚。

【琥珀猫儿坠】阑干闲靠。诗思正如潮。何用珍珠慰寂寥。冷香围暖瘦郎腰。须教。拌个夜夜无眠，坐到深宵。

【尾声】玉台画本天然妙。添一卷广平诗槖。却不要梦入罗浮将他手倦抛。

（选自《女子世界》1915年第6期）

【南南吕】　题沧海一粟生《乘风破浪图》

【一江风】莽乾坤。到处黄尘滚。搔首天难问。警辽东，烽火连天，陡起鱼龙阵，风涛拥海门。风涛拥海门。噪中原革命军。问何人砥柱在中流定。

【前腔】辟荆榛。世路崎岖坌。大器在名山隐。好男儿，耽误儒巾，岁月归虚牝，俺雄心空自扪。俺雄心空自扪。待乘桴浮海滨。耳边厢当不得铜鼙震。

【前腔】列强邻。虎视眈眈认。把弱肉供鸱吻。有几辈，断发文身，涎脸向人丛混，竞夸张学术新。竞夸张学术新。去名场鹿鹿奔。说聪明毕竟依然蠢。

【前腔】叩天阍。热血如虹喷。唤起那鱼龙问。问江河，日下滔滔，何日风波定，罡风吹断魂。罡风吹断魂。哭号嘈黄帝孙。好头颅那禁得钢刀刎。

【三仙桥】足根立定，把一帆风趁。拼将热泪，付与寒潮余。正长空一抹地，卷秋云听鸣鸡向晨。俺起舞学刘琨。发长啸山川震。说什么靠齿依唇。君不见五印度共三韩，早一似汉阳诸姓。论霸楚，说强秦，今日里更十分残忍。

【其二】泛中流只觉得天风吹鬓。有海气四边摧紧。俺不是乘槎去，探黄河尽处星辰。俺则愿绕遍环球，拓眼界，抒胸悃。蓦纷纷。幻层楼是空中吹蜃。蓬山陡近，乘长风直欲到天门。回头烟水昏。笑几辈虫虫蠢蠢。夸勇力，养和贲。述道德，尧和舜。镇日价乱昏昏。只落得是一场胡诨。

【其三】算则漂流此身。倘做得牺牲何恨。奈尘海茫茫，风潮吹又紧。那些个绅共搢，握斗大的黄金印。拥铜山不患贫。享自由威福，把脂膏刮尽。怎说好朝纲，凭伊整顿。大树豢猢狲。心与口自相矛盾。争能够水掬银潢，取若辈的心肝来淘净。

【尾声】俺这里发悲歌，倩长风相引，去向那海角招回中国魂。仗一幅蒲帆旋转了天人运。

（选自《游戏杂志》1915 年第 11 期）

【十二红】　写怀

【山坡羊首至四】一春来许多懊恼。算只有泪波双照。盼行云山高水遥。便梦为蝴蝶寻难到。

【五更转六至末】枉将他好春醪。愁眸倒。眉心一寸生来小。

纵教侬撇得开时，也打不破牢愁圈套。

【园林好首至二】搵啼痕秋江暮潮。曳心旌春帆断桥。

【江儿水六至末】都是伤心材料。况留幅春娇。得忘也怎将他忘掉。

【玉交枝首至四】眠迟起早。够消磨衣宽沈腰。闷来时只把个威猊靠。又谁知梦影都销。

【五供养五至末】心上事虽然不少。要写上花笺，总难周到。弱魂黏柳絮，泪眼肿蒲桃。敢去雁来鸿，尽托洪乔。

【好姐姐首至二】潦草。当时欢笑。两下里淡写轻描。

【五供养五至末】形偎影抱。只说是缘分前生修到。彩鸾只有配文箫。爱河间终古没风潮。

【鲍老催首至三】于今休了。怕美满恩情容易消。天涯断魂何处招。

【川拨掉首至合】数归期更遥。奈萍踪，逐浪飘。敢则是臂上香销。敢则是臂上香销。辜负我珍珠结绮寮。

【桃红菊三至末】似者般形影萧条。似者般形影萧条。则索买那黄金铸阿娇。

【侥侥令全】盲风摧爱叶，泪雨种愁苗。解不散情丝千般绞。放不下相思一担挑。

【尾声】今生不做双飞鸟。愿来世相逢须早。俺和你先绾个同心结子绦。

（选自《游戏杂志》1915 年第 15 期）

【南仙吕入双调】　题《重九雅集图》

乙卯九日，女弟子温倩华君与其女友九人，作重九雅集于惠麓之溪山第一楼，图成寄示于余，索题词并附小笺，指示图中人曰：“小亭中对坐敲棋者，为孙苏玉、婉如二君。观局者为弱妹瘫仙及孙葆如君，倚栏者为秦平蕴君，花前擫笛者王世英君，吹箫和之者为邹珮珊君，把卷欲笑，指点其图中人者，则江素琼与倩华也。”图景既佳，人意尤复消洒。雅怀清兴，想见其高。爰为制曲，即用玉茗“游园”谱以便按拍。倘使琼箫玉笛，采及新声，倚栏而歌，敲棋作拍，手此一卷，以指其误，则此图又可以作品曲图观矣。足供一粲录于左，并注管色。

【步步娇】最难得今朝无风雨。小约寻芳侣。枫落后雁来初。一角秋山，也添眉妩。安排下七香车，向惠泉山结伴儿登高去。

【醉扶归】你看遍天涯只见些相思树。有多少离人感索居。既不是渴文园病倒女相如。趁芳时怎肯把韶光误。俺若替画中人意细描摹，则怕是其间也有难同处。

【皂罗袍】有的寄兴消闲棋局。怕争差一着，易见赢输。旁观煞费苦踌躇。河山毕竟谁为主。花浓雪聚，红绡翠襦。月明霜重，冰肌玉肤。仗秦箫细细地把秋心诉。

【好姐姐】怕招呼是髫年弄玉。他倚栏杆低头不语。问题糕诗句。可吟成一半儿，无愁凭据。是西风短笛双声谱。是夜雨秋灯一卷书。

【尾声】殷勤指点劳吩咐。莫认做了一幅湖楼请业图。则索把短曲题成休絮絮。

（选自《游戏杂志》1915 年第 16 期）

【南越调】 题《草根寒蟀图》，依蒉斐轩韵

【小桃红】井梧摇落月无痕。掠地的西风劲也。四下无人，剩红灯楼上闪星星。不吹笛，罢挡筝。怎生地苔砌下，一声声。絮难停，似说道，风露紧。也。绕回廊悄步相寻，原来是唧啾啾，荳花

篱下的促鸡鸣。

【下山虎】凄凄切切，冷冷清清。凉月虚堂浸。捱残五更。算来第一郎，当是相如秋病。那知他还比相如病十分。一天天秋日很，一宵宵秋雨淋。怪不得颓唐甚。早呻吟不禁。呀，只怕你地下埋愁了此生。

【五韵美】晚烟昏，风树定。挑灯有人花外等。蹑弓鞋忘了露华冷。堕鬟不整。拔金钗剔他苔吻。水才注，声又停。费煞他荳蔻调汤，侥幸你醍醐灌顶。

【五般宜】既不是斗秋场的垂头败兵。又不是念弥陀的无心老僧。你算来何事难平。总说道去也去也，留也难留定。花残月恨，翠销红褪，都被你苦苦叮咛。做成个萧飒景。

【山麻稭】你没福，能消领。那些个珠玉雕笼，翡翠围屏。轻轻。安置到珊瑚枕，生受那云鬟雾鬓。如花宫女，侧耳来听。

【黑麻令】有的在长亭短亭。走遍了山程水程。博得个愁醒酒醒。求免了夜雨淋铃。又触着精灵鬼灵。猛可地魂惊梦惊。搀和些风声水声。絮叨叨聒到天明。打不断鸡鸣马鸣。

【江神子】亏得我伤秋病不深。不当你鬼唱秋坟。只当你曲唱秋舲。草根丛里落秋萤。莫惊做呼镫人近。

【尾声】你英雄气概生来挺。抖搜起精神一领。俺替你做一个彩旗儿去冲头阵。

（选自《游戏杂志》1915 年第 18 期）

【南北仙吕入双角合套】
题常熟庞病红树松《秋病图》，时未识面

【新水令】莽西风落叶下萧萧。遍天涯斜阳芳草。江湖双短屐，

风雨一诗瓢。琴剑飘飖。打不破一个愁圈套。

【步步娇】落拓青衫相如老。华发添多少。襟痕酒半销。秋雨潇潇，镇日嫁，添烦恼。减了沈郎腰。瘦生生当不起秋风暴。

【折桂令】嫩年华过眼如潮。剩相思搁住眉梢。几年来浪迹蓬飘。才上河梁，又去河桥。这一答玉骢嘶了。那一答折简来邀。百忙里过了镫宵。又是花朝。说什么倚翠偎红，倒做了病柳残条。

【山坡羊】蓦生生招花惹草。好端端自寻烦恼。闹烘烘击鼓吹箫。醉昏昏睡不醒扬州觉。魂易销。断肠经几遭。怕何郎老了。老了被花枝笑。值得胡嘲。不堪潦倒。萧条。把闲愁一担挑。牢骚。把相思一笔消。

【雁儿落带得胜令】再休提走章台骏马骄。倒做了困盐车良骥老。你看，有几辈踬名场剑气销。有几辈散欢场心绪槁。呀，故人儿几个隔云霄。美人儿几个埋秋草。那时儿到处任逍遥。这时儿何处追欢笑。今宵。一更更愁到晓。明朝。一斑斑泪未销。

【江儿水】辗转匡床睡，煎熬药鼎烧。兴来时独自把金樽倒。醉来时独自把寒衾抱。闷来时独自把柔肠搅。直到于今病倒。只落得秃笔丹青，画幅文园图稿。

【收江南】呀，我也把年来愁病话今朝。便眼中热泪涌如潮。念梓乡埋首少深交。叹旧游莺燕都休了。把瑶琴漫调。把瑶琴漫调。赢得个泪痕湮透玉华袍。

【沽美酒带太平令】望虞山天样遥。望虞山天样遥。问名儿早倾倒。他是独立人间品诣高。正凤雏年少。黄山谷，更招邀。袖霜毫吴门来到。树吟坛一帜相招。倩旧雨题词多少。倩新知补吟须早。我呵，望龙门心香漫烧。慕荆州相思未销。呀，怎不把画图儿寄与认莲花貌。

【尾声】闻声相契由来少。便博个梦里寻踪五夜劳。他日呵，怕真个相逢还要问尊名号。

【南越调】　自题《湘溪秋病图》

【小桃红】西风吹雨入罗兜。湿透了衫儿袖。也。更鼓纨如，引丝丝铅泪枕边流。非病酒，不悲秋。镇日价眠不稳，起还休。梦难求，做成了新症候。也。望家山云水悠悠，恰做弄渴文园，寒衣不寄鹔鹴裘。

【下山虎】潇潇飒飒，沥沥飕飕。落叶虚廊走。疑他风钩。拚着怯胆虚心，为伊轻嗽。倒惹起一口猩红泼地呕。瘦腔腔余嫩喘，颤巍巍整渴喉。问几下铜壶漏。恰三更转头。呀，难道是今夜须登白玉楼。

【五韵美】漫扶床，慵举手。单衣自披寒栗抖。引铜奁惭愧粉郎瘦。眉弯越皱。憔悴似两行衰柳。路千曲，山几兜。没情的天畔飞鸿，把俺的家书落后。

【五般宜】这不是没遮拦的元龙卧楼。分明是最凄凉的孤单楚囚。眼昏昏时见丑阎浮，便说道死也罢也，兀是难能够。魂销梦碎，风颠雨骤。没摆布潘鬓等飞蓬，又星星添几倍。

【山麻稭】自端午，到重九。那里有一晌开怀，一刻忘忧。休休。早则算越地销魂够。再不道千山万水。抛欢割爱，来此寻愁。

【黑麻令】再休题凰求凤求。再休题妆楼酒楼。只化做云流水流。打熬着死病勾留。挨过了今秋去秋。指望那来舟去舟。带引俺魂游梦游。不忘了旧日温柔。博一个情投意投。

【江神子】他那里茱萸插满头。争知我卧病深秋。更谁来为抱衾裯。许多烦恼没来由。似这的绝无仅有。

【尾声】鱼沉雁落拼辜负，寄书去怕伊僝僽。则留取个画图儿已够他消受。

（以上选自《天虚我生诗词曲稿》
1916年10月中华图书馆印行）

【南双角】

瘦蝶以美人六咏征海内题词。分题凡六：曰影，曰醉，曰梦，曰病，曰嗔，曰恨。予尝就题思索，得六联应课，盖断句也。今瘦蝶集诸家之作，荟为一编，得百余首，属予题词，因制是曲。

【新水令】墨华香盎薛涛笺。好事者，从来不厌。大才夸燕许，小影画蝉嫣。百叠诗篇。是照相玻璃片。

【驻马听】银烛当筵。倩影亭亭屏背掩。月华临槛。罗裾薄薄暗中牵。凭肩，羞态知难免。搴帏俏步应教敛。花阴漠漠间。隔帘儿还怕乌龙见。

【沉醉东风】怎禁得一杯儿葡萄香酽。不由的泛桃花两颊红鲜。若然推却怕郎嫌。否则便从郎谝。较量煞金尊深浅。埋怨煞玉醪凶险。些儿下咽。只觉得天旋地转。身疲力软。

【雁儿落】须索把绣衾儿薰透龙涎。一晌里俏魂灵忘遮掩。我只道蓬山路万千。那王郎天壤难寻见。

【得胜令】莽相逢茅店五更天。惝恍地尽缠绵。暮雨襄王泪，鞋兜小玉怜。侬边。莫教那莺儿啭。郎边。要防他鹦母言。

【乔牌儿】懒精神呵欠。闵子里花容减。与药炉茶灶甚前缘。偏肯替、薄情郎，伴侬清昼眠。

【甜水令】毕竟相思没药，况娇躯怯胆。那禁针砭。莫是惹冤愆。想月誓星盟，我几曾翻变。不应该藕断丝连。

【折桂令】曾记得闺中谑笑，愠了朱颜。挼花枝掷向郎前。不是我作怪装腔，莽男儿本来轻贱。但不过软心肠烦恼偶然间。斜刺里曾回笑眼。你何该当作真诠。说不流连。说不缠绵。上有青天。下有黄泉。

【锦上花】常言道，旧冤家，今生照面。端的是红丝错把人牵。没来由，蓦地将人厮恋。又蓦地抛荒，东劳西燕。死了呵，冤愆。活着呵，冤欠。我拚着铁硬心肠，情愿受大罗天谴。缚住鹣鹣。问你个风流罪过，你如何辩。

【碧玉箫】岂是老成经炼。算美人心性，司空惯见。宫帏里十香词，乐府中六噫篇。也何曾是妄，何曾是诞。只都是颦笑欢嗔的案。

【鸳鸯煞】香奁诗债前生欠。口头禅语时时念。誓愿正无边。把石来衔。天来补，海来填。只愿那、人间世，娇儿女，少磨难。消灾障，长是个庄严妙相，才与我、没相干。省把这风流账从头算。

【南仙吕入双调合套】　寿陶巽人三十初度

【步步娇】自古江东生佳丽。长尽英雄气。钟灵数最奇。维我陶君，渊明苗裔。咳唾落珠玑。有等身著作兼人技。

【醉扶归】卅年前，是玉皇案畔司香吏。廿年前，是刘琨待旦惯闻鸡。十年前，是温峤烛海爱然犀。于今是腹便便，塞破了三千笥。问声名，大江南北口皆碑。论交游，千秋上下心皆醉。

【皂罗袍】算是牛刀小试。便拾来青紫，聊慰妻儿。人生七十古来稀。公今三十应为计。皎如日月，吾侪望之。出为霖雨，苍生祷之。趁明时休错过风云际。

【好姐姐】公弟。好才华君家白眉，愧风尘二山难比。工书内史，道前身住九嶷。行吟地。种遍那冶蘼寿鞠三千里。少则算俪叶骈花十万枝。

【尾声】时维乙巳冬之季。为江左陶君，巽人鹤纪（私淑弟天虚我生陈栩题）。

（选自《天虚我生诗词曲稿》
1916年10月中华图书馆印行）

【双调】 旅窗听雨

【新水令】一肩行李出东城。莽西风连天吹冷。山从人面起，月向马头生。回首西陵。望不见些儿影。

【驻马听】十里长亭。叠叠阳关和泪听。三更酒醒。去来茅店忒孤伶。蓝桥何处觅双英。天涯独自个恹恹病。黄昏渐暝。准备着魂梦今宵等。

【沉醉东风】听疏更鼕的一声。看文窗点上了灯。我待和衣将好梦成。不做美西风惊醒。铁马儿冬丁。寒虫儿乱鸣。凄凄冷冷，忽一阵雨声乱迸。

【得胜令】疏帘隔一层。残灯闪一星。把凄酸滋味心头骾。小名儿衾边唤不应。者边听。雨点催来紧。那边听。风来作虎声。

【折桂令】仿佛是蜀道闻铃。一声儿滴到空庭。一声儿洒上纱棂。心魂不定。把个相思病儿投正。这一壁孤衾太冷。那一壁灯影荧荧。一声两声。三更四更。梦儿不成。天又不明。

【月上海棠】春风旧梦那堪省。算整整凄凉有四星。休再问前程。不愁死算侥幸。功名画饼。空做了离乡背井。

【前腔换头】一鞭瘦马西风紧。向恨海愁城独自行。若解惜惺惺。便化缕烟儿都肯。把雕鞍玉镫。权当做瘦削香肩厮凭。

【殿前催】我这里泪盈盈。盼不到鲛绡银帕掌中擎。怅红墙碧汉三千顷。更天边断鸿难倩。一寸秋心万里情。闷沉沉，独醒着孤灯听。听。风更凄清。雨更凄清。

【鸳鸯煞】猛晓寒吹入梧桐井。渐瞳瞳晓色侵虚帧。雨点才停。愁人尚醒。宿鸟初惊。寺钟乍警。梦儿早风吹得远，马儿又安排着等。迷离曙影。听儿处乱鸡声。向马上寻梦境。

（选自《小说新报》1917 年第 3 卷第 8 期）

【般涉调】　忏情道情

【耍孩儿】十分艳福生来有。算折到而今八九。泪珠儿买得许多愁。细思量着甚来由。琴书经岁抛荒久。知己天涯何处求。只落得双眉皱，算合是前生欠下，那些儿孽债风流。

【前腔】滴不尽，相思泪，抛不尽，相思豆。沈腰还比垂杨瘦。他那里鸳帏冷月三更守。我倒做纨扇西风七夕丢。犯甚风流罪，便把筒愁城铁桶，自寻来活活幽囚。

【四煞】我形骸，病似鸥。他心肠，活似猴。磨人也要人消受。捧心西子曾回痛，傅粉何郎尚解羞。颜色今非旧。便有我那般怜惜，再没你昔日温柔。

【三煞】盼银河，怅女牛。访天台，笑阮刘。因缘几个能成就。美人心地难知足，儿女恩情不到头。漫说情深如水，你看山盟海誓，转眼都休。

【二煞】这一答衣香冷玉箫。那一答花枝掩画楼。把人零碎销磨够。桃花已自随流水，红叶休题出御沟。叮嘱从今后。好好揩干眼泪，展放眉头。

【一煞】我宁教，喜变忧。你终休，恩做仇。从前已往都休究。你青丝便肯齐根剪，我心血难禁拼命呕。今日从卿负义，真等到马前泼水，侬替卿收。

【煞尾】私恩总未酬。如何甘袖手。好生涯苦尽了娇皮肉。到黄土掩青丘。谁来奠杯酒。

（选自《文艺杂志》1921 年第 3 期）

【北中吕】　春　思

【粉蝶儿】花厌栏杆。柳梢头月华如线。琐云屏金鸭香残。晚风多，珠帘卷。麝兰飘散。薄罗衫不耐春寒。守着个窗儿兀坐到晚。

【醉春风】镇日的刺绣太无聊，拈针还又懒。小桃花下晚妆残。我独自儿怨。怨。兀的憔悴年年。伤春日日，有谁来管。

【脱布衫】泪珠儿背地偷弹。瘦影儿灯底羞看。倚春风没个人怜。只有宝镜儿见侬颜面。

【小梁州】我待诉衷情下笔难。说不透心事千般。晚来明月剔团圞。抬头看。泪眼不曾干。

【小梁州后】近来把骨髓都相思透，放不下开眼角眉端。魂已销，肠将断。一段春愁春恨，厌折小眉弯。

【尾声】我多愁多病由来惯。只一寸心灰死复燃。可奈这挽不断的情丝还比我心儿软。

（选自《礼拜六》1921 年第 107 期）

【南正宫】

【普天乐】暗昏昏，天如罩。惨切切，雨如潮。叫云阳林木号嘈。白杨树，枝头吹倒。怪梧叶凋。怕秋信早。败象多，生气少。

那里有燕宠莺娇。剩了些病柳残条。鬼车儿，翻来一个鸱鸮。

【雁过声】萧条。魂也难报。俺不向长沙谪几遭。也把过心绪都颠倒一派牢骚。打不准穷通筈。顶天地，男儿徒自豪。只索睡昏沉觉。凭也治打熬。你若是果然灵应的催魂鸟。俺会做埋灭文章的泼命妖。

【倾杯序】号陶。泣鲛珠万颗抛。天也无分晓。俺待乞取醇醪。一斗蒲萄。醉死今朝。此恨应消。还怕有如山块垒，如合热泪，合些如茧的懊恼。转不过轮回六道。人间又来到。

【玉芙蓉】秋高白帝城，雨歇黄陵庙。忒荒凉，身在巴陵蜀道。残骸四裂惊弓兔，怪眼双睁失食猫。生性暴。兀的自鸣得意，身摆头摇。怕的是，老华佗，要劈取你冬烘脑。

【尾声】病相如，已自魂灵掉。眼睁睁，怪声来叫。恨不把你停著的树枝儿，一齐都斩掉了。

（选自《国货评论刊》1928 年第 2 卷第 7 期）

【仙吕入双角套】

和翠儿梦江南曲，作于江小鹣兄之云南来蝶仙馆。

【新水令】乘风飞过蜀山头。竟来作天南遁叟。逃秦三窟外，行李一齐丢。着甚来由。遍天涯兀自团团走。

【懒画眉】回想西泠水边楼。日日风帘卷上钩。两峰眉黛犹含羞。双鬟匿笑屏山背，镜里波光玉样柔。

【山坡羊】只管喜孜孜六桥载酒。醉醺醺三竺寻幽。懒央央打桨中流。爱平湖夜月常如昼。春复秋。岁星三五周。门前种柳。绿上楼窗口。都道是陶潜旧宅，清照妆楼。优游。终日里诗和酒。温柔。到处是花和柳。

【雁儿落带得胜令】谁料得去年秋。赤紧地烽烟凑。连朝警角吼如牛。蓦生地飞来灵鹫。呀，乱离中有[①]多少鸾凤俦。都做了各分飞的劳燕辈。想不到，天保佑。俺四散的一家人，团聚在南屏后。归休。准备着五湖舟。勾留。把杭州作汴州。

【侥侥令】全家拚殉难，举宅了无愁。倒落得湖庄添筑防空室，寝阁同期正首邱。

【沽美酒带太平令】是何人抱杞忧。是何人抱杞忧。疾忙中，催人走。便斗换星移各自谋。眼看着急匆匆的行云出岫。乱纷纷的决水分流。飞升了淮南鸡狗。遣散了花果猕猴。俺呵，似人间赘瘤。犹自羁留。呀，只怕做牵丝傀儡。

【川拨棹】勘破了生死关头。如来支解原能受。任他们去休。俺何妨死守。而况是桃源生圹先成就。

【鸳鸯煞】谁知水尽山穷后。偏有个电车一辆迎门候。似梦初醒，身入定，转轮回。只算是趁余年，娱晚景，作天游。半年来家山回首。祸福原来出自求。任华屋，变荒丘。俺早说四大皆空无所有。

（选自《金刚画报》1939 年复刊第 8 期）

---

① “乱离中有”四字，《金刚画报》原刊处作：“此处原稿缺落一角，不知有无错误，希老蝶先生见示，以便改正。 编者。”今据《全清散曲》补之。

吕志伊（小令5首）

吕志伊（1881？—1940?），字天民，别号旭初，云南思茅（今属普洱）人。1904年赴日留学，次年加入同盟会，任评议员、云南支部长。与赵伸等人创办《云南》及《滇话报》，先后担任《光华日报》《进化报》《民立报》主笔。曾发起云南独立会，云南光复后，任都督府参议。南京临时政府成立后，又任司法部次长、参议院议员、民国新闻社总编辑等职。1923年后为中国国民党本部参议、国民政府立法委员。南社社友，著有《逊敏斋诗集》《偶得诗集》《同盟会琐录》等。

【双调乔牌儿】　伤　春

春归花又落，杜宇声啼破，黄昏细雨窗前过，愁来人独卧。

【北正宫菩萨蛮】　纪马日

细思往事心酸矣，萑苻未靖愁无已，何日瘴烟消，湘江浪寂寥。

（以上选自《励进》1932 年第 1 期）

【南仙吕玉抱肚】　感　怀

孤舟中济。教阿侬如何措计。千种愁绪来相系，举头望到处烽烟。鹰瞵大陆，不稍间已年年。逆虏谁清先着鞭。

（选自《高农期刊》1933 年第 2 期）

【南正宫引子】　破阵子

莫道风和日暖，无思柳暗花明。一岁韶华弹指了，千里山河转眼倾。平津笳鼓惊。

【北大石调】　阳关三叠

倭奴相继逞狼心。数不尽旧恨新愁，只因为人侮。数不尽旧恨新愁，只因为自伐。数不尽旧恨新愁，只因为内乱深。无犹豫，闻鸡起舞雪奇耻，沙场醉卧，痛饮俘馘万点血。无犹豫，闻鸡起舞雪奇耻，岳飞何往？且猛醒修我戈矛岂难三岛沉。无犹豫，闻鸡起舞雪奇耻，且猛醒修我戈矛岂难三岛沉。

（以上选自《高农期刊》1933 年第 3 期）

刘冰研（小令6首）

刘冰研（1881—1951），字冬心，四川华阳人。先后入吴佩孚、邓锡侯、刘湘幕府，曾任《天声报》社长兼编辑。刘冰研下笔超逸，历任各军官记室，俱有名。著有《山阳笛语词》《尘痕烟水词》《江山帆影词》《翦淞梦雨词》。

【黄钟人月圆】 战歌

樱花踏碎悲笳乱，百战不生还。横滨浦上，长崎渡口，富士山边。沙场积骨，孤城喋血，那计青年。春帆楼外，台湾岛畔，上野园前。

【双调殿前欢】 励将士

问栖鸦，腥膻遍地动秋笳。江山半壁喧戎马，莫用嗟呀！正喷开铁血花。更齐呼：光华五族，五族光华。

（以上选自《民族诗坛》1939 年第 2 卷第 4 期）

【双调雁儿落带得胜令】 怀金陵

回首处，战云高。金粉地，沉沦掉。青山故国想周遭，台城畔，垂杨袅袅。呀，突无端，变笙歌，鬼声号，怆凄凄甚离乱逢天宝。石壕村书不了，莽万千的惨流亡，有几个把魂招。奔逃，齐赶上他乡道。萧骚，番好似柳风摇。

（选自《民族诗坛》1939 年第 2 卷第 5 期）

【南商调山坡羊】 金陵忆

尚记得斜阳瓦官留照。冷清清蒋阜云标。碧沉沉扫叶楼高。剩淮流送尽莺花棹。偏这遭更风飘雨飘。青衫湿了。白发江湖老。试一想这龙蟠虎踞，作虏骑空壕。飘也么萧。写不尽凄凉稿。牢也么骚。谱不尽兴亡调。

（选自《民族诗坛》1939 年第 3 卷第 1 期）

【正宫醉太平】
读中央颁布全国精神总动员谨摘纲领要语衍成此曲藉励国人及前敌将士

我国家至上，我民族亦至上，看前线尽是岳家将。指日横磨十万，把神州倭寇诛锄扫荡。要集中意志力和量，好男儿热血若花放，作一个牺牲榜样。

军事为第一，我胜利亦为第一，饥来餐虏肉，醉后吞胡血，誓率中原豪杰，指挥若定平倭贼。头颅可补金瓯缺，还我河山，踏破贺兰野，看精神建国。

（选自《民族诗坛》1939 年第 3 卷第 3 期）

吴蕊先（小令1首，套数1首）

吴蕊先，字绛珠，安徽歙县（今属黄山）人。萩庄吟社的外围吟侣，生平不详。

小令

【五色丝】 题昭君出塞图用尤西堂韵

【白练序】画工误画，不似这眉染双蛾髻绾鸦。恁粉白脂，今日又玉颜描写。

【黄莺儿】风颠袖斜，尘污扇遮。

【青哥儿】弓弯三寸凤头靴，胡姬妒煞。

【红芍药】一片夕阳雁行下，羢褐猩裙，紫花骢马。

【黑麻序】不争差，路出狼河螉塞，冷抱琵琶。

（选自《小说新报》1916年第2卷第2期）

套数

【南仙吕】 秣陵秋

用西堂韵

【醉扶归】媚香楼零落桃花扇，右军桥争分荇叶钱。班家妤婕旧齐纨，甚琵琶又唱昭君怨。垂柳垂杨，绿袅尽栏杆，曲曲弯弯又雨丝风片。

【皂罗袍】要问情深情浅，只看他秋水新涨江干。销魂桃渡数声蝉，伤心菱匣双飞燕。篆炉香淡，银床暮寒，菰帘纹断，金钰夜残，莽园林何处吹芦管。

【江儿水】瘦褪黄金钏，愁凝白玉钿。骆驼山镝响惊风颤，风凰台笔搁停云慢。鹭鸶洲棹系催天晚，袖卷脂香皓腕。背着雏鬟，检换桃笙旧簟。

【玉交枝】听经已懒，雨花台鸳鸯影单。海棠化泪香魂断，小眉峰天外落三山。鹦鹉梦残杨玉环，秋波一转愁人眼。哭西州城门夜关，叹东林春灯夜弦。

【川拨棹】寻旧院，泣新亭，落叶干。弹风前玉珮珊珊，弹风前玉珮珊珊，飞鸟倦如何不还。意中缘，刚一年，意中人，各一天。

【侥侥令】黄花鸡埭畔，红树雀桥边。料得旧时明月秦淮转，对渔火江枫照客眠。

【尾声】凶荒不注《毛诗传》，满江南泽嗷鸿雁，记去年战血腥红化杜鹃。

（选自《女子世界》1915 年第 3 期）

华谌（小令2首）

华谌，字子敬，又字痴石，别署一叶秋庵、桃花梦中僧，浙江仁和（今杭州）人。与陈蝶仙、何颂华友善，时相唱和，合刊《三家曲》。另有《一叶秋庵曲稿》二卷。

【中吕驻云飞】

无事偏忙。燕燕莺莺学我狂。陡地两眉长。闪的弓腰样。扣扣小心房。骂蜂儿斗胆。你狼籍桃花，生被蛛丝网。郁郁的愁杀人间谢阿娘。

玉笛声扬。廿四桥头月子双。却好卸残妆。浴罢娇柔涨。凉罗扇待收藏。被流萤点上。碧玉搔头，闪得心儿亮。且把那嫩藕新莲再略略尝。

（以上选自卢前录《曲雅》，成都存古书局 1930 年刻本）

邵力子（小令1首）

邵力子（1881—1967），初名景奎，又名凤寿，字仲辉，笔名力子，浙江绍兴人。清末举人，同盟会会员。协助于右任等创办《神州日报》《民立报》，并与柳亚子发起组织南社，后任上海《民国日报》总编辑。曾任国民党中宣部部长、上海大学代理校长等。为近代教育家、政治家，著名民主人士、社会活动家。

【双调拨不断】

祝《黄埔季刊》廿八年一月创刊

战经年。志弥坚。长期苦斗争全面。黄埔精神不瓦全。后方努力同前线。河山重建。

（选自《民族诗坛》1939 年第 2 卷第 4 期）

许崇灏（小令13首）

许崇灏（1883—1959），字公武，别号大隐卢主，广东番禺（今广州）人。同盟会会员。历任镇江军都督府参谋长、北伐临淮军兵站总监、南京警备司令、江苏讨袁军参谋主任、南京政府考试院秘书长等。其散曲涉及写景、记事、抒怀、酬赠等传统题材，笔运文雅，风格清新。

【中吕四边静】　江南忆

碧桃绿柳。一道清溪不断流。鸟语啁啾。好是春时候。如舟。咏楼。未觉东风骤。

（选自《民族诗坛》1938 年第 2 卷第 2 期）

【中吕朝天子】　感　怀

国忧。旅愁。辗转心头。一官羁绊苦淹留。辜负沙场友。梦里珠江，望中夏口。风尘万里秋。雍州。蓟州。怅望空搔首。

【黄钟人月圆】　巴山眺远

桐梧叶落山楼迥，野色入窗棂。海棠溪上，龙门浩里，铁柱峰青。【么】浮图关畔，遗爱祠外，烟雨溟溟。扁舟轻泛，孤帆稳挂，谁渡嘉陵。

【双调殿前欢】　由泰宁至道孚途中

上平原。一天秋色正无边。野花芳草平如剪。十里绒毡。山城远倚天。古寺斜依堰。马背人相恋。映残阳影里，几点炊烟。

（以上选自《民族诗坛》1939 年第 2 卷第 3 期）

【双调得胜令】 愁 歌

古调谱新声。箫管杂银筝。悠扬悦我耳，忘怀故国情。初醒。忽动了少小狂歌兴。谁听。唱一曲翻新醉太平。

【仙吕醉金盏】 秋 望

启寒窗。对高冈。秋色正好堪清赏。近村赊酒醉何妨。爱经霜枫叶赭，趁凝露菊花黄。但遥怜羁旅客，每触景更思乡。

【中吕朝天子】 闲 眺

朔风。酿冬。严凝山岚冻。凋林残叶杂黄红。破碎锦云拥。戍角声酸，边烽烟重。更凄清远近钟。学懵。作聋。且把吟肩耸。

（以上选自《民族诗坛》1939 年第 2 卷第 4 期）

【正宫甘草子】 月下赏梅花

黄昏后。淡淡香风，几阵侵窗牖。锦幔金钩援，浓艳照吟眸。失喜梅花开正透，呼童儿快暖酒。耐冷凭栏忘坐久。皓月当头。

（选自《民族诗坛》1939 年第 2 卷第 5 期）

【商调秦楼月】 答 友

微官缚，蹉跎辜负林泉约。林泉约。纵横戎马，岁时乖隔。收京破敌清河洛。吹铙待奏凯旋乐。凯旋乐。吴山越水，尽情领略。

（选自《民族诗坛》1939 年第 3 卷第 1 期）

【仙吕游四门】 赠尹默

先生尹默最情真。谈笑座生春。作词作曲都高兴。出口就成文。神。笔阵扫千军。

【仙吕游四门】 燕 子

小荷浮水正深春。燕子往来频。旧巢新补双栖稳。柔语哢清新。驯。恋恋总依人。

（以上选自《民族诗坛》1939 年第 3 卷第 2 期）

【仙吕游四门】 新 秋

连朝风雨过南楼。酷暑一时收。新凉渐渐侵窗牖。湘帘怯上钩。愁。转瞬又中秋。

【正宫甘草子】 清早客来

天初晓。绿树阴森，一抹轻烟绕。好鸟枝头闹，小犬花下号。又听柴扉几阵敲，趁风凉客来早。见面欢然谭又笑。旧好新交。

（以上选自《民族诗坛》1939 年第 3 卷第 4 期）

沈尹默（小令15首）

沈尹默（1883—1971），原名君默，字秋明，浙江吴兴（今湖州）人。早年游学日本，归国后先后执教于北京大学、北京女子师范大学，1929年任河北省教育厅厅长。1949年后，任中央文史馆副馆长、全国政协委员、人大代表等。曾为“新文化运动”得力战将，倡导白话诗。工书法、诗词，著有《秋明集词》《念远词》《松壑词》《秋明长短句》。

【双调清江引】 公武邀赋北词，遂有此作

大家做词歌[①]不爱。除了霜厓外。冀北马群空，好个卢前在。闲来凑趣儿真不坏。

【中吕醉高歌】 答冀野

本来不动如如。却要关心夜雨。为他不论甜和苦。皱着眉头凑句。

再和冀野

一灯清味何如。清夜檐前细雨。非困听得蛩吟苦。那有惊人秀句。

寄冀野

客中情味何如。随意吟风看雨。自家一晌知甘苦。不共疏翁斗句。

山中黄菊何如。岁岁风风雨雨。清清冷冷不为苦。省得伴人觅句。

山中老桂何如。簌簌落花似雨。儿时乐事思量苦。付与梦中作句。

---

① 原刊此字模糊，今据《全清散曲》补之。

梧□枝干何如。从不惊风怕雨。早凋似为诗人苦。成就知秋好句（忆儿时山居，三首）。

山中今日何如。可有闲情听雨。闲来也有闲来苦。拉住樵夫对语（怀森玉安顺）。

蓑衣斗笠何如。依旧斜风细雨。从来不解吟诗苦。留下放翁□语。

柳腰比似何如。禁得几番骤雨。于今真识陶潜苦。不是风凉趣语（戏调冀野）。

【仙吕游四门】　冀野堕车伤腰，戏为赋之

小车载重路难行。跌得不分明。当街扶起卢参政。无暇与通名。惊。腰折事非轻。

【中吕醉高歌】　柬冀野，仍用原韵

一丸白药何如。好似旱天遇雨。霎时便减先生苦。许子（公武）初非妄语。

先生莞尔阊如。也会呼风唤雨。两贤何必还相苦。说去说来四句。

（以上选自《时代精神》1939 年第 1 卷第 5 期）

【南仙吕傍妆台】 用李中麓所作首尾二句成此

醉醺醺。千红万紫酿三春。与君都是嬉春客，忘了自家身。蚕因作茧甘心缚，蝶为怜花尽意嗔。前生果，今世因。得饶人处且饶人。

曲参参。银河暗淡斗阑干。向来说千里同明月，却忘道万里隔关山。书长总是无声恨，梦短犹堪有限欢。身须健，心要宽。得偷闲处且偷闲。

（选自《民族诗坛》1939 年第 3 卷第 3 期）

吴梅（小令32首，套数9首）

吴梅（1884—1939），字瞿安，一字灵鳷，晚号霜厓，江苏长洲（今苏州）人。历任北京大学、东南大学、中山大学、光华大学、金陵大学教授，主讲古乐词曲。吴梅长于制曲、谱曲、度曲，一生致力于戏曲及其他声律研究和教学。叶恭绰称“瞿庵为曲学专家，海内推挹”。主要著作有《顾曲麈谈》《曲学通论》《霜厓曲录》等。

【仙吕桂枝香】

南朝宫寺。西清图史。到如今剩水残山，问甚么王孙帝子。赋长干古诗。赋长干古诗。有多少青溪花事。白门秋思。只留得柳丝丝。金粉萦前梦，湖山想盛时。

【双调折桂令】

记秦淮载酒曾过。画舫回灯，水榭微歌。欢事无多。河桥依旧，风月消磨。吊长桥忘不得新亭烽火。渡青溪填不平故国风波。回首蹉跎。十载如梭。说甚么金粉南朝，到做了春梦东坡。

【商调山坡羊】　过旧贡院

明远楼更筹都废。至公堂风霜未圮。二十年乡科早停。想当时。短尽英雄气。秋草肥秦淮花月非。便几间矮屋，也历遍沧桑矣。身外浮名，人间何世。东西。文场改旧基。高低。层楼接大堤。

（以上选自《文哲学报》1923 年第 3 期）

【南吕七弦琴】　读袁箨庵《西楼记》错梦折南曲太简，戏补集曲一支

【香罗带】秋风枕上听。相和茂陵。记锦帆一曲楚江情。

【梧叶儿】扶病度新声。出落风流态，支离憔悴形。

【水红花】可怜生。西楼月冷。累你愁风愁水，一舸出吴城。

【皂罗袍】多谢你空函片纸缔芳盟。还把这香云半剪留私赠。今日个迢迢前约，隔蓬山几层。凄凄遥夕，数谯楼几更。哑诗笺问不出三生命。

【桂枝香】剩有相思梦。空流薄幸名。

【排歌】偎孤枕，对短檠。病馀情思睡瞢腾。

【黄莺儿】热泪冷如冰。

【黄钟十一锦】　丁巳入都，道中读《普春秋》，见齐姜合镜时排场太冷，因补集曲一支，令宫人歌之

【绛都春】你是大邦俊秀。

【降黄龙】赘入齐庭，历遍诸侯。

【误佳期第二句】想不到公子辈解温柔。

【第三付属四句】想不到翩翩更出平原右。

【傍妆台】论缘分三生壳，画螺黛双眉有。

【金盏儿】是这等旗旋风流。合许俺酒政添筹。都亏得当年一骑蒲城走。

【江儿水】再莫忘千里从亡狐犯舅。再莫恨一家酿乱骊姬后。

【归朝欢】再莫想同衾结发季隗偶。再莫怨逾垣斩袪寺人寇。

【桂枝香】愿你两人白首。恩深爱久。

【醉扶归】趁此好天良夜唱甘州。

【三春柳】问君家沉醉不。

【南吕绣驾别家园】 拟《西施辞越歌》，有序

京师女伶鲜灵芝，请作此曲，拈此付之。一时听者皆为神往，实亦集曲矣。

【绣带儿】休提起蛾眉声价。算和亲轮到奴家。便长留两臂宫砂。怕难忘一缕溪纱。

【引驾行】承谢你不识面的东君抬举咱。恰相逢盈盈未嫁。

【怨别离】现如今故国天涯。杜若溪边，苎萝山下。何日重停踏。

【痴怨家】况姑苏台畔多俊娃。怕老君王看不上贫家裙衩。

【满园春】望吴山那答。别越山这答。残阳暮鸦。迢迢路遐。

【南吕七弦琴】 客有询南词盛衰者，赋此示之

霓裳集众仙。迢迢百年。中州正声留管弦。梁魏有心传。白雪谁能继，喜他词隐贤（谓吴江沈璟）。细缠绵。吴歈才显。留得新书廿卷（《南九宫谱》）。花雨洒芳筵。西楼嗣法盛推袁（谓袁凫公《西楼》）。南邻订律重逢阮（沈璟侄自晋，订九宫作谓《南词新谱》，最为善本，清代南词定律寄本此）。珠歌翠舞，稗畦字妍（谓洪昉思）。花吟玉笑，怀庭调鲜（谓叶广明）。旧词场特地开生面。法部人间遍。沧桑亦可怜。如今是想当然。不堪弹泪山川。待胜事续吴天。

【双调玉抱肚】

董香光《戏鸿堂帖》墨迹，今岁吴湖帆翼燕家癸亥至日出以见示。

帖共十卷，各有香光自题跋语，诚希十宝也！因每卷题小词二首，效青门题画体。

华亭书府。戏鸿堂千秋不孤。有谁知墨本流传，更名高玉润官奴。过江十纸化双凫。那及临池老董孤。

钟王端劲。论禊帖让陶家九成。幸留藏博士曹娥，最难求师古黄庭。吾书绝胜赵吴兴。此语何妨自品评（香光自题此卷云“余临古，胜赵孟頫”）。（右第一卷）

【南吕懒画眉】

笔阵从来茂漪精。逸少人间负盛名。凝寒快雪喜时晴。草笔端推圣。妙手临摹眼倍明。

第一书家在藏锋。泥印沙锥服鲁公。画禅随笔动江东。遗墨人知重。绣出鸳鸯别样工。（右第二卷）

【黄钟画眉序】

洛神十三行。女史箴言继英爽。问当年真迹，流落何方。冷金笺影写谁工，旧玉版空劳梦想。王家衣钵思翁帖，付与艺林清赏。

琅琊鼠须笔。传到云间老宗伯。想江花入梦，与古人分席。虎头书毕竟非真，鸭头丸而今难觅。唐临晋帖都形似，不是永和当日。（右第三卷）

【北仙吕寄生草】

星斗罗胸次，云山起眼前。王僧虔拙笔功名显。萧子云指论工夫见。问专家谁识庐山面。试从隆万数名家，一朝万合是尚书殿。

二沈风流远（谓度粲二公），云卿父子夸（谓莫氏父子）。论声光都在先生下。谢辎轩正值家山暇（香光举万历十七年己丑进士，年才三十五，此帖自云在六十许作，当在万历甲寅、乙卯间，时正罢湖广学政后也）。写襟怀长起名山价。松江书派此中兴，况郑虔三绝诗书画。（右第四卷）

【北商调金菊香】

太宗虔褚李怀琳。北海过庭用意深。草书怀素重兼金（皆卷中临本）。想尔时馆筑来禽。禁本拈毫费苦心。

佘山亭馆杜鹃多。子野眉公携手过（此卷思翁归自佘山作。按：陈继儒居佘山，与施子野为邻，陈喜刻书，施喜度曲，传有《花影集》。思翁至佘山，当与陈、施相识，惜无记录）。硬黄临本继宣和。料当年墨迹搜罗。敢也向山阴换白鹅。（右第五卷）

【北正宫小梁州】

大笔平原第一家。褚河南晚入长沙。韭花真本落湖嘉。钩摹罢。题识暮年佳。

鼎帖传讹说绛州。恨武林禁本难求。淳熙阁，星凤楼。子虚乌有。珍比吉光裘。（右第六卷）

【北双调拨不断】

小团茶。牡丹花。原来士气关风雅。点缀承平胜事夸。君谟便是东坡亚。一言无价（香光论蔡君谟书极平恕）。

借挥毫。济穷交。明珠鱼目无须较（卷中记一老儒摹公书逼真，公弗迕也）。后世扬云定解嘲。论端明却受僧虔教。法家谁料（思翁谓东坡书出王僧虔，此论殊新）。（右第七卷）

【双调风入松】

苏门四子首涪翁。洒墨起长虹。文章道义千秋重。是西江大笔雕龙。可惜国香零落，不曾抬举东风。

西园雅集李龙眠。海岳记题笺。欧阳骨格河南面。展双瞳妙入毫颠。留得前朝法物，谁知传到云间。（右第八卷）

【中吕驻马听】

故国王孙。独秀江东自不群。可也伤心念旧，回首当年，画戟朱门。翰林却似秀才身。怎十行书札不入思翁论。一样文人。彝斋风骨天然峻。

四首新诗。都是湖州绝妙辞。想东南都会，点点飞花，春去多

时（此卷所临赵字，皆松雪自作诗）。内家名铸尽生姿。况墨林题品自有公平事。两字寻思。后先文敏传佳谥。（右第九卷）

【北正宫鹦鹉曲】

草书圆劲真书静。是千古作家门径。算华亭米陆邢张，早则是墨池冰冷。

柳诚悬拔帜兰亭。只此意何人知省。恨卷中八岁周郎，甚名字无从考证。（右第十卷）

（以上选自《光华》1930 年第 5 期）

【正宫锦缠道】　赋红叶

染轻霜。冷湖山新开艳妆。玉露易凋伤。淡疏疏西风锦树成行。赋秋林谁怜梦窗。胜春花更念冬郎。爱晚古亭荒。幸留得夕阳无恙。宫沟落叶黄。也化作断霞千丈。算枫桥平林烟树又重阳。

【正宫五色丝】　对　雪

【白练序】香残心字。放下帘栊冷不支。似莺陌吹绵，蝶巢翻翅。

【黄莺儿】江天暮时。烟霞远思。

【青哥儿】今日个湖山白占朔风雌。冰消弹指。

【红芍药】纵有驴背冲寒苦吟士。怕抬贵长安酒市。

【黑麻序】散琼脂。一轮黄月，还照梅枝。

【中吕霓裳戏舞千秋岁】
寿卢冀野前母夫人五十

【舞霓裳】生小婵嫣出大家。锦年涯。桃李王姬正秾华。最劳乏。耐心肠诸弟扶持大。更绣绷儿培养出牡丹芽。

【大影戏】晚年清暇。又张罗柴米盐茶。

【千秋岁】为儿女完昏嫁。耽辛苦无冬夏。甫能够老境甘回蔗。今日看群裾曳玉，一醉流霞。

（以上选自《霜厓曲录》1931 年初版卷一）

【南羽调胜如花】　赠吴中曲友

清明节，云水乡。美景良辰共赏。最难的胜地联欢，更休提钧天绝响。待按拍千花齐放。话因缘西楼粉香。论功名南柯枕长。万古情场。付词人传唱。真和假何须惆怅。试看他粉墨排当。试看他粉墨排当。

从前事，还忖量。旧观桃花梦想。乐琴书小筑三楹，布氍毹平添十丈。点缀出骚坛清况。玩新词题诗几章。结新知题名几行。十载年光。幸白头无恙。还今夜风清月朗。好同听一曲霓裳。好同听一曲霓裳。

（选自《艺文》1936 年第 1 卷第 2 期）

【南仙吕入双调】　题金叔远《慈乌村图》

【步步娇】如此溪山真如画。随处都潇洒。是寻常百姓家。掩上了蓬门，不求闻达。一抹晚天霞。淡疏疏好个村庄也。

【醉扶归】这一搭柴门杨柳春风乍。那一搭板桥流水夕阳斜。弄机妇女少奢华。读书子弟多风雅。这洞天福地是仙家。问先生何福能消也。

【皂罗袍】这明月清风无价。问何时尊酒，来话桑麻。人间清福不妨赊。醉烟霞便是神仙亚。寻春去者，东风柳花。寻秋去者，西风莫鸦。这村居畅好是清闲也。

【好姐姐】有时节山中闲耍，有时节村中闲话。花月散人，几生修到家。你可也归去罢。俺待明年告个游春假。来与先生扫落花。

【尾声】似这冷淡生涯世上寡。喜风光不在这桃源下。则这云树堆中，你家可在那搭也。

（选自《北野杂志》1920 年第 1 卷第 2 期）

【南仙吕入双调】　题金茶缘《村居图》

家　麻

【步步娇】四面青山都如画。随处堪潇洒。这是寻常百姓家。掩上了蓬门，不求闻达。一带竹篱笆。淡疏疏好个村庄也。

【醉扶归】这一答纸窗竹屋春风乍。那一答板桥流水夕阳斜。弄机妇女少奢华。读书子弟多风雅。似这等韬光晦迹老山家。煞强如齐家治国平天下。

【皂罗袍】再莫向名场丢搭。做一个清闲自在，老实庄家。柴门倚杖数归鸦。瓦盆试火烹新鲊。春初煮笋，雨前采茶。秋分鸡豆，重阳蟹楂。指桑麻说几句田园话。

【好姐姐】笑咱求田问舍，怎及你力田问稼。风月散人，几生修到家。消停者，待他年告个游春假。来伴先生扫落花。

【尾声】我买山有约愁无价。望蒹葭且喜得慈乌村大（茮缘家虞山之慈乌村）。俺只得抱着画里风光聊自耍。

【越调】　题徐寄尘《西泠悲秋图》

萧　豪

【小桃红】一湖烟水六条桥。是绝妙的寻诗料。也。怎生的秋风秋雨，半天寒色叫鸱鸮。叹人世上恨难浇。对着这草断肠，树弯腰。只办得抛珠泪，向泉台告。也。寸心儿热血空消。想起这立马吴山恨，恨不借湛卢刀。

【下山虎】半林夕照。红上峰腰。孤冢人过少。柳丝几条。记麦饭香醪。清明曾到。怎三尺残碑也守不牢。此情那处告。墓中人痛怎消。满地红心草。山花乱飘。你敢也侠气英风在这遭。

【五韵美】这边厢，邻苏小。那壁厢，风波亭下岳少保。你九原相见半同调。天荒地老。卷秋心费几许伤高凭吊。心还热，骨已消。忍重读姊妹年时，断魂旧稿。

【五般宜】当日里不能够饮黄龙将军度辽。到大来竟变做葬青蛇英雄下梢。还冷骨不曾饶。千死万死，死何太早。轩亭秋照。墓门秋草。便一口儿吸尽西湖，那满腔愁洗不了。

【忆多娇】到如今秦腊销。汉帜飘。死死生生恨各抛。把幽怀都付浙江潮。秋影迢迢。秋影迢迢。才折证十年旧交。

【尾声】西泠风景由来好。添这一抔土与后人闲吊。兀的冷窸窣的秋魂还须纸上招。

【北南吕】　题祝心渊《望岳图》

齐　微

【一枝花】您几年间曾游屈宋乡，索应该历遍衡湘地。生受过香草美人情，夯破了湖海英雄气。猛可的旧梦重提。犹古自满目云山丽。早不觉萧疏两鬓稀。颤巍巍那南岳依然，痛切切这故人馀儿。

【梁州】想当日熊湘阁登临览古，八景台擘纸分题。畅好是江山裙屐多奇气。一个江文通赋红蕉词歌金缕，一个谭元春吐青莲禅悟金篦。一个愤唐衢撑白眼黄陵痛哭，一个俊韦娘歌紫云翠袖偎依。不堤防幻境稀奇。逼桚得噩梦跷蹊。有的是支兀另躲脱了北寺罗罝，有的是莽村沙击碎了西台如意。有的是血淋浸点污了东市朝衣。生离。死离。对着这湘川衡岳蓦地的雄心异。还洒不尽江潭涕。到如今禾黍秋官万事非，空留下一肚子不合时宜。

【尾声】只是他春来南国相思地。眼巴巴回雁峰头十载儿信息稀。毕竟你老祝融辜负他缠绵意。这相逢正奇。这相离也奇。只得碎虚空把壮志闲情一齐儿收拾起。

图为江标所画，谭嗣同题诗，唐才常作记，心渊佐江幕时之作也。俊韦娘者，为当时所眷妓，故末后戏及之。臞安自注。

【南吕】　赠蕙娘

尤　侯

【懒画眉】曾记相逢九华楼。恰好的天淡云间夜月秋。当筵一曲乍回头。怎生生种下双红豆。把一个没对付的相思向心上留。

【商调金络索】重来北里游。亲把铜环叩。人立妆楼。比初见庞儿瘦。晶廉放下钩。看梳头。你也凝定了秋波冻不流。我年来阅遍章台柳。似这一朵幽花何处求。难生受。怕云寒湘水怨灵修。印殁央风月绸缪。端正好画眉手。

【公子御宫袍】不让媚香楼。赋芳华你在第几流。你小名儿恰称着兰花秀。素心儿应傍我梅花守。两相投。乍句留。一枕梨云如病酒。半帘花雨不胜秋。欢踪似梦，脂温粉柔。华年似锦，花秾叶稠。护幽香莫被这东风漏。

【琥珀解醒】疏帘淡月，一笛度清讴。九曲回肠寸寸柔。不堪重作少年游。谁能够。把风枝露叶，移植红楼。

【尾声】国香也要人消受。早偎暖了啼红翠袖。怎肯说不及卢家有莫愁。

此词成，蕙喜极，嬲余教之度声。积半月而【懒画眉】【金络索】略能上口。后委身虞山富人云。

（以上选自《国学丛刊》1923年第1卷第3期）

【北越调】　寿粟庐七十

【斗鹌鹑】事业屠龙，功名射虎。跌荡词坛，逍遥艺圃。白发青尊，红牙画鼓。老先生，兴不孤。桑海重经，年华细数。

【紫花儿序】少年戎马，草檄文奇，看剑心粗。书生投笔，壮士援桴。模糊。落日旗门听鹧鸪。登楼谁赋。十载从军，一舸归吴。

【小桃红】吉金贞石费钩摹。芸叶香驱蠹。拓本丛残半笺诂。

破工夫。欧阳集录搜罗富。琼林主簿。墨林都护。应画访碑图。

【黄蔷薇】况兰亭定武。更宣和书谱。老笔霜花艳吐。写得鸾飞凤舞。

【柳营曲】顾曲徒。遍玄都。先生妙音追太初。按板花姑。擫笛花奴。如意击珊瑚。徐涸溪重起汾湖。叶怀庭再见姑苏。江山余啸傲，裙屐又通疏。吾。丝竹恣歌呼。

【三台印】通灵素。清心腑。仙家正路。探鼎药，守丹炉。道家旁户。养生旧方多野狐。惟君正宗人所无。导引精神，黄庭内府。

【庆元贞】老来春庑不须租。兴来杯酒不须沽。行来筇竹不须扶。菰芦。狎野凫。大事不糊涂。

【收尾】老人七十今初度。鹤南飞新词待补。百岁大椿荣，三花寿芝古。

【黄钟】　登陶然亭

【狮子序】秋光好，红树齐。散天香长安马蹄。见西山黛色，衬着斜晖，谩说登临胜地。你看旧城郭，新风月，好凄迷。人间何世。那里有承平车骑。醉墨留题。

【太平歌】寻芳处，路径迷。野草闲花开满地。问江亭游客还馀几。而今陌上人归未，早槐宫叶落管弦稀。对景一沾衣。

【赏宫花】云飞，帝畿。排空雉堞低。蒹葭秋水远，杨柳晓风微。想修禊南城裙屐会，有多少醉吟一曲白铜鞮。

【降黄龙】重题。旧事迷离。咫尺觚棱，白云无际。兴亡如梦，辇路荒凉，葵麦人齐。衔泥。雕梁双燕，料王谢门庭忘记。空剩我，徘徊班草，极望天西。

【黄龙衮】山花红正肥。山花红正肥。云物还多丽。荒冢题香，赔尽鹦哥气。冠盖京华，自怜憔悴。算十年来，弹儿多，伤高泪。

【南吕】　海上观新乐府

【懒画眉】五亩园中几经过。每向当筵试白科。参军引戏解颐多。五载年华挫。不待闻歌唤奈何。

【太师引】费张罗。一曲能倾座，海天宽重翻旧窠。想不到幽人逸兴，写惊鸿艳影婆娑。正骊珠一串初入破。早现出芳容娇娜。如何可。对真真打睃。料没有牡丹亭叫画的憨哥。

【大迓鼓】消磨。岁月颇。叹梨园白发，梦冷南柯。桃花扇底风华过。旧家池馆废红鹅。认取当场，袍笏雅歌。

【前调】延俄。一笑呵。看五花爨弄，身在宣和。风前字字生珠唾。镜中拂拂散香螺。绰约仙姿，招得素娥。

【尾声】书生惯作闲功课。自掐檀痕字不讹。可演出旧阁湘真留待我（旧作《湘真阁散剧》，两次搬演，皆未寓目，因订此约）。

（以上选自《霜厓曲录》1931 年初版卷二）

【南曲】　读《疚斋杂剧》，即赋南词代序

【懒画眉】海庙延宾屈翁山。天女重登大将坛。廿五弦愁语倩谁弹。更妥娘翻尽东塘案。倒教我荡气回肠不忍看。

【太师引】遍尘寰恨识先生晚。论词场孰是宫乔马关。你看南海参军蛮语，甚赋南都乐府长干。算湖山花月经醉惯。数不尽燕嗟莺叹。真和幻。蕉黄荔丹。碎虚空你不怕呕出心肝。

【大迓鼓】加餐。旅况安。恨桃花扇底，宫冷商残。填胸哀乐无从按。单衣试酒意阑珊。满纸柔情，都是泪斑。

【前腔】邯郸。借枕难。纵五陵裘马，御李赡韩。怕弹娘书记也人情泛。便茜娘诗句也誓盟寒。阅尽章台，衣带可宽。

【尾声】旗亭赌唱黄河爨。同一样风流放诞。折末你绣出鸳鸯犹自懒。

（以上选自《艺文》1936年第1卷第1期）

姚奠邦（套数4首）

姚奠邦（生卒年不详），字巩鸥，别署梦鸳，江苏南汇（今属上海）人。陈栩弟子。所存散曲作品多为套数，有模仿前人的痕迹，格调不高。

【北正宫】 感 遇

【端正好】颦笑逞憨情。羞恼凭娇性。记当年，乍见卿卿。小乔未嫁情偷省。春困还春病。

【滚绣球】怯生生隐画屏。懒恹恹倚绣棂。锁眉弯双峨娇靓。輾娇容霞颊盈盈。朱唇一点樱。明眸两颗星。恰称这低头情景。打量那模样娉婷。要非玉蕊花留影。除是玉箫人转生，谪下瑶琼。

【倘秀才】甚良缘前生未清。蓦地里相逢可憎，费尽聪明也想不明。书生原落拓，仙子最伶俜。敢则是惺惺相惜影形。

【脱布衫】恁说是怕索缠硬着心情。恐磨折镇定魂灵。装做出行端表正，定也难忍心娇性。

【凌波曲】一般是华年弱龄。艳质钟灵。误卿误我是聪明。把魂怜梦怜，相思耽尽三分病。因缘徼尽三生幸。叮咛记尽耳边盟。怎生能淡冷。

【随煞尾】甚兰因絮果从头证。怕钿约钗盟绮障增。恨半晌缠绵记忒清。云雨巫山睡里惊。梦想眠思别绪萦。伤气回肠泪眼盈。有日痴愿能偿已不胜。恐便辜负深恩成薄幸。

（选自《北野杂志》1920 年第 1 卷第 2 期）

【南仙吕入双调】 记 艳

【步步娇】招惹相思添魔障，一例多迷惘，心底事卜银釭。要把离魂，做成病况。切莫笑荒唐。可怜者逗入情丝网。

【醉扶归】喜今朝再见娇模样，渴病情怀一例偿。只奈你轻盈宛转倚新妆。似凌波仙子从天降。我比那心痴胆大的小韩郎。便把者偷香手段重模仿。

【皂罗袍】生怜那弱不禁风腰样，生憎那珑玲宝髻，巧挽成双。明眸善睐水汪汪。轻颦浅笑温存况。分明犹是，箫娘窅娘。模糊还当。仙乡梦乡。是柔情易嵌入心窝上。

【好姐姐】买宵长，把明珠尽量，应聘得寒簧天上。奈儒生境况，苦生涯笔墨忙。休还想。算无双艳福今生享。地老天荒总不忘。

【尾声】依依欲别还回望。早彀我是消尽柔魂断尽肠。怕从今依旧眠思和梦想。

（选自《北野杂志》1920年第1卷第3期）

四时闺思

用《紫钗记》“阳关”工谱

【解三酲】问年华心情腆觍。伤时序意绪缠绵。甚春色撩人恁难遣。挨永日，似长年。兀的是瑶笙怕听莺声啭。玉版愁窥蝶影翩。精神欠。浑不管落花未葬，飞絮谁搴。

【前腔】休问这东风人面。早闲煞南院秋千。甚一霎韶光难留恋。销暖昼，澡温泉。恨素纨空赠团栾扇。碧水低隈并蒂莲。心含怨。最可恼鸳鸯稳睡，鹦䴊多言。

【前腔】说甚么双星情款。怪底是明月光圆。羞道那神仙成美眷。鸿渺渺，意悬悬。奈窗蕉著雨愁心碎，庭菊凌霜瘦骨坚。回肠断。听不得几声唳雁。一曲吟蝉。

【前腔】闷无端寒飙警旦。没来由冻霰漫天。辜负了罗浮魂梦边。总饶他温存纸帐承恩浅。翻愧我斜倚薰笼顾影妍。人谁伴。兀的是灯寒无语，衾冷难眠。

【鹧鸪天】恨牵缠。磨折煞了小婵娟。守著病里生涯梦里缘。空自把愁情题锦字，唤谁将幽怨许朱弦。怕容瘦减。晷迁延。不彀消魂总黯然。把这年时捱尽凭谁慰，岁月抛残自怜。

【南仙吕入双调】　贺汪瞻华新昏

【步步娇】谁说天公无宏量。毕竟能垂谅。成就你，好鸳鸯。你却多情，心心相向。百两以迎将。把无双艳福修来享。

【醉扶归】看氤氲香霭凝辉漾。彻夜笙歌闹绮堂。听珠环玉佩响铿锵。说彩鸾仙子从天降。料当年吴刚月地聘寒簧。也输与今宵几许繁华况。

【皂罗袍】喜则喜连理枝头花放。算则算韩郎今夜，真个偷香。翩翩彩凤嫁文凰。双双共入同心帐。分明这是，仙乡梦乡。从今定卜，天长地长。结良缘早作了登科想。

【好姐姐】想端详。你催妆赋章。定胜似当年张敞。看娉婷倜傥。是珠娘共粉郎。难抛放。低头腆觍娇羞况。小鹿心头撞一双。

【尾声】催妆谱曲翻新样。我只算笔底描成梦影香。早祝你瓜瓞绵绵家室旺。

（以上选自《北野杂志》1920 年第 1 卷第 4 期）

郑万祯（小令1首）

郑万祯（生卒年不详），字异之，郑叔平（坦之）次子，南京师范大学教授，参与编纂《汉语大词典》《全宋词典故考释辞典》，著有《逸子吟草》《萍踪漫记》《萍踪拾补》。

【南商调金络索】

东风展绿条。春上枝头闹。红杏开时。早是清明到。阑干万里心，恨迢迢。陌上青青柳色□。眉山有意频频画。杜宇无情故故嘲。宵寒峭，空阶细雨又萧萧。这壁厢帘影飘招。那壁厢烛影飘摇。独自向薰笼靠。

（选自《国学周刊》1933年第1—10期）

邹国彬（小令3首）

邹国彬（生卒年不详），贵州贵阳人。曾参与《民国贵州通志》的编纂工作，任贵州省文献征辑馆编审，并在中学任教三十余年。1956年被聘为贵州省文史馆馆员。

【双调天净沙】 次钓丝崖韵二首

读冀野先生黔游诸曲，清秀芊绵，自然馨逸，依韵和作。

山城野寺清幽（先生宿师范学院，院在雪崖洞）。此邦人士情投。讲席频开笑口。一堂群秀（先生游黔，因师范学院王院长克仁请，来黔讲学）。文旌初驻南州。

华堂百蕙香幽（百蕙堂主人桂伯铸设宴，客唱曲，主人弹琴）。锦囊千里诗投。雅有南词上口。引喤雄秀。瑶琴出黔州。

【双调清江引】 次戏题酒店壶韵

韩彭已诛还沛饮。得国无情甚。乡人侮汉高（先生以元人所作《汉高祖还乡》剧曲印示诸生，乡人之侮汉高语堪捧腹），口语无拘禁。笑邻家野鸡能助您。

（以上选自《民族诗坛》1943 年第 5 卷第 2 期）

强光治（套数2首）

强光治，字虎丞，号化诚，生于光绪十三年（1887），江苏无锡人。陈栩弟子。

【南正宫】 题《梅聘海堂图》

【锦缠道】细平章。自由花，凭谁主张。任意好从良。换香巢，居然做了鸾凰。不须假天钱办装。这翩翩仙袂飘飏。堪匹紫罗裳。莫辜负明窗纸帐。烧高烛照红妆。多谢你天公原谅。把小乔真个嫁周郎。

【朱奴剔银灯】医可他西风断肠。成就你软玉温香。便生不同时愿也偿。只待向孤山山上。徜徉。祝罗浮梦长。不枉了妇随夫唱。

【雁过声】思量。横陈锦障。梦魂中微闻暗香。几生修到相偎傍。把冬郎。配秋娘。是天然一对鸳鸯。双双。莫相忘。蜂媒蝶使原非诳。向西府南檐开宴赏。

【小桃红】许名友常来往。慰处士孤单况。标梅韵事今推广。花开并蒂堪摹仿。画图留作人间样。庆团圞地久天长。

【南正宫】 除夕祭诗

【锦缠道】检奚囊。理花笺，长篇短章。罗列察中央。俺今朝，别开祀典堂皇。且安排虔诚瓣香。算终年索尽枯肠。心血呕淋浪。合当与东厨配飨。把美酒伴羔羊。恍似荐椒花一样。颂吟安万寿无疆。

【朱奴剔银灯】(朱奴儿首至合)这不是招魂鬼乡。又不是佞佛烧香。焚白纸黄钱数十张。也爆竹三声连放。(剔银灯合至末)趋跄。把壶觞献将。俨对越，神明在上。

【雁过声】思量。粗夫莽撞。有一时微劳武场。也须庙食邀荣奖。况诗狂。姓名扬。论勋劳汗马相当。荣光。世无双。色丝黄绢争传赏。这酬偿区区当酬偿。

【小桃红】记驴背扬鞭往。逢京兆春冲仪仗。推敲一字遭魔障。险些祸水从天降。今宵始得多仪享。与新年一例光昌。

（以上选自《文苑导游录》第五种第五卷，
上海时还书局1924年刊印栩园藏版本）

张一堃（小令1首，套数1首）

张一堃，字砚耕，号彦公，别署纯山、忐痴，光绪十五年（1889）生，浙江遂安（今杭州淳安）人，陈栩弟子。

小令

【南仙吕柳叶儿】　雉山高等小学校开校歌

喜今朝，书堂开处。闹盈盈，起舞牵裾。莫放这风风雨雨匆匆去。家和国，赖相扶。转乾坤，全仗吾徒。

（选自《文苑导游录》第五种第一卷，
上海时还书局1924年刊印栩园藏版本）

套数

【南南吕】　寿栩园夫子四十初度

【临江仙】自古江南文物好。即今还似南朝。栩园诗比曲园豪。年华才四十。名似浙江潮。

【梁州序】风流辞藻。匡时怀抱。笑我曾经窥豹。仙才竞说，前身李杜岑高。屯田词曲，白傅诗篇，孺妇皆知道。等身著作声华噪。河海元龙意气高。是同志，都倾倒。

【节节高】相逢缟纻交。慰岑寥。解衣推食非图报。吟和啸。箪与瓢。无烦恼。孟尝两字新称号。神仙眷属都修到。内史工书女中尧。谢庭娇女才逾妙。

【尾声】称觞几辈皆同调。安排瓜果共相招。把一瓣心香细细烧。

（选自《文苑导游录》第五种第七卷，
上海时还书局1924年刊印栩园藏版本）

寄恨（小令19首）

寄恨，生平不详。

【黄莺儿】　醒嫖曲

花柳最迷人。一沾染，家便倾。年轻子弟不正经。衣着要新。面盘要灵。夷场地界呒人禁。寻开心。朝欢暮乐，怎肯管经营。

局外眼都清。一进房，心就浑。瓜子水果摆两盆。解得烦闷。破得愁城。引人都入迷魂阵。最动听。攀撑场面，装出许多情。

书寓算清高。标艳帜，用玻罩。象皮包车轻又巧。檀板低敲。歌喉音娇。胡琴扯出时新调。深情绕。昏迷不醒，夜夜度良宵。

长三更占先。攀相好，熟人牵。大小先生都妙年。打扮新鲜，足放金莲，翠绕珠围兴不浅。一缠绵，天天报效，想买美人怜。

么二本低挡。喊移茶，都到堂。干湿装后请通房。摆设平常。举止轻狂。滑调油腔信口讲。贪爽荡。巧相逢吓，就好赴高唐。

小贩也垂涎。跳老虫，不计钱。活洋对斩门儿掩。车夫眠眠。马夫眠眠。日夜迎送弗叨厌。最可怜。一朝染毒，终身苦纠缠。

带局听京腔。学时髦，到戏场。请客叫局坐包厢。兆贵几张。迎春几张。临时充阔滥漂帐。现真相。一到节浪，何处觅银洋。

大餐请朋侪。上酒馆，笑颜开。白布套桌刀乂排。橙子团摆。

列坐堂差。郎君病酒相好代。假恩爱。耳边细语，席散早些来。

游兴日渐加。请倌人，坐汽车。风头出足夕阳斜。愚园无哗。张园繁华。霎时疾捷赛飞鸦。趁奢华。昏天黑地，日夜恋烟花。

争气不争财。揔醋瓶，吃双檯。大家斗胜赛一赛。几打局票。早夕安排。大房占定谁甘退。顶倒煤。铁床独睡，玉人不来陪。

浪子顶肉麻。见雏妓，欲破瓜。猩红不辨真和假。路柳墙花。信口乱夸。有些铜钿不带家。用泥沙。年年蓬梗，浪迹在天涯。

可笑个中人。听粉头，要赎身。变卖田产也开心。不惜千金。怎顾家贫。只要赢得薄幸名。算多情。倌人揔浴，大半没收成。

着衣爱纷华。势利场，摆工架。穷极打算提庄赊。不思养家。怎管儿娜。一曲春风一匹纱。惯矜夸，债台百级，轻薄由人骂。

下脚不自由。空答应，去挑头。托人到处邀朋友。朝去应酬。暮去应酬。万贯家财化乌有。几时休。勒马回崖，快乐过春秋。

青楼最无情。到后来，总现形。床头金尽不相亲。负了旧盟。变了初心。管教断送瘟生命。须猛省。自投罗网，懊悔到谁人?

（选自《小说新报》1915 年第 8 期）

【驻云飞】　拟缪莲仙嫖赌喫着四戒

清静堪夸。风月场中未足嘉。填欲真无价。囊空方才罢。嗏，辜负妙年华。且伤风化。问花寻柳，轻薄人人骂。因此上，迷溺娼妓多破家。

勤俭堪夸。撄蒲场中未足嘉。一掷不计价。罄囊方才罢。嗏，蹉跎妙韶华。且犯国法。游手好闲，浪荡人人骂。因此上，酷嗜赌博多破家。

断荠堪夸。海错山珍未足嘉。淡薄真无价。不饥方才罢。嗏，莫自逞豪华。油煎雪化。妄称口福，贪馋人人骂。因此上，餍饫膏粱多破家。

朴实堪夸。锦绣丛中未足嘉。章身宁有价，御寒方才罢。嗏，一腋诚奢华。千金浪化。人贫世富，装饰人人骂。因此上，纨袴子弟多破家。

（选自《小说新报》1915 年第 10 期）

汪东（小令3首）

汪东（1890—1963），初名东宝，字旭初，号寄庵、寄生、梦秋，江苏吴县（今苏州）人。早年就读于上海震旦大学，1904年东渡日本，在早稻田大学毕业，结识孙中山，入同盟会，鼓吹革命，任《民报》主编。从章太炎习文字训诂，为中央大学文学院教授、文学院院长。抗战时任重庆的复旦大学教授。精于词学，能山水，尤擅画梅。有《寄庵词》《梦秋词》《汪旭初先生遗集》。

【双调清江引】　寒江独钓

渔翁四时心自忖。那一刻容安顿。花开风信频。雨涨涛声狠。总不似钓寒江一竿儿挐得稳。

【商调梧叶儿】　巴山夜语

窗内三条烛，阶前几叶蕉。风雨冷萧萧。聒得人，心儿碎，闷得人，酒也消。归梦不辞遥。恨只恨巴山四绕。

【正宫叨叨令】　津头筏子

吊重瞳甚处是乌江渡。访秦人那里有桃源路。汨罗深听不到灵均哭。钓台高望不见严陵处。谎杀人也么哥，谎杀人也么哥，偏俺这指迷津的宝筏没人顾。

（选自《中华乐府》1945 年第 1 卷第 4 期）

陈树棠（小令2首）

陈树棠（1893—1950），四川岳池县（今属广安）城关人，任岳池女子师范学校教务长、国文教员，后任县修志局局长。

【中吕醉高歌】 出 征

十年慷慨歌声。（于任丈句）万里风尘抗进。轰轰烈烈凭驰骋。不辱男儿使命。

（选自《民族诗坛》1939 年第 3 卷第 2 期）

【中吕醉高歌】 冀野先生劳军华北，平陆赤驹，冲敌泗渡来归

幽燕复见官仪。笳鼓激增敌忾。剑开天地齐争气。义犬而今赤骥（诗坛有《义犬行》纪事）。

（选自《民族诗坛》1940 年第 4 卷第 2 期）

顾名（套数3首）

顾名（1894—1936），字君义，一作君谊，号红叶，江苏泰县（今属泰州）人。曾任燕京大学、中国大学、暨南大学教授。著有《红叶曲》，另编有《曲选》。

【仙吕】 陶然亭晚眺

【桂枝香】豪情天付。逸怀生具。不肯一踏尘红，且自去江亭骋目。当年那里，当年那里，曾传佳句。笑谈余。有约陶然醉，无心率尔呼。

【前腔】到而今江山如故。景物犹素。只这莫蔼苍茫，猜不透天心喜怒。听胡笳四起，听胡笳四起，惹归雁如语。似牢愁还诉。想当初。不尽生平感，何时抱负摅。

【长拍】这非雾非烟，非雾非烟，是烟是雾。摇荡行云如絮。芦花万点，野竹几许。径东风戏飘霞裾。残月晚钟初。趁暮寒如水，领消清趣。若论胸中有万感，这北地难觅却水云区。漫便轻言归去。且开怀引吭，唱彻吴歈。

【短拍】可恨着四壁题诗，四壁题诗，无端惆怅，问有谁家国悲吁。何地着穹儒。又猛触起一腔心绪。正中原龙蛇惊起鹿。惜华年四顾独踟躇。

【尾声】归鞭缓指芳洲路。块垒今宥暂吐。敢说是阮籍登临叹故墟。

（选自《国民》1919 年第 1 卷第 1 期）

【南吕】 愍 志

【一枝花】愁斟婴武卮。闷缫鸳鸯翅。重胡蝶梦，打叠鹧鸪词。想像幽姿洛浦神仙事。说不尽云悲和海思。数华年已过芳时。展春风谁寻芳使。

【梁州第七】只见他俏身裁，（秋棠一捻）俊丰神，芍药双枝。差将酣艳羞红紫。铅华不御，胭粉都辞。懒施芳泽，别样娇痴。说艰难满口儿嗟咨。讲礼数虚心儿拜辞。飘飖若回雪流风，绰约如余霞散绮。淡素似皓月流姿。琼肌素齿。便云笺写满千千字。更颠倒亿万次。向虚空揽下临川绝妙词。也难状天上琪儿。

【尾声】琴心待奏求凰思。皑雪沉吟么凤诗。乐而不淫关雎志。我念兹在兹。他朝斯夕斯。两恹恹瘦了青春少年子。

题《三侠图》

【步步娇】侠骨豪情风尘久。巧得鸳鸯友。珊瑚半上钩。朱靥微酣，黛蛾舒皱。潜把绣帘钩。看，这慷慨客何曾有。

【江水儿】夕照迟迟下，弯弓缓缓钩。你扑朔迷离临风抖。你乌帽紫衣门轻叩。你歌喉一串莺簧奏。愿侍明公奔走。就觅遍天涯，也难得如斯佳偶。

【皂罗袍】算好事从来难就。得红颜知己，便解穷愁。书香剑气付牙筹。飘零落拓谈新旧。红灯初焰，遥闻紫骝。红帘才响，惊逢紫虬。且开怀畅叙频搔首。

【好姐姐】旅邸英雄握手。小阁英雄聚首。深情无限，衣冠笑沐猴。君知否。人生有酒须当醉，青眼高歌熟与俦。

【尾声】珠联璧合良缘凑。凭谁把剑气箫心一笔收。惹得我日日临风三酹酒。

（以上选自《诗经》1935 年创刊号）

晏岘孙（套数1首）

晏岘孙，字直青，生于清光绪二十一年（1895），江苏仪征（今属扬州）人，陈栩弟子。

【南正宫】 黛玉葬花

【锦缠道】借风光。又只见，飞花似狂。坠粉绕长廊。忆前朝，满园燕舞莺忙。不分明红香软香。只觉得，艳质芝芳。佳伴各徜徉。痛今日，空亭闲傍。清泪洗新妆。更多少，凄凉情况。把残英检点贮纱囊。

【朱奴剔银灯】一霎里轻风乍飐。一霎里细雨如狂。春闺不信梦偏长。况添上许多魔障。思量。怕伤春断肠。且将他和泥共葬。

【雁过声】徜徉。轻松土壤。好教你魂归大荒。美人堪比花模样。甚凄凉。对筼筜。一春来花事匆忙。风光。断人肠。多情无福卿原枉。怎怪痴痴萦梦想。

【小桃红】忽听得空阶响。恰到了心头上。那人未见神先往。哀音足使心凄惘。鸾俦凤侣娇模样。又谁知宿愿难偿。

（选自《文苑导游录》第五种第七卷，
上海时还书局1924年刊印栩园藏版本）

张墨林（套数3首）

张墨林，字墨公，光绪二十二年生（1896），江苏昆山（今属苏州）人。陈栩弟子，著有《双星会杂剧》。

【南南吕】

【临江仙】悄地相逢轻一笑。无端种下情苗。纤亲绣簾挑。腰围因病改。眉样比花娇。

【梁州叙】两情相绕。两心相靠。也算前生修到。脂容粉态。十分春上眉梢。轻拈彩笔。戏制红词。才思本佳妙。眉湾一寸生来小。吹气如兰意欲销。珠一颗。襟前抱。

【节节高】姻缘尽此朝。彀魂消。美人毕竟难忘掉。今休了。山水遥难寻到。春风梦断无分晓。低迷打叠相思稿。怎生言语写花娇。痴心但愿花长好。

【尾声】书生艳福生来少。没情没绪坐深宵。寒对灯花带泪抛。

（选自《北野杂志》1920 年第 1 卷第 3 期）

【南南吕】　秋宵坐雨

【临江仙】夜漏声声魂梦杳。小窗风雨无聊。模糊灯影暗秋宵。薄寒欺病骨。幽恨上眉梢。

【梁州序】划然长啸。酒杯闲倒。块垒胸中多少。忧心悄悄。侧身无处能逃。含冤漫告，受辱难消，恩怨常相绕。尝辛茹苦终须报。一剑横空气魄豪。投袂起，天将晓。

【节节高】衣宽觉瘦腰。损眉梢。中年未到愁先到。同心少。知己遥。谁相吊。王朗斫地凡夫笑。嗣宗狂醉庸人诮。血泪篇章总徒劳。茫茫世界愁圈套。

【尾声】填成一曲余音绕。凄凉家园太萧条。只剩得无限伤心泪似潮。

（选自《文苑导游录》第五种第五卷，
上海时还书局1924年刊印栩园藏版本）

【南商调】 黛玉葬花 用藏园空谷香《怀香谱》

【逍遥乐】人比花先病。春去春来总愁境。潇湘风雨暗心惊。阶前堕叶，枝上啼莺。怎不关情。

【金络索】冲寒破晓行。片片飞花影。几度思量，满目伤心景。伊谁解此情。叹孤伶。把花影依身细品评。落花无主怜同命。一缕芳魂唤不应。何堪听。东风又起惜飘零。护花铃空萦春城。却猜不透东皇性。

【梧桐半折芙蓉花】空枝无限情。难续花儿命。有个愁人，兀把雕栏凭。且筑，佳城只恐魂难醒。轻劫无端堕一层。听数声啼宇，也是苦伤情。相伴着芳魂唤醒。顷刻荣枯付杳冥。而今后，无影形。一任凄清。早迷了归途径。

【梧桐五更】空留一片情。珍重残花命。无限春愁。只有依心领。半生幽怨三分病。紧锁眉尖痛不胜。芳魂已歇难追省。珠泪纷纷，怜煞你红颜薄命。

【梧桐树】从今休说情。往事思量定。误我聪明。冤业终归尽。将花比我须回省。哭向埋冢上行。我亦飘萍，到底花犹幸。还有我心香一瓣将花敬。

【尾声】潇湘馆内少人行。落花风定凄清景。可怜我何事伤心别后情。

（选自《文苑导游录》第五种第七卷，
上海时还书局1924年刊印栩园藏版本）

程龙骧（小令1首）

程龙骧（1896—?），字木安，号木安，江苏吴县（今苏州）人。如社社员，吴梅弟子。著有《明制举考》等。

小令

【南吕桂枝香】[①]
冀野作《明志楼曲戏》，代及第诸生答谢

长干古道。青衫苇帽。只这十载芸窗，博得个泥金来报。敢文章价高。敢文章价高。多谢你醉翁清操。成就我五花官诰。看今朝。玉尺楼中选，金花榜上标。

（选自《国风》1934 年第 4 卷第 5 期）

① 原刊调名写作“原调”，今据《全清散曲》补之。

任讷（套数1首）

任讷（1897—1991），字中敏，号二北、半塘，江苏扬州人。师从吴梅，治词曲学。历任上海大学、大夏大学、复旦大学、四川大学、扬州师范学院教授。著有《唐戏弄》《唐声诗》《词曲通义》等。

【北大石】　和卢子见赠

【青杏子】缘合费寻思。莽心情权解双眉。平生几洒知音泪。堂前肃拜，门东小步，算后悲啼。

【归塞北】当年事。此日有谁知？台上书声何故歇，洲前白鹭几时飞。空有夕阳肥。

【么篇】风光别，偏与我相期。触手杯盘茶座密。回头城郭绿杨齐。情离越绪披。

【尾声】握别河梁言活计。世事这般滋味！风尘又满衣，狂客一声才叹已。

（选自《曲选》，光华书局 1931 年版）

张镜明（小令1首）

张镜明（1898—?），字寔父，广东新会（今属江门）人。民国间曾任财政部秘书。其散曲属传统一脉，内容有写景、抒怀、唱和、时事等。

【中吕四边静】 题《全面抗战画史》

弥天忠愤。尺寸河山肯付人。庙算如神。看胡虏成灰烬。凯歌声。遏云。复九世深仇恨。

（选自《民族诗坛》1938 年第 2 卷第 2 期）

顾宪融（小令1首，套数3首）

顾宪融（1898—1963），原名廷壁，字佛影，号大漠诗人，江苏南汇（今属上海）人。历任上海城东女学国画科、文学专门学校、成都金陵女子大学教授，上海商务印书馆涵芬楼编纂。工诗画。其散曲写情写景，亦有悼亡、唱和之作。

小令

【北双调新水令】 中秋曲

南楼花影照人斜。这盈盈又今宵也。启冰奁窥枕角，团玉露染檐牙。他在天涯。侬也天涯。可奈是愁无价。

（选自《江苏省立第一农业学校校友会杂志》1917 年第 3 期）

套数

【南正宫】

【锦缠道】月昏黄。听谯楼，良宵未央。悄地下华堂。转回廊。前头便是柔乡。蓦瞧见，仙人那厢。不分明，离合神光。挨近墨罗裳。只索要几番偎傍。把玉貌细端详。真个是可憎模样。更销魂在几缕口脂香。

【朱奴剔银灯】吉丁当。风摇珮珰。是家常淡淡梳妆。算今夜相思愿定偿。莫再说良缘多谎。帮忙。谢花阴卧龙。悄没做些儿声响。

【雁过声】纱窗。月光明亮。照香闺痴儿一双。奇欢吹得心旌飏。解罗裳。卸珠珰。霎时间，医可风狂。娘行枕头旁。把山盟海誓且休讲。只怕那花墙鸡又唱。

【小桃红】抛不下鲛丝帐。逗不出蛛丝网。无多艳福天教享。忽忽过后还惆怅。巫山一本糊涂账。不提防情史收场。

【南仙吕入双调】　玄武湖春游

玄武湖为秣陵胜地，湖中五洲多植樱桃，每届立夏前后，樱实俱熟，千树离离，火齐星䃭。名媛雅士，辄买棹来游，洲人即摘以供客。莲萼洲有湖神庙，湘乡曾氏所建。风亭水榭，势极幽邃。今兹亦稍稍替矣。楼上下皆设茶座，尤綦履所萃集。仆自丁巳以来，萍踪漂泊，不获与湖神把晤，忽忽五年矣。是岁橐笔重来，又逢春莫，生涯老草，风景依稀，湖水湖云，相见有可怜之色。樽边按拍，黯不成辞。

【步步娇】一幅湖光如图画。春去难留也，莺花梦短些。忙煞游骢，日日无闲暇。辞别过莫愁家。四蹄儿又早到钟山下。

【醉扶归】你看渔舟个个泊汀沙。禁不住洲边语鸭哗。罨长堤一带绿阴赊。嫩年华怎忍把东风嫁。摘不尽离离红豆遍天涯。早难道树枝儿也有些相思者。

【皂罗袍】好是斜阳欲下。去湖神庙里，喝盏清茶。疏疏帘子卷晴霞。回廊屈处栏干亚。春山一抹。云斜雾斜。春人一瞥，花遮柳遮。小眉峰同把那愁来卸。

【好姊姊】多少个女书生，容装斗华。薄罗衫暗喷兰麝。问前头胡蝶，几时认得伊家。相逢乍。你珍珠十斛今休打。俺早是覆没了潘郎果一车。

【尾声】耳边厢听熟兴亡话。好湖山不堪游冶，只索要拜上湖神归去也。

（以上选自《亦社》1922 年第 5 卷第 2 期）

【双调】　湖上修禊

【新水令】碧桃花落晚风轻。卸吴绵不须愁冷。湖山行乐地，烟月可怜生。上巳清明。捉不住春情性。

【乔牌儿】任地箫管鸣。拨我旧游兴。春波底事闲厮并。却教人恨怎平。

【风入松】你看湔裙人去水盈盈。系几个小蜻蛉。把芳林韵事重修省。有山灵含笑来迎。翡翠兰苕旧约，烟霞猿鹤新盟。

【拨不断】俺这里一层层。记星星。有多少马背天涯黄尘猛。楼上春宵红泪凝。吟边社日清樽冷。尽消受我衫儿一领。

【一定银】俺这件青衫浣不清。要打叠闲情。俺不是呵薰香荀令。索负你个俏西施媚颊霞赪。

【离亭歇拍煞】杨花薄煞杨花命。书呆自有书呆性。阑干独凭。早只见白公堤畔画船迴，苏娘墓上游骢远，南屏寺外群山暝。高歌落日明。长啸疏钟应。酩子里兴亡谁省。那越王台燕子飞，昭忠祠蛱蝶乱，风波亭莺儿醒。俺可伤春短句成。吊古幽情冷。收拾起两袖烟云归旧径。别过了小东君，又回头说声请。

褦襶子，午犹卧。忽闻阊阖珠玑唾。大漠诗人顾虎头，不惜云霞任飘堕。揽其绮丽情，似挈奚囊逢李贺。论其跌宕姿，听歌画纸旗亭座。想像当年龚定庵，疲驴侧帽长安过。洛阳女儿十五余，翩翩小令争婀娜。万丈尘中此俊才，累我高吟窗纸破。迦公

（选自《文艺捃华》1934 年第 1 卷第 2 期）

王玉章（套数1首）

王玉章（1898—1967），江苏无锡人。吴梅弟子。历任暨南大学、复旦大学、同济大学、云南大学、南开大学教授。著有《元词斠律》《玉抱肚》杂剧等。

【北黄钟】 南坪览古

【侍香金重】南坪耸秀，还是前朝样。一抹绯花堪俊赏。千秋碧月挂怆凉。明折证巴子依然，海棠无恙（王尔监《巴县志》云：“海棠溪在太平门外大江对岸涂祠下，源出南坪山坞。”）。

【么篇】云峦几叠，枉留着兴亡相。软兀剌苍苔生石上。战笃速惊沙起路旁。浪说甚徐咏清华，汉碑迷惘（溪源两壁石崖，相传蜀汉徐庶诗刻，灭没不能读）。

【降黄龙衮】这一壁南城坪下，信潮初涨。珊瑚洲，黄葛渡，扁舟来往。闹纷纷人影帆影，泼剌剌云浪水浪。怎挨彻满目愁痕，几回怊怅（溪左黄葛渡在南城坪下，江横大洲曰珊瑚坝）。

【么篇】那一壁太平门外水天相荡。黄鱼峰，龙门浩，形胜在望。辨不出烟色山色，记不清芦荡水荡。锦模糊一瞀无垠，万般摇漾（溪右龙门浩，门右有大碛曰黄鱼岭。巴人谓港曰浩）。

【出队子】面对着李严街巷。莽崇墉没一方。只落得岩前驿路改新妆。只落得柳下啼鹃吐故腔。再休提砌石城边好供养（蜀汉时都护李严更城，大城周十六里，见《华阳国志》。又，明洪武初指挥戴鼎，因旧址砌石城，高十丈）。

【么篇】猛抬头涂山高旷耸立起后禹堂。旧画屏落莫对斜阳。荒草院凄清诉晚螿。空博得百代勋名仔细讲（龙门在涂山之麓，其巅旧有大禹及涂山后祠）。

【神仗儿煞】还有那秦家女钗紧提着强弩绣帐。敢可也制驭西王。缮完城防。逗的个玉狮彩笔，艺林胜手，卖弄出锦绣文章。谱一套蜀锦新词慢慢的来共唱（秦良玉败西秦王，张献忠固守重庆。又，清末玉狮老人陈烺以良玉事著《蜀锦袍传奇》）。

（选自《中国文学》1944年第1卷第4期）

宗之潢（小令18首）

宗之潢（生卒年不详），字志黄，安徽歙县（今属黄山）人。曾任安徽大学教授。著有《风雪钱塘》杂剧。

【北中吕[1]红绣鞋】 过圆明园

临春阁挑来野菜。长乐宫劈做干柴。此地曾经富贵来。古今都似此，俯仰一伤怀。看江山青未改！

【北中吕普天乐】 安庆郊外遇元某荒坟

小溪边，青山外。三间茅屋，一带荒台。苔痕碣半埋。马迹坟全坏。试叩当年人何在？怎知他是一世奇才！夕阳渐歪。野风又大。奠酒谁来。

【北中吕朝天子】 感世仿元人意

去休。自由。万不可踌躇又。今朝若再稍勾留。撕破你能言口。乌纱帽罩头。黄金印悬时，那时光难罢手。急流，覆舟。喉咙喊破谁来救。

（以上选自《安徽大学月刊》1933年第1卷第2期）

【北双调水仙子】 世情用江阳韵

男儿只要姓名扬。名姓还须富贵装。不曾富贵谁相谅？烈烈轰轰做一场。莽风尘争胜图强。那时节话儿多响亮。脸上又有光，衣

---

① 此下九首小令均未载宫调名，今依其各自曲牌名补之。

锦还乡！

【北黄钟人月圆】　感怀用桓欢韵

好端端一块无瑕玉，变作黑灰团。功名两字，是非几件。利禄多般。洗也难洗，辨也难辨。瞒也难瞒。如今怎样，管他作甚，百孔千瘢。

【南仙吕入双调玉抱肚】　咏相思用纤廉韵

相思无厌。害相思心头蜜甜。恶相思要盐腌，破招牌一家老店。甜酸苦辣货全兼。吃尽方知滋味严。

【越调小桃红】　集谚语用支思韵

情人眼里出西施。怎算希奇事！色不迷人自迷自。喜孜孜。细麻绳捆住青云志。的一确二，横三竖四。愿意这般儿。

【北中吕满庭芳】　有感用齐微韵

生来见机。循规蹈矩，做小伏低。为人岂是轻容易！落得便宜。扮鬼脸真有道理。没嘴巴不算希奇。牢牢记。由他是非。只一味。笑微微。

（以上选自《旁观》1933 年第 9 期）

【北双调水仙子】　咏昭君

秋风绝塞拨胡笳。一曲琵琶泪似麻。鸳鸯金殿成虚话。猛回头不见他。望前程白草黄沙。呀。定戈矛将军马。安社稷宰相家。退胡番一个如花。

【北中吕红绣鞋】

问天公天公不应。乞山鬼山鬼无灵。你处世为人欠高明。知进退，善逢迎。汨罗江那得遭灭顶。

【北双调落梅风】

鸿门宴，算计差。楚重瞳果然听话。高提起酒杯儿那真不当耍。可送了四百年汉家天下。

【北正宫甘草子】

甚么花。甚么花。点点春心，冷落在茅檐下。他生长在田家。只在田家罢。若是有城市中人来赏识他。他也会学那些藏真做假。那不是白玉一方本无瑕。画上些疮疤。

【南中吕倚马待风云】

书寄天涯。说著天涯愁又加。把红笺儿平放，香墨儿浓磨，彩笔儿高抓。啼痕湿透泪飞花。从头儿诉不尽相思话。行行总写差。

张张尽要搽。只得由他罢。嗏。心事乱如麻。两字回家。密密层层，一阵圈儿画。你不要撇了圈儿不看他。撇了圈儿不看他。

【北双调皂旗儿】 拜将坛

耐著气淮阴市上行。吞声。拜将坛大踏步儿登。呀，拜将坛大踏步儿登。咳，白送了一条性命。

【北双调皂旗儿】 汨罗江

一部离骚写不平。看清。屈大夫何必恁轻生。呀，屈大夫何必恁轻生。咳，空惹得别人高兴。

【北双调皂旗儿】 祁 山

鼎足三分势早成。知情。那祁山六出总虚争。呀，那祁山六出总虚争。咳，多害了许多百姓。

【北仙吕寄生草】 读《项羽本纪》

看成败休开口。论英雄当折腰。那钜鹿一战高声妙。这鸿门一著双脚跳。到彭城一段浑身笑。手儿中刚放出洞庭杯，迎头儿早看到乌江道。

【北双调折桂令】 感 世

看他费尽心思。朝为官资。暮为家私。干闹了多时。才有个完时。咳，两脚伸，棺材里带不去一毫半丝。讣闻上多写句废话虚辞。你就是不称心儿。也没得法儿。将就些儿。

（以上选自《安徽大学月刊》1935 年第 2 卷第 6 期）

李锡禔（套数1首）

李锡禔（生卒年不详），字元甫，广东高州（今茂名）人。生平不详。

【仙吕】 春 怨

和杨西庵韵

【赏花时】帘外春浓碧草匀。双燕差池唤未真。花落雨纷纷。酒阑身困。炉火暗香温。

【么篇】留不住乱絮残花送晚春。写不尽粉笺琼笺寄远人。怎唤醒梦中身？懒装衣褙。寥落待宵分。

【赚煞】愁艳暗伤神调苦难成韵。最堪怜玉颜金笋。空付与香阁珠帘细细尘。也无心趁良时浅笑轻颦。泪痕新睡起朝云。听六曲阑干落叶频。莺啼可嗔。君恩难问。只落得诉红牙愁断玉梅魂。

（选自《曲选》，光华书局 1931 年版）

李翘（小令5首）

李翘（1896—1970），浙江瑞安（今属温州）人。著有《老子注》等，曾先后出任中山大学、安徽大学、河南大学文学系教授。

【双调殿前欢】　二十八年元旦

又今天。同仇敌忾着先鞭！问谁遂了歼胡愿。神圣时代当前。春光胜去年。旗灿烂。努力参征战。屠苏饮罢，跨上雕鞍！

【中吕醉高歌】　新　誓

眼中锦绣江山。都用血膏洗染。今年大事从头干。还是堂堂抗战！

（以上选自《民族诗坛》1939 年第 2 卷第 4 期）

【正宫塞鸿秋】　倭奴哀

倭奴后卫成前线。不连点线遑云面。男儿祖国终依恋。纷纷杀敌争回转。频频不幸来，情势从头变。笑你威风扫地如何战。

（选自《民族诗坛》1939 年第 3 卷第 2 期）

【越调凭阑人】　山夜不寐

长夜空山孤月明。松竹潇潇风暗生。倚窗人冷清。杜鹃三数声。

【中吕醉高歌】　少　年

少年名马金刀。转瞬朱颜变了。须防落寞招人笑。百尺竿头趁早。

（以上选自《中华乐府》1945 年第 1 卷第 2 期）

胡山源（套数1首）

胡山源（1897—1988），原名胡三元，江苏江阴（今属无锡）人。历任上海基督教青年协会书报部翻译，河南开封中山大学、杭州之江大学教师，上海世界书局编辑。1951年后历任福州福建师范学院、扬州苏北师范专科学校、上海师范专科学校中文系教授。

【北中吕】 悼瞿安先生

【粉蝶儿】噩耗惊传。望滇南少微不见。谪仙人遽返遥天。柳依依。春寂寂。哀思难遣。笛韵幽怨。落梅花忍教吹遍。

【醉春风】标格似梅癯。性情如鹤远。从来托迹在霜崖。如今都不见。见雾障前川。杜鹃啼处。落红成片。

【迎仙客】群玉府。小珠船。曲选曲丛罗万卷。风洞豪。湘真隽。多少遗篇。一例延兵燹。

【红绣鞋】石头城下春如线。桃李开裙屐蹁跹。骚坛盟主自年年。不提防腥风吹海水。暴雨没桑田。只落得绛帐飘零随地转。

【十二月】寻门庭长春巷前。驻杖屐木渎溪沿。吊蕲王灵岩山下。访西施响屧廊边。转眼都成陈迹。空留着余韵悠然。

【尧民歌】呀。听不完长江万里浪声喧。看不尽崔嵬蜀道似青天。早又是一肩行李到西川。黉舍重开坐青毡。堪怜正当杜院花出峡年。翻遂了传贤相骑箕愿。（自注：后据柳存仁先生见告，吴先生由桂转滇，并未入蜀。不暇更正，附此声明。）

【耍孩儿】都则为蜀江水沸蜀山颤。又向滇南流转。春愁黯黯不成眠。有思量总是烦冤。明知再生国族终如愿。无奈投老江湖颇只自怜。难排遣。云茫茫魂销鸡足。水漫漫目断洱源。

【尾声】吊国殇思惘然。写新词句未妍。盼则盼王师北定山河祭。好待我絜酒只鸡墓前展。

（选自《戏曲月辑》1942年第1卷第3期）

易君左（小令3首）

易君左（1899—1972），湖南汉寿县（今属常德）人，字家钺。易顺鼎之子。他一生著书六十余部，题材广泛，体裁多样，艺术上多精美之作。香港文学研究社将他与周作人、林语堂、李广田等名家并列，台湾当代学者称他为“中国现代游记写作第一名家”。

小令

【双调殿前欢】 奉呈于公

美髯翁，文章道德世人宗，声名久系邦家重。随便做些子词儿，都能贯斗虹。祥麟威凤，涌一代中兴颂！千秋万岁，风虎云龙。

（选自《民族诗坛》1939 年第 2 卷第 5 期）

【南吕一封书】 香 溪

江山总茫茫，愿千秋万岁长。环佩响明珰，剩斜阳青冢旁。为谁哀怨清歌唱，嫁与胡儿忆汉皇。屈原乡，杜甫堂，分得香溪一段香。

（选自《民族诗坛》1939 年第 2 卷第 6 期）

【调寄绛都春】 游成都青羊宫花市

城西绿涨，正遇雨嫩晴，尘香十丈，腊屐凝游，鬓影鞭丝来相望。春融滟滟催探访，趁莺语，柔条齐飏，闹红迷眼，牵情翠叶，漫劳花想。想孤赏，青羊市里，渐斜日燕归，又穿门巷，乍起峭寒，暗落宫黄，添惆怅！沾泥十万凌波样，便一度今来古往，倦寻照影清溪，送人画桨。

（选自《万象》1946 年第 2 期）

孙为霆（套数1首）

孙为霆（1901—1966），字雨廷，别号巴山樵夫，江苏六合（今南京六合区）人。1921年考入东南大学，与卢前、唐圭璋均为吴梅弟子，抗战期间曾为淮安中学校长，重庆中央大学、国立女子师范学院、中央干部学校中文系教授。1949年后历任震旦大学、陕西师范大学等校教授。有散曲二种：《巴山樵唱》（1938年入川后作）、《辽鹤哀音》（1946年东归后作）及《太平爨》三杂剧：《断指生》《兰陵女》《天国恨》，合称《壶春乐府》。

自题十八岁古装肖像

【一枝花】你漫夸壮气豪。惯觅新诗料。离怀多冷落，残梦半萧条。尘海迢迢，留一幅伤心照。看容颜惨淡描。浑不似画麟台飒飒英姿，画凌烟堂堂妙貌。

【梁州第七】想当日西子湖扁舟选胜，北固山绝壁挥毫。莽风沙吹落征人帽。叹只叹鸡声月店，人迹霜桥。雪泥空印，幻影如泡，好风光过眼堪焦。好韶华回首无聊。空剩得冷心机参透了江上烟云。冷面皮饱受了人间嘲笑。冷头衔署惯了世外渔樵。山遥水遥，指天涯落落谁同调。且待俺乱纸堆睡一下书呆觉。把香篆烧残酒盏浇。怕你不一样魂销。

【尾声】你古衣冠人道是无怀老。便多少沧桑也记不牢。镇日价画图中消受生涯悄。俺闲情漫饶。闲愁那浇。把你这大肚皮一齐填满了。

（选自《东方季刊》1926 年 12 月刊）

唐圭璋（小令7首）

唐圭璋（1901—1990），字季特，江苏南京人。1928年毕业于国立东南大学中文系，师从吴梅，学习词曲。历任中央大学、金陵大学、南京大学，东北师范大学、南京师范大学中文系教授，毕生致力词学，于词学文献用力甚深，卓有贡献，为著名词学家。于曲亦有研究，有《元人小令格律》。

小令

【山坡羊】　戊辰季秋重集多丽舫（限家麻韵）

冷清清歌台舞榭。泛轻舟复成桥下。漫凝眸江山淡妆。指疏林又把斜阳挂。休嗑牙先生双鬓华。南天半载缁尘大。湖海胸襟依然潇洒。龙蛇。频年听暮笳。蒹葭。伊人隔晚霞。

（选自《潜社汇刊》第一集，1929年排印本）

【桂枝香】　过明故宫（限支时韵）

闲寻旧址。天横雁字。乱烟瓦砾丛中，一部南朝野史。苔封坏碑。苔封坏碑。牧儿遥指大明天子。暗凝思，千古兴亡梦，渔樵几首词。

（选自《潜社汇刊》第二集，1929年排印本）

【锦缠道】　红　叶（限江阳韵）

衬斜阳。望平冈千林换装。古艳满秋江。傍寒山，丰标羞杀群芳。起回风半天锦扬。弄新晴千缕霞光。引多少冶游郎。听不尽萧萧哀响。离人易断肠。关山远朝朝凝望。到如今化成血泪染新霜。

（选自《潜社汇刊》第三集，1929年排印本）

【花月围京兆】　秋海棠（限幽尤韵）

风流爱幽。洗铅华醉凝眸。薄罗红映肉，做画娇柔。厌趋时怕逐浮花，逞高格甘依荒甃。伤心候。老去东坡谁管瘦。断肠千古梦黄州。

（选自《潜社汇刊》第六集，1929 年排印本）

【五色丝（正宫集曲）】　雪（限支时韵）

纷飞无次。此是天然冰玉姿。渐狂洒歌楼，轻飘僧寺寒。宜泛卮豪须咏诗。剡溪访戴是吾师。骑驴过市。多少风帘出桥肆。向晚冻鸦重翅。暗寻思朱门粱肉，冻骨谁施。

（选自《潜社汇刊》第七集，1929 年排印本）

【寄生草】　茶（限家麻韵）

微微雨，短短芽。春风绿到湖山下。三三五五筠篮挂。试听一片歌声大。千红万紫只纷纭，赖他妆点江南画。

清泉水，蕚绿芽。红泥活火初煎罢。夜深细诉离人话。不愁醉倒倾杯斝。最怜他茂陵风雨病相如，无人慰问寒窗下。

（选自《潜社汇刊》第八集，1929 年排印本）

陈翠娜（套数8首）

陈翠娜（1902—1968），又名小翠、璻，别署翠吟楼主，斋名翠楼，著名的画家、诗词曲家，陈栩之女，浙江杭州人。著作有诗词曲文稿《翠楼吟草》及《梦游月宫曲》《黛玉葬花》《自由花》《除夕祭诗》《护花婶》五部杂剧和《焚琴记》《灵鹣影》传奇，另有《望夫楼》《自杀堂》《法兰西之魂》《情天劫》等小说若干。

【南仙吕】 戏拟闺情

【步步娇】六曲银房花如绣。络索珠灯逗。红帘卷玉钩。藻镜回光，万点星如豆。人影小窗幽。有麝兰香息微微透。

【山坡羊】一丝丝是淡黄杨柳。一重重是画帘疏牖。一弯儿新月回眸。满庭花影和风走。凉雨收。罗衫薄薄兜。把连环细印，细印熏香兽。掩了纱帱。添将银漏。悠悠。锦年华似水流。休休。古杭州天尽头。

【江儿水】枕腻芙蓉粉，襟兜茉莉毬。一春心事和花剖。一楼诗梦和烟瘦。一帘风絮和鹦守。着甚来由。平白地添些僝僽。

【玉交枝】湖山前后。望不了珠夜玉篝。波光如茧扑妆楼。便晓梦梨云都皱。绿杨阴里美人舟。桃花陌上雕鞍骤。怕思量年时旧游。越思量年时旧游。

【园林好】乍相逢情投意投。未相逢魂愁梦愁。冷厮侵冤人欺负。欢笑也，没根由。烦恼也，没根由。

【侥侥令】画鸾辞破镜，筝雁泣银驱。门外羊车归来否。赢得啼鹃哭不休。

【尾声】从教心似玲珑藕。也难禁你手挽情丝日夕抽。俺则索醉倒中山千日酒。

（选自《紫罗兰》1928 年第 3 卷第 13 期）

【南仙吕入双调】 病中遣怀

【步步娇】风雨满楼挑灯坐。梦逐芭蕉破。人影漾帘波。独自生愁，起来较可。往事细如螺。向心头眼底磨旋过。

【醉扶归】还记得花天曲晏催鸾鼓。隔水红楼柳线拖。驮春蝶翅薄于罗，有明珠劝酒花双朵。玉指调笙凤一窠。却便似梦钧天不许风吹堕。

【皂罗袍】帘际斜阳未殛。伴词仙双鬌，尽日吟哦。光阴全被墨消磨。炉烟熨贴诗魂妥。箧中清句，罗敷艳歌。楼中岁月，蟾宫玉梭。不信道人生只是黄金做。

【好姐姐】蹉跎于今值什么。算完了人生一课。五湖旧志，负他雨笠烟蓑。心相左。秋风摇落双声树。密雨摧残并蒂荷。

【尾声】只待向天人证却三生果。碧海青天自啸歌。怕只怕俺这病困的僵蚕无法蜕。

（选自《紫罗兰》1928 年第 3 卷第 18 期）

【双调】 题《桃潭送别图》

【新水令】桃花潭水属谁家。女汪伦吟怀潇洒。青梅宜煮酒，谷雨细烹茶。悄指天涯。有客把云帆挂。

【乔牌儿】书生井畔蛙。岁月追风马。谁以你黄沙大漠明驼驾。独携着一囊诗梦出中华。

【风入松】吹残铁笛向天涯。收拾起珠玉压征车。半生没一句是寻常话。梦醒梵天红雨，酒醒海岛樱花。

【拨不断】斗尖叉。洗筝琶。雄奇处，似黄河万里向天边泻。清脆处，似辋川细雪把芭蕉打。悠远处，似钟声夜半在寒山下。呀。蓦地里奇峰新拓。

【一锭银】紫气扶桑荡晓霞。金阙银宫，鸾车虎驾。莫不是访神仙万里浮槎。

【离亭歇拍煞】海风劈面千山迓。高吟不怕鱼龙吓。早则是气吞河岳，痛边疆剖豆更分瓜。含沙鬼，小心肝。大舆图浙浙中原窄，干将与莫邪。此去休弹铗。好身手男儿华夏。要把那耻来雪账来查。日中乌拿来杀。烛边龙提来罚。问他个亲亲善善原来假。捉住了鬼憔侥，把桃[1]条重重地打。

（选自《妇女月报》1935年第1卷第4期）

【商调】 画美人图

【集贤宾】杏花满树啼晓莺。仿佛见檀口吹笙窈窕楼台秋夜星。又幻做玉人妆镜。梦儿忒俊，改不了诗呆情性。待捉住，空花影。蘸霜毫写上银屏。

【黄莺儿】花底画卿卿。比花枝，更瘦生。东风婀娜游丝劲。鬟儿半倾。眉儿未成。做一个妆台侍婢甘调粉。小窗明。相看终日，何忍说无情。

【前腔】灯底画卿卿。好容光，照眼明。炉香细细全神定。瑶台玉京。仙风珮璎。月中霜里休嫌冷。步虚声。相逢天女，何敢诉深情。

【前腔】十载画卿卿。忆双鬟，似隔生。蠹鱼零落朱颜褪。天边旧盟。裙边小名。文心一寸消磨尽。忒凄馨。相悲潦倒，何暇赋闲情。

【尾声】画中爱宠休相哂。也算俺女书生福分。此后呵，待当掌上明珠日日擎。

（选自《国画月刊》1935年第1卷第8期）

---

① “桃”，原刊作“挑”，据文意改。

【南仙吕入双角合套】　梦江南曲（用元人谱）

戊寅之岁，大盗攘国，有客自西湖来者，述梓里全墟，蝶巢半毁，是夜仿佛梦见之，醒忆年时，泫然有作，寄家君重庆。

【新水令】珠灯络索带风飘。好亭台湖山环绕。长廊宜响屧，水阁爱吹箫。日上花梢。梦醒闻啼鸟。

【懒画眉】四面纱幮绿鲛绡。雾鬓云裳想六朝。银蚰蘸雨画墙坳。半臂双鬟俏。手拨名香仔细烧。

【山坡羊】你看翠生生一行春草。曲湾湾几折红桥。碧沉沉垂柳千条。映文波打桨春人笑。魂易销。断肠禁几遭。沧桑变了。转瞬谁能料。眼看那旧楼台换主，新燕子寻巢。飘也么摇。换了幅流亡稿。萧也么条。独自把江南吊。

【雁儿落带得胜令】这搭是，定香桥。个壁是，岳王庙。凤林钟坏没人敲。精忠柏和天倒了。呀，画堤边添几条新战壕。黑灰堆是谁家旧荒灶。新鬼多，故人少。把几千年的锦江山，生踩做犬狼巢。牛皋骨，暴在荒山道。钱镠血，污了泥锦袍。

【南侥侥令】柳堤倭系马，水榭鬼吹箫。真个是压低云汉天垂泪，尸拥钱江水不潮。

【沽美酒带太平令】访柴门，不用敲。访柴门，不用敲。长荆棘，比人高。问何处荒庄是蝶巢。俺只见软浓浓，媚春光的花草。扑朔朔，避生人的鸱鸟。碧晶晶，是玻窗碎料。红簌簌，是宫墙半倒。俺呵，访新交旧交。雨散云消。一例儿曲终人杳。

【川拨棹】当日呵，骨肉分抛。出门夜雨荒鸡叫。痛阿房土焦。梦家山难到。盼中原何日把烽尘扫。

【鸳鸯煞】苍生冤痛知多少。却便似孤臣孽子无门告。正夜茫茫，人寂寂，雨潇潇。梦见了些，死亲朋，要爹妈，旧亭桥。春梦回，家山破了。散发空山唱大招。猛血泪下如潮。险不把一个铁如意敲碎了。

（选自《金刚画报》1939 年复刊第 6 期、第 7 期）

【双调】 拗春曲

消寒雅集，拈题得此。吴语，二三月间，天重作冷，风雨不时，谓之“拗春”。

【新水令】峭寒如水浸银屏。怕开帘落红成阵。画眉鸳镜雾，擫笛玉纤冰。乍雨还晴。拗煞春情性。

【乔牌儿】绒绳半臂轻。欲卸还生噤。鹦哥咒煞东风狠，那里有十万护花铃。

【风入松】年年辜负踏莎行。偎不暖小银灯。红炉剩火休教烬。擘芳笺偷问春灵。比似者般索寞，何如休过清明。

【拨不断】是冰清。是温馨。万般体贴猜难准。似病里伊人倍矫情。把山眉水黛都颦损。蓦地里兜天烦闷。

【一锭银】我打叠柔情说不清。他泪雨盈盈。消受了莺嗔燕恨。甚来由倒底不分明。

【离亭歇拍煞】愁云遮了红楼影。苍苔埋了胭脂井。春来休问。依旧是鸳鸯瓦上晓霜凝。西泠湖畔游船尽。月明孤馆人初醒。寒如鬼手馨。雪似临川政。漫赢得旁人酸哽。只为你，拗东君。短了他，桃花命。枉了我，司香令。空余袅袅声。不断恹恹病。倒不如学佛维摩归净境。撇下了，惜花情。一任你，怎般冷。

（选自《永安月刊》1944 年第 58 期）

【南仙吕】 皂球曲

【醉扶归】午鸡花外停娇唱。恰浴罢鲛绡镜槛凉。绣球开遍不闻香。象床筠管刚刚放。檀胰和露捣玄霜。倩东风吹出团圆样。

【醉归花月渡】轻罗小扇风飘漾。有队队明珠出画廊。吹来犹带口脂香。想翠盘一寸娇擎掌。翱翔。楼台五色藏绿杨。明窗四拓回夕阳。映入玻球，看彩雾，晶晶亮。更胜地，屏风上。仕女描周昉。似冉冉姮娥启镜光。把大地山河倒影装。

【醉罗歌】这不似吴江捉月诗人莽。也不似汉殿悬灯四角张。提防他莺梢燕掠忒轻狂。怕彩云脆薄玻璃散，风团柳絮，时时绕梁。春随胡蝶，纷纷过墙。有多少粉蛾贴死在雕楹上。樱唇绽，金钏响。漫当作盈车瓜果掷檀郎。

【尾声】一刹那昙花泡影添惆怅。却下晶帘日正长。空费你碧海青天三日想。

（选自《美》1947年第4期）

【北曲双调】 咏雁字

【新水令】莽西风哀雁唳长空。上高楼碧云无缝。稻粱恩怨语，天末短长封。密密浓浓。泼晴蓝写不尽你心头痛。

【破牌儿】纵横笔阵雄。跳脱飞乱动。恰便似老神羲一划辟鸿蒙。有多少秦碑汉篆，吹落在混茫中。

【风入松】想潇湘夜月水濛濛。玉柱银筝曲未终。一行惊起芦花梦。每日价咄咄书空。说甚么前呼后拥。左不过断梗飘蓬。

【拨不断】俺呵，一样的感民穷。诉苍穹。诗书本是饥寒种。

错认做排队长街的卖字佣。遍天涯有几个知音懂。枉了你奇才天纵。

【一锭银】万里家山战伐中。一年年北去南来，一字字心酸眼肿。哭文章何处秋风。

【离亭歇拍煞】不似那鹦哥享不尽雕笼宠。鸳鸯做不醒池塘梦。生受了天公磨砻。试问你徘徊六合欲何从。飘零天壤谁相共。参差断句谁能诵。兀自的卖弄你墨势戏游龙。提防他杆拨弹金凤。早不道书生无用。渐渐的，没遥空。渐渐的，长亭晚。渐渐的，炊烟送。荒林古驿通。雨雪江湖冻。只拜托家书千万须珍重。待铁铸个，小洪乔，在离人，心上供。

【尾声】平沙落处琴三弄。怕只怕古曲凄凉调不同。好寄与普天下识字的人儿齐一恸。

（选自《美》1948 年第 10 期）

卢前（小令127首，套数7首）

卢前（1905—1951），原名正绅，字冀野，号饮虹、小疏，江苏南京人。1922年入国立东南大学，为词曲大师吴梅的高足。毕业后曾受聘于金陵大学、河南大学、暨南大学、光华大学、四川大学、中央大学等学校，讲授文学、戏剧。著《明清戏曲史》《中国戏曲概论》《读曲小识》《饮虹曲话》等，词集有《红冰词》一卷、《中兴鼓吹》三卷。夏敬观《忍古楼词话》称："冀野既以曲名，其所作词遂不自珍惜，予顾谓其词亦不凡近。"其抗战期间作品多慷慨悲歌，鼓舞人心，有稼轩、放翁之风。

【中吕朝天子】 华严庵茗话，同疚斋赋

茗边。采莲。愁与斜阳远。莫愁湖上叶田田。叶底游鱼倦。把燕子新笺。桃花旧扇。说从头忘岁年。扣舷。引船。又红翠乡中见。

【中吕朝天子】 淮舫送别二北

柳城。榜声。摇出清溪径。小阑干外夜潮生。疏落落几点星儿耿。掠水流萤。轻歌画艇。写离怀两样情。欲行。未行。听三叠阳关令。

【越调黄蔷薇带庆元贞】 南陵徐积余摄山访二徐题名，归作图属题

步苔痕路转。对两字潸然。暗想南朝翠辇。怕当年整日珠帘不卷。叹落花逝水旧山川。草莱金剑几烽烟。你芒鞋跋涉甚时还。吟边。听杜鹃。千佛岩夕照黯无言。

【双调清江引】 题鸡鸣寺

鸡鸣寺楼挂梦久。策杖人来又。相看忆旧游。老衲观河皱。更蓋落十年堤上柳。

【中吕迎仙客】 月下喜赵叔雍尊岳至，因偕鹤亭、纕蘅游北郭诸胜

过燕支井上，到丰润门西。坐月水天闲话里。曲阑风，遥嶂碧。绿染荷衣。是一派清凉味。

【双调清江引】 戏柬鹤亭翁乞广曲境

太和正音十二体。废疾翁其起。香奁格调底。境界黄冠替。一代匠宗能见几。

谁为教门广大主。不必乔张侣。梨云味有余。萧爽情何趣。曲海任容翁去取。

（以上选自《国风》1934 年第 5 卷第 5 期）

【正宫醉太平】 绛雪轩赏太平花

将青城嫩芽。做阆苑奇葩。移来点缀帝王家。迎风映霞。销愁边几尽黄金斝。倚阑边几句宫人话。剩坛边几朵太平花。对昭阳暮鸦。

【双调清江引】 稷园晚步

松阴小桥接上苑。林下鹦哥倦。人前不敢言。红叶何从见。宫外御沟流水浅。

【双调殿前欢】　泛舟北海

漪澜堂。远帆碧照映宫墙。五龙隔岸春波涨。画舫都忙。西天小道场。琼岛楼台壮。揽衣走到东山上。有斜阳正好，老树成行。

【越调天净沙】　过景山

万春依旧苍松。罪槐犹傲东风。指向承恩义冢。瓣香心供。不知涕泪何从。

（以上选自《文艺春秋》1934 年第 1 卷第 9、10 期）

【正宫白鹤子】　灯前九叹

龙蟠而虎踞，社鼠与域狐。无怪老香涛。为我山川诅。

九年亡命客，国破亦无家。今日得生还。遇事徒惊讶。

灯筵陈旨酒，飨客食多鱼。还唱后庭花。谁谓无商女。

万般皆下品，第一是豪商。资敌罪从轻。功在诸公上。

少年无志气，枉读圣贤书。从贼受青衿。非伪犹豪语。

或云方面吏，干练出材官。为尔示方针。还待操珠算。

东南遭劫后，此地最清贫。十室九饥寒。何以苏其困。

儿童初失学，妇女半孤孀。师已不为师。养待凭谁养。

灯前书九叹，一叹一回肠。阁笔誓灯前。鉴我言非妄。

卢君冀野（前）甫自南京飞返重庆，与晤之于□长座上，示我九曲，人民疾苦，谱入新腔，有心人也，言岂妄哉？因深爱之，乃附为记。（若定庐）

（选自《天文台》1936年新42期）

【双调折桂令】
五月三日奉母出渝城，始移家白沙

望龙门外兜留。又幞被宵征，江上孤舟。教万里奔波。饱餐风露，了了恩仇。安置好一家老幼。愿重操两下戈矛。策马卢沟。梦蝶罗浮。早扫靖妖氛，我复何求。

【双调殿前欢】　白　沙（三首）

白沙游。溯江西上路悠悠。巴山烽火人来又。世外维舟。朝天古渡头。溜马荒冈口。红豆孤村右。绸缪岁月，岁月绸缪。

白沙行。水光山色有余清。新栽榆柳垂三径。酒店茶亭。鸡啼日渐明。集散天将暝。柝动人初定。书声遍野，遍野书声。

白沙居。饭香衣暖豆花鱼。移家天上（街名）能团聚。且自欢娱。呼儿理旧书。请妇燃长炬。为母沽新醑。喁于醉后，醉后喁于。

【双调清江引】　黑石山

岷江上游多画稿。黑石寻春早。人间别有天，脚到心先到。山中果然风物好。

吾闻聚奎成乙巳。合是同年子。新人送旧人，后事师前事。无忘此山开辟史。

驴溪水清鹰嘴硬。随处明心性。山奇石亦奇，更有奇人邓。稀年老翁风骨挺。

油溪海沱连锁钥。锁住松林堡。书堂叠百梯，洞坳悬飞瀑。南山北山啼翠鸟。

篱边小亭芳草路。下拜诗人墓。今朝旧友来，赞遍梅千树。黄泉有知心应许。

修身力行须不舍。岂在多言说。能为本分人，自守寻常拙。吾于圣贤何让也。

侵晨读书朝气满。近午亲炊爨。昏来运动场，夜入图书馆。山居岁时嫌日短。

谁来打锣谁击鼓。要个兰陵舞。高歌破阵还，更祝奎光聚。中华少年杯共举。

雷门鼓音难中听。略助诸生兴。吟他白屋诗，笑我卢参政。留些北词添话柄。

【双调折桂令】

十六日返渝经上城，睹劫余景物，不觉涕泗之横集也！

戴头重上康庄。想灯火层楼，车马奔忙。剩败壁颓垣，青磷鬼哭，无限凄惶。你烧得尽长坊短巷。不能摧义胆忠肠。对此茫茫。指誓苍苍。今日巴渝，他日扶桑。

【中吕喜春来】　内　江

渡沱才动游春兴。掉臂西行已半程。东风一抹蔗田青。千万顷。密裹的内江城。

【中吕红绣鞋】　重至成都

相送相迎初柳。半黄半绿平畴。十年一别再来游。郊堤驰广道，茅舍起高楼。是当年牛市口。

延庆寺南书馆。青年宫里黄冠。花时月夜几盘桓。古今一转瞬，歌哭百无端。信人生春梦短。

石室春深苔古。依然树影扶疏。依然露井旧门闾。书声灯昧熟，晓日鹊呼俱。又空桑栖倦羽。

【越调天净沙】 送喜饶嘉措还拉萨

诗心我愧莲华。贝叶师装骆马。额非峰下。望中旗满冈洼（本师见赠之藏文诗句原意）。

【正宫汉东山】 暮 归

云开湖海阔。月上市人多。乘风趱前坡。晚凉也末哥。西边一棹鼓沧波。击楫歌。激以和。且婆娑。

（以上选自《时代精神》1939 年第 1 卷第 2 期）

【越调凭阑人】 发重庆

昨别元戎今出征。通远门前行未行。看天鸡已鸣。鸡唱天放晴。

【越调天净沙】 沱水夜渡，作短柱体

行踪壁永匆匆。重逢已拥穷冬。潮涌渔篷暗动。晚风寒重。望中灯弄春红。

【仙吕游四门】 劫后成都

停车夜宿锦官城。重向御街行。暗中空想楼台景。荒阔独心惊。腥。血债记分明（二十八年四月二十四日被炸）。

【越调天净沙】　稣庐听贾瞽者唱道情

灯前渔鼓传情。木皮简板丁丁。状出河梁夜景。未歌先哽。停杯四座无声。

【越调寨儿令】　绵阳逆旅

呵砚田。补阑笺。腊中北征经古绵。星月寒天。风雪残年。明日剑门前。少陵楼下渚烟。放翁驴背讨篇。挑灯吟意懒，倚枕柝声延。眠。冷透五更毡。

【越调凭阑人】　梓潼晋柏

贞干参天忘岁年。饱阅仓陵谷迁。风烟连八千。孤苍禁柏前。

明刺史李壁从晋柏种柏八千株，自瓦子垩至老土地。时禁砍伐，谓之“禁柏”，土人读“禁”若“今”。

【中吕醉高歌】　出剑门关

剑锋上与天齐。峭壁旁生豹齿。出关一怒张吾臂。大笑从戎去矣。

【双调枳郎儿】　白水献黄金

早淘金。晚淘金。白水夫摸寻。一寸黄金一寸心。只朝朝来浸。唱一支白水献黄金。

【越调天净沙】

广元问皇泽寺垂圮矣（寺俗称武则天庙）

嘉陵两岸风沙。利州城郭千家。一寺独无片瓦。武家天下。路人谁问娇娃。

【正宫白鹤子】　明月峡

东川无此峡，大隧曲如弓。行客向南来。请入朝天瓮（峡近朝天关）。

【双调枳郎儿】　宁羌遇雪

雪霏霏。雪霏霏。雪白成楼绯。宁羌城下雪沾衣，映七盘山美。把酒杯炊饼蒜葱肥。

【双调清江引】　石门栈道

嵯峨石门秦栈古。迹在嗟行旅。先民翦草莱，开辟尝辛苦。巍巍汉唐追夏禹。

【中吕四边静】　庙台子留侯辟谷处

崇墉留坝。庙祀留侯紫柏斜。谁说丹砂。且引退功成暇。秦家。汉家。只博浪椎声大。

（以上选自《黄河》1940 年第 2 期）

【中吕四边静】　柴关岭

柴关西口。茅屋三间也白头。风雪村讴。呼叱着黄骡走。难收。不留。早滑下山坡陡。

【中吕四边静】　凤　岭

山中窑户。百结鹑衣暖气无。双石徐徐。渐雪尽沙飞舞。回纡。坦涂。又小憩黄牛铺。

【中吕四边静】　秦　岭

从容驰骋。冻地冰地结伴行。大散关横。便涉雪登秦岭。寒生。马饮。灯火里陈仓近。

【正宫白鹤子】　宝鸡除夕

投门难一饱，爆竹满东街。除夜宝鸡城。五处思量在（妻儿陪母居白沙，维客老河口，绩在渝，绳留沙坪坝）。

【双调庆宣和】　绛帐镇八日

学有宗师德望皋崇。一代扶风。想见皋比讲堂中。坐拥。坐拥。

【中吕朝天子】

武功（康对山海与其张炼故里）

沂东。一翁。词苑称南董。大声鞺鞳发关中。谁不辨鸡和凤。幸第一书传（后修《武功志》时，称“关中第一书”），壮年无用。只双溪肩后从。二雄。武功。却笔阵开文统。

【正宫白鹤子】　马嵬坡怀古

江山千古泪，肯为女儿挥。能不惜蛾眉。独有陈元体。

【正宫白鹤子】　兴　平

穷荒班定远，矍铄马文渊。两汉几人豪。落落兴平县。

【中吕醉马歌】　长安新城（城旧为明秦王府北，后名红城，今陕西省政府所在）

问秦藩一片尘沙。剩老树荒园破瓦。行歌牧马新城下。米午衙斋散也。

【越调凭阑人】　碑　林九日

访问碑林南郭行。半日摩挲唐石经。开成传至明。姚公功可名。

【双调北桂令】　慈恩寺十日

步乐游原上纤尘。问无漏城南，尚有慈恩。想永徽当日，窥荃圆测，韪译遗闻。草创了禅门经论。毕竟是玄奘超伦。六寺平分。六祖名尊（慈恩寺开相宗，华严寺华严宗，灵感寺律宗，兴善寺密宗，草堂寺三论，香积寺则净土宗。六寺都在城南）。荐福遥看，双雁于云。

【双调清江引】　雁　塔

浮雕四门何秀美。圣教河南最。朱衣点额人，寂寞同悴憔。题有名碑徒骥尾。

【双调清江引】　曲江遗迹

宜春苑中春似海。流饮追前代。萧条剩秋痕，尚有桑田在。夫容紫云花事改。

【正宫白鹤子】　五家坡王宝川庙

寒窑王氏女，离合出稗官。庙貌供香花。点缀鸿沟岸。

【正宫白鹤子】　杜公祠

祠堂勋荫上，客自草堂来。忠爱久江湖。诗在公常在。

【双调清江引】　游韦曲遂至杜曲

城南杜韦天尺五。往事都尘土。“花光似酒浓”，橘水东流去。当时决明夸翠羽。

【双调清江引】　樊　川

春回少陵原上草。揽胜樊川道。终南飘渺间，龙首神禾抱。莲华洞前风物好。

【越调天净沙】　跨　辕

长安野老车骡。登登缓缓经过。一楫相逢道左。跨辕闲坐。出城南指潏河。

【双调清江引】　鸦　林

夜宴彭秘书长昭贤宅，在建国公园侧。枯株十余，众鸦集止，如叶在树。昭贤云：无夕不噪，远旦始已。余戏呼为“鸦林”云。

鸦林噪时天未晓。暗里安排好。成群结队来，只在枝头闹。啼鸡一声飞去了。

（以上选自《黄河》1940 年第 3 期）

【中吕朝天子】　别长安

阿房。未央。迹在繁华往。对一抔[1]黄土梦黄粱。闲付与盲翁唱。几日流连，几回迷惘。又征车向洛阳。建章。柏梁。只写满吟笺上。

【中吕醉高歌】　坐　华

三峰浮碧天隅。落雁莲花玉女。华阴道上欣相遇。仙掌招人不语。

【南吕阅金经】　陕

夜过崤山路，当窗月色多。北望中条[2]簇黛螺。河。明朝过。枕上且魔驼。

【越调天净沙】　渡河至茅津

会与渡口褰衣。茅津劫后全非。马背沉吟未已。衖空空地。晋南风土雄奇。

【双调庆宣和】　枣　沟

平陆坡陀去路斜。扑面风沙。枣子沟前乍兴嗟。堕马。堕马。

---

① “抔”，原刊作“杯”，当误。

② 原刊此字模糊，今据《饮虹乐府》补之。

【中吕红绣鞋】　东延元夜

最是中条月夜。填然锣鼓人家。军门一队无鱼虾。战场成闹市，村树灿银花。喜东延初驻马。

曾此三年苦战。阵中一夜无眠。将军坐话小窗前。平明遥炮动，号角助诗便。望沟坡人去远（在郭原途中共四沟八坡）。

【越调天净沙】　土衢上有寇题字迹

桃林剩对荒墟。衢垣灰笔模[①]糊。四字分明短句。快东京去。有家何日归途。

【中吕红绣鞋】　沙　涧

林外一泓秋水。涧边几[②]上柴扉。戎衣笑自战场归。马头[③]天地阔，烈士血花肥。染中绿山色美。

【双调清江引】　忠马赞

归途，一老卒指余所乘云："昨年平陆之役，战骑兵连六十余骑，悉遭劫掠。独此赤马，奔至河崖，浮渡过黄河南去。今军中惟此一马为身经百战者。"

---

① "模"，原刊作"摸"，当误。

② 原刊此字模糊，今据《饮虹乐府》补之。

③ 同上。

吁吾马非中国马。那许胡儿跨。风鬃走若飞，奔至南崖下。甘心死于河上者。

嗟斯马犹忠义子。大勇原明耻。雌雄决有时，未了疆场事。黄流死何如战死。

【双调落梅风】　过渑池

对渑池月，思秦赵盟。蔺相如独完君命。当时麾中宾主定。缶无声瑟也休听。

【黄钟节节高】　重游洛阳

北邙山色。旧时明月。依然照我。鬅鬙短发。洛下尘，伊中影，陌上别。隔着乡关远些。

【中吕满庭芳】　西工过卫长官

西工北限别来八载。莽莽烟霾。龙眈虎视黄河在。夜宴初开。历百战公何壮哉。便千杯我饮无猜。优游再。轻裘缓带共上读书台（题所居曰：惜阴书室上有平台）。

【中吕喜春来】　未得至郭原，比乃与蔚如将军相见洛中，并读其近作[①]

一行潞水当前陈。百战中条独此军。总戎倜傥夙能文。吟句

① 此标题《饮虹乐府》作："予既堕马枣沟，乃折返会兴，先赴洛阳，未得至郭原，比乃与蔚如将军相见洛中，并读其近作。蔚如诗有'中条立马日将曛'句。"

稳。立马日将曛。

【中吕喜春来】 寿阅台

（吴子玉驻洛阳时建，即所谓广寒宫者）

登坛上将知何世。风雨中州又一时。后凋松柏岁寒姿。人到此。南去便关祠。

【双调清江引】 春　意

香山洛中诗境里。衾暖添朝曛。恰和袅袅风，虚润险阴地。迟花懒莺人醉已。

【双调枳郎儿】 客谈黄汛

向东流。又西流。泪眼望扶沟。南岸开堤北岸愁。看波飞涛走。一瓮儿洪水灌中牟。

【中吕红绣鞋】 雪晴冯钦哉将军赴线井头村

线井亭然大树。周原邈矣平芜。邙山少室列庭除。六韬书几卷，一饮酒千壶。出村东头又舞。

【中吕四边静】 巩

洛川东去。山高下孤城水四隅。识者名无。能保得中原[①]固。

---

① 原刊此字模糊，今据《饮虹乐府》补之。

行都[①]要枢。望黑石关前路。

【中吕四边静】　宿氾水

雪深风劲。老犍坡前半日行。败壁昏灯。楼角上杈安顿。深更。笑声。起扪虱忘宵冷。

【中吕四边静】　荥　阳

鬓丝草帽。慷慨当年过虎牢。辙迹前朝。如意事能少多。坡高。石桥。又上了荥阳道。

（以上选自《黄河》1940 年第 5 期）

【中吕红绣鞋】

郑州视察河防，孙总司令桐萱谈往岁花园口、三刘砦、来同砦、南月堤诸战役。

京水镇擎蓬帐。花园口辟疆场。去年此日渡河忙。茶庵摧左背，后路断蓝庄。勇儿郎前进莽。

十袭开封尤勇。三刘砦与来同。当时一战竟全功。堵修痴望绝，坐守反为攻。助河防兵气猛。

① 原刊此字模糊，今据《饮虹乐府》补之。

王屋南来河近。月堤北出骑兵。衔枚疾走夜无声。探巢先于卵，背水自安营。敢窥[①]河投陷[②]阱。

【正宫白鹤子】 伊川

相齐无左衽，微禹叹其鱼。宛洛道中人。宁免伊川惧。

【正宫白鹤子】 临汝

断桥平野阔，新寨雪初晴。未听汝州鸡。乔木多幽韵。

汝坟嵩漳外，滍水石门东。无地问庄光。白日怀高风。

【正宫白鹤子】 叶县怀古

叶公今有邑，独上习龙台。四海际风云。世亦真龙待。

问津逢祖祭，荷筱[③]途尤潦。逃世此何时。俯首昆阳道。

喑呜潕水上，曾筑霸王城。胜败数归天。战岂为王病。

中兴十二世，紫气郁葱葱。一战鬼神惊。鼎以真人重。

---

① 原刊此字模糊，今据《饮虹乐府》补之。

② 同上。

③ 同上。

【中吕迎仙客】 南阳住立妙观

深院静，小庭幽。容我虚堂闲负手。壁间书，尊中酒。一任神游。领略这无中有。

【南双调玉抱肚】 游卧龙冈诸葛躬耕处

山中松桂笑，冈头耕人未归。更无时抱膝长吟，只红泥换了柴扉。宛南千里暮云垂。三顾堂前草尚肥。

【双调落梅风】 邓

舒榆柳。向白牛。醉春风穰南晴昼。愿起冠军呼荡寇。仍迟回孟家楼右。

【双调清江引】 老河口晤东野

仲来邓阳三四月。长是音书缺。联床被已温，对酒胸先热。又今宵弟兄欢聚也。

【仙吕青哥儿】 秦庄别李长官

荒村端居端居清暇。长堤草树草树初花。晚过秦庄野老家。后日杨帆出巴楚，辞光化。

【越调天净沙】 道出襄樊，旧日先君宦游之地

行行陟彼高冈。杏花时过樊襄。岘首羊碑在望。二十年游浪。孤儿久惯流亡。

【双调清江引】 过工部墓下未及展拜，子逸翁兴，余皆惘惘也

成都草堂来去久。瞻望坟口又。公心夙我心，我手惭公手。车中有诗吾曼叟。

【南吕四块玉】 题快活铺

渡漫河。张湾过。历历人间险艰多。左瞻右顾如何可。山有坡。江有波。谁快活。

【仙吕游四门】 荆 门

青山城郭此荆门。凭轼向黄昏。河溶社鼓歌长恨。不吊画中人。坟。招汝国殇魂。

【双调清江引】 当 阳

天南虎牙浮翠美，鸦雀参差起。泛泛长坂坡，冉冉潮云气。当阳县城烟雾里。

【南南吕一封书】 抵宜昌，将入峡，先寄妻妹白沙月亮井

西陵峡上船。照征人月半圆。黄陵庙口烟。饱风尘路八千。江河流转劳军使，仍共南天望北天。春又妍。花又嫣。书在人先到井边。

【中吕快活三】 巫 山

秭归复秭归。万里泛舟回。杏桃几树傍柴扉。处处山居味。

老人正寐寥。神女自苕荛。两峰带来峡江腰。一缝容归棹。

暮天独倚阑。灯影向巫山。十年此地几来还。少壮多忧患。

【双调沉醉东风】 夔门雨堂

正夔府好春气象。望瞿唐细雨微茫。花随峡路生。眼望流波涨。肯扁舟久卧沧江。白帝城高壮老乡。隐粉堞笳声更壮。

【双调太平令】 万 县

万县相看无语。一时屏蔽巴俞。薄暮张灯南浒。打桨冲波北去。宛如。圣湖。画图[①]。四面被青[②]山围住。

（以上选自《黄河》1940年第6期）

---

① “宛如，圣湖，画图”，原刊此处破损，今据《饮虹乐府》补之。

② “被青”，原刊此处破损，今据《饮虹乐府》补之。

【双调河西水仙子】
车过桂湖不入，因念庚午春日之游

听鹃曾赋桂湖诗。风雅一门共此祠（杨廷和父子，慎夫妇，皆词人）。重来只不见刘夫子（谓鉴泉）。诵《陶情曲》几支。

【双调河西水仙子】　过德阳姜孝子故里

孝泉坊树汉姜诗。想见安安负米时。劬劳我未报犹人子。念亲恩愧在斯。

【中吕红绣鞋】　宿剑阁

孤玉山中邓艾。重阳亭下摩崖（颜真卿书《中兴颂》）。回车晚向剑州来。未知云起处，尚有鹤鸣衰。又兵戈三四载。

听雨轩留笔乘（卢雍书）。闻溪水为谁名。曾无小阁迹闻铃。重于家国事，不在女儿情。耐思量冬夜永。

（以上选自《民族诗坛》1940年第4卷第1期）

【双调清江引】

乙酉上巳，英使馆参事祁德森伉俪游缙云，过访山馆，祁夫人因荷兰高罗佩介索余新词，即席赋赠。

西方美人初莅止。来自相思寺。清和上巳天，花草添春事。听嘉陵夜深歌变徵。

【越调凭阑人】　捷克斯洛伐克军中歌有序

捷国于一九三八年为德所侵，捷之人未尝一日忘其仇，此歌传自斯洛伐克军中。有因歌而被捕者[①]，惜不详作者姓氏，顷从报端见译文为翻北调二章。

坟上纷闻迷迭香。堆里常眠年少郎。送他来战场。可怜泉路长。

随处丧钟争响那。凶耗侬宁瞒天家。落枝玫瑰花。世间同吊他。

（以上选自《中华乐府》1945 年第 1 卷第 3 期）

套数

【大石】　秋山纪游

十月十又七日，偕胡三丈，暨宗白华、陈登恪、闻一多、胡稼胎、李儒勉、束天民、张可瑞、吴正铸诸子游牛首，居二日始归，相约为文纪之，因缀此套，并呈禅富上人。

---

① 原刊此字模糊，今据《饮虹乐府》补之。

【青杏子】草店酒旗飘。那青山隐隐迢迢。幸江南十月秋还好。看孤城一片，荒村几里，恁见萧条。

【么】几曾望落叶染长桥。小书生终日里屈背弯腰。喜今朝好上牛头眺。这里是夕阳瘦马，那壁有白云红树，塔影松涛。

【荼蘼香】兀的对一角梅庵吊。枫叶相招。颤巍巍早知有个秋来报。说甚么僧归燕子红泥巢。只是木鱼不敲。梵呗牢叨。刺答答到了半山庙。几杯酒仰天而大笑。三两步西山冷把月儿抱。

【好观音】云海看来真是蓬莱岛。好一似龙飞鱼跃卷狂潮。滴溜溜的朝阳水上挑。猛如蛟。莽回头惊向山灵叫。

【随煞】那里踏破芒鞋脱布袍。这壁又重展诗书头自摇。你谩笑偷闲写钞。可已是游罢了秋山谱成套。

（选自《金陵周刊》1927 年第 4 期）

【正宫】　白屋遗书叙

吴君碧柳殁之三年，门人周光午抱其遗稿，自湘中来，属为题序。言念逝者，胜游如昨，曾不一眴，而墓木已拱。叹人生之靡常，吊吟魂兮不作。爰以北词，写余哀思。

【端正好】记那年，渝州道。初相逢携饮南桥。可怜憔悴书生貌。你白屋怀孤抱。

【滚绣毬】思往时，当自嘲。潇湘返棹。囊底收多少风谣。壮岁篇拟楚骚。将爱晚亭夕照。把汨罗屈子魂招。长安去后又围城里，险些儿正气歌成命不牢。困煞蓬蒿。

【倘秀才】你把个杜少陵平生祝祷。你把个陆务观歌行拜倒。更爱个岭海诗翁格调高。兼众善，去铺糟。才能独到。

【脱布衫】展愁眉从此游辽。慰亲心重整归轺。万里路成都去了。怕几年间只剩得几篇吟稿。

【小梁州】你凭仗歌诗意已豪。坐想清操。江湖萍转十年劳。如君少。谁曾料龚生夭。

【么】你泉台此日应含笑。听江津弦诵陶陶。沈约腰。东坡帽。认君遗照。犹是旧丰标。

【尾声】尚非过岭人，怎教春梦老。传来一曲巴人调。便摆手摇头你去何早。

【黄钟】　南雍遗韵

孙八雨廷示余《遗韵》册子，不觉十年间事，涌来眼底，为谱北词书其后，未自知言之哽咽也。

【醉花阴】冷落鸡鸣寺前塔。剩败柳荒城入画。指一树马塍花。想当初贳酒斟茶。多少忙车马。旧梦问啼雅。禁不住新亭清泪洒。

【兴隆引】德风亭下。几度闲磕牙。那古柏梅庵，十庙莫笳。菊厅秋月，诉不尽少年情话。只青镫黄卷，齑味生涯。有一个邵侯大樗嗜饮，广做俦人推酒霸。有一个迈达王生，觉吾名士相夸。有一个周郎雁石大腹，丰神潇洒。更有个士衡惟钊笔健，论文字都无价。蓦回头一梦十年也。不道俺似线脚跟只不系家。历遍了三峡星河，京洛尘沙。春申浪迹，宣州作嫁。待何时旧侣重逢，话到桑麻。

【尾声】只这哑词章都付与闲杯斝。我且留取一片嗟呀。更向那梦中消受罢。

【南吕】　壬申集引

【一枝花】陌头白马肥，镜里朱颜褪。眼中多少泪，襟上湿啼痕。如此才人。几回要把苍天问。谁识道人间小四魂。只吹皱了弱水三千。还剩得下伤心一寸。

【梁州第七】记青溪扁舟一叶，记廉园绿酒盈樽。甚春花秋月都成恨。记蘋桥听雨，凤麓停云。眼看他燕归何世，眼看他蜂闹朱门。可怜他甚处好逃秦。可怜他无日得闲身。可怜他华亭鹤唳涕泪初陈，扬州鹤背黄金不稳，辽阳鹤影城郭如新。天昏。地昏。莽江南依旧怀庾信。辞赋把贤豪困。一代江山会有人。我辈且谭文。

【尾】论穷通只合由天分，但开国文章迥不伦。让他班马尊。当如韩欧醇。李杜真。周柳俊。谁主谁宾。则羡你一集壬申做前引。

（以上选自《国风》1934 年第 5 卷第 5 期）

【双调】　雪展序幕曲

录自二月八日《南京日报》

雪社展览日同人属谱北曲一套，以为启幕之辞，爰举百年来吾乡文献梗概，称述先哲端勉，来兹匪敢自炫，聊以激励云尔。

【新水令】祭时曾向盔山来。又相逢城西挑菜。举七子，傲三台。布领芒鞋。都有千秋在。

【驻马听】蟪馆吟怀。并世诗人多下拜（金弓叔和）。可园风采。一时谈苑出新裁（陈伯雨作霖为掌故学大宗）。子畸浚凿粤四开（晚清词风日盛，实端木采启之）。伯言承续桐城派（古文之中兴，梅曾亮侍郎之功为多）。谁与侪。当前几个文章伯。

【沉醉东风】论功业应推邓蟹（公讳廷桢字蟹筠）。有经儒首数汪梅（士铎字梅村）。贞仪闺秀宗（王女士最擅畴人之术）。苍老雄方外（苍厓师精于山水）。逮楼荒钟鼎扬灰（甘氏为江左藏家之冠）。万里妇人亦画才（张静溪）。也不让他扬州八怪。

【折桂令】试听呜咽秦淮。千古钟山紫气沉霾。毓秀钟灵，偏生文士，天与安排。数不尽胜朝老辈。问何必后起贤才。看兰桂盈阶，把百年文运，较量兴衰。

【忆江南】江南如此呵不须哀。吊古伤今意已乖。况前贤岂必胜吾侪。休只管闪捱。休只管闪捱。时移自有出群材。

【沽美酒】可居上如积柴。可渐厚如积落。因此上阎浮终不败。流年易改。却只见生光彩。

【太平令】今日个白雪阳春谁解。莺儿燕子休猜。笑暴富贫儿形态。毕竟愧吾徒本色。美哉。奂哉。这才不负万方过客。

【鸳鸯煞】米家书画船儿载。周郎歌曲筵前爱。才见冬残，又喜春来。唱道万象新回。佳期难再。点染生绡还相待。此会初开。且谱套曲儿说前代。

（选自《辞典馆月刊》1937年第8—9期）

【南仙吕入双调】　张自忠将军慷慨殉国曲

（序云）今年四月十五日，前从河口至宜城。时第三十三集团军总司令张荩忱自忠驻防钟祥城外。犯夜南行，亥初始抵快活铺。荩忱率僚属来迓。投宿农家，笑谈竟夕。明日冒雨趋营门，授国民参政会所赠旗。荩忱复祖饯其行。归未二月，而有襄东之役。血战张家集，荩忱竟以身殉。噩耗传至全国，朝野罔不痛悼。盖自抗战以来，大将死于疆场者，荩忱为第一人云。江汉匪遥，忠魂永在，山楼不寐，和泪歌之。

【夜行船】莽莽荆襄，是中原锁钥峡江屏蔽。奔涛卷，血战三年未已。兵气。在桐柏山南，武胜关前，大洪岭底。须记。却敌早随时。凭仗着几人忠义。

【前腔】依稀。战地初逢，傍钟祥鼓鼙声急。荒村住，苦雨凄风夜里。窗西。话河朔当时，洛蜀而今，楚齐更替。知未。念尔阅圆人。不见釜中含泣。

【斗黑麻】霏霏。授旗时，营门外。雨中立誓。俟河山还我，再来相会。柴扉。小别劝进酒，长辞岂所期。好风仪。从此难忘，马上英英豪气。

【前腔】吁嘻。枣阳南，张家集。别来曾几。竟一身报国，掉头去矣。凄其。临危色自怡，还将一语遗。志无移。总不负元戎，但求我心安而已。

【锦衣香】创前胸，呼而起。指挥间，伤其臂。只有热血千条，暮潮同沸。斑斑落落染征衣。掩映旌旂。凭君睥睨。便一弹一枝枪，冲锋掠阵，要雪中华耻。杀狂倭之势。这丹心一点，永垂天地。

【浆水令】慰将军未须重涕。使倭奴徘徊路歧。痴蛇吞象真儿戏。足陷淖泥。力尽精疲。如蝼蚁。如蝼蚁。葬身何地。荆襄上，荆襄上，血花飞。

【尾文】想见成仁际。恨不及中兴时世。愿你个忠魂毅魄永来相卫。

（选自《行健》1940 年第 1 卷第 11 期）

【南吕】　赴库尔勒，行戈壁中，哀弃驴

【一枝花】你形容儿不比驼，大名儿难如马。一般戈壁上，载重走天涯。饱历风沙。受尽无情骂。辛勤报主家。早拚着一阵阵血汗交流，还忍着一回回鞭笞棍打。

【梁州第七】那里讨涓流寸草，最惊心骸骨头牙。黄尘漠漠天山下。个人不见，也没个寒鸦。远处无闻，也没个悲笳。这其间听主人一片嗟呀。这其间多嫌你一个驴娃。秋风过长耳空摇，碎石块埋头苦踏。马驼群结队回家。恨他。笑他。茫茫天地无穷大。率性丢开罢。抛闪得后路前程任你爬。沦落流沙。

【尾声】这时只怪驴儿傻。当日曾将脚力夸。你不信人间有欺诈。千差。万差。差的你两眼无能辨真假。

（选自《草书月刊》1947 年第 1 卷第 4 期）

陈次蝶（套数1首）

陈次蝶（1905—1948），浙江杭州人。陈栩次子。其散曲多为家族内部唱酬之作。

寿家君六秩，和大哥原韵

【新水令】好昆明湖水日中天。似银河广寒开宴。夜深花气静，风定水涡圆。船影连翩。到处来相见。

【懒画眉】应有灵机在心田。总热爱心肠也成仙。诗词曲赋近于禅。人生百岁原无限。六十光阴正近午天。

【山坡羊】也曾经青牛函谷五千言。史笔班迁。也曾经偿尽书生愿。致富何难。青蚨万选钱。淮阴调遣。聚散随心便。任富贵穷通，各自悠然。未必神仙。能算出黄河深浅。岭外今年。也随缘乐住，人随天便。

【雁儿落带得胜令】料个日扁扁媛。正打着羊毛线。手儿捥就一团团。蛛丝牵住流光变。呀还是须儿白，鬓儿玄。华堂中五色的水晶球团团转。一面面。影万千。春光花鸟四时天。却似在蝶墅西湖水阁船。青莲。记沧桑的花片。神仙。醉金谷玉楼前。

【侥侥令】荷花藏十载，万星祝琼筵。是何人嘱咐南来燕。笑眼迷迷老寿仙。

【沽美酒太平令】隐柴桑几亩田。买成都几亩田。好儿孙满眼前。饭香时节立炊烟。待归去喜孜孜的新相见。热烘烘的家人面。跳丛丛有小奴奴的厮缠。画了画是牛魔王的上款。俺呵，不是去年定是今天。却还是兀坐家中不曾闲。

【川拨棹】十四日婵娟。琼楼遥想笙歌满。屏开王母筵。扇聚神仙眷。荔支山堆满了红云案。

【鸳鸯煞】人间希望俱能满。颐期百岁同如愿。人长寿，花长好，月常圆。如今是假山前。回廊畔。曲江边。迷藏万里迟相见。笑等着麻姑把海填。重相见。在今年。喜白发双亲却是年年健。

（选自《金刚画报》1939 年复刊第 12 期）

庄一拂（小令1首）

庄一拂（1907—2001），原名庄临，号南溪居士、古檇李人，晚号箨山。浙江嘉兴人。工诗、词、文，尤喜度曲。

【南正宫缑山月】　吊吴瞿安先生

家数玉茗堂中。文章独秀江东。问吾徒何处管弦空。恸孤忠绝徼（指《风洞山传奇》），千秋颉颃，老子犹龙。

（选自《戏曲月辑》1942 年第 1 卷第 3 期）

陈志宪（套数4首）

陈志宪（1908—1976），字孝章，别号蘧堂，四川酉阳（今属重庆）人。曾任四川大学教授。其散曲内容有题画、悼亡、唱酬、抒怀等，也记录了战火下的凄惨景象和悲愤心境。

【越调】 哭瞿安师

【小桃红】回首北极感恩高。只落得长悲悼。也。叹斯文天丧，教从何处拜清标。未哭泪先抛。看著这怨气腾，战云飘。想清癯，怎描得忧容貌。也。望天末痛把魂招。便写成宋玉楚骚文，平不了这悲潮。

【下山虎】玉茗怀抱。词隐丰标。念乱忧心悄。几回泪抛。有多少南部新腔，西昆绝调。是香草美人墨韵娇。艺坛衍秘奥。按红牙手自敲。十载风情好。酒酣梦劳。也喜有乱世文章付我曹。

【五韵美】黍离忧，催人老。身丁陆沉风鹤扰。飘流转徙关山道。风霜历饱。写艰危有几多怀抱。狼烟迫，汤火熬。把一个绝代词人，活活作平葬了。

【忆多娇】你看楚山高。滇海遥。怅魂返吴江夜有潮。对冷月黄昏恨怎消。万里迢迢。万里迢迢。几曾料天涯命抛。

【尾声】心丧应尔添悲悼。指昆明愁云飞扰。且对那战垒荒郊遥哭吊。

【南吕】 辛巳春成都三庆会举办三十周年纪念，客有属撰南词以志其事者，爰赋此曲

【懒画眉】鼓板丝簧几斜阳。锦里笙歌易断肠。繁华剩有一欢场。卅年谱出钧天响。菊部凋零幸有光。

【太师引】韵悠扬。一曲留清赏。舞氍毹翠袖红妆。慢说是

西巴俗唱。也堪敌南部新腔。听骊珠一串风雪亮。早显出仙人模样。细评量。师周弟黄（周慕莲、黄珮莲）。论工夫一齐儿可亚梅郎。

【大砑鼓】跄跄。度曲忙。继康周（康子林、周名超）绝唱。谁最当行。一阕柴市堪称讲。文山衣帽果堂堂。认取今朝，贾氏排场（贾培芝）。

【前腔】洋洋。粉墨场。怕明朝回首，花月沧桑。当筵扮出风流样。清歌甫度动人肠。艺苑而今，算有萧郎（萧楷成）。

【尾声】人间传遍遏云响。会众仙同咏霓裳。且把这梨园佳话留待后人讲。

（以上选自《斯文》1943 年第 3 卷第 2 期）

【南吕】　花吟玉笑曲，戏赠友人

【懒画眉】莫向红楼问行藏。惆怅何妨自学狂。纵情天恨海幻无常。算风流只许你才人赏。何况是刻骨疗忧别有肠。

【商调金络索】撇开短与长。且把襟怀放。北里追欢，不为相思账。非贪锦绣乡。聊徜徉。也不过托意将花偶寄狂。欢人生生艳福真难享。是名士佳人应一堂。非虚奖。风光合自属刘郎。趁年华惜玉怜香。赏春华呼酒传觞。端正好，风流况。

【黄林封白袍】酒态惹诗狂。破工夫为的俊俊娘。他人儿长就温柔样。撒娇痴应傍你在梅花帐。细思量。怎相忘。一枕绸缪留梦想。怕云雨太荒唐。有多少柔脂腻粉，茗碗诗囊。清歌妙舞，韵板愁簧。算将来都是闲勾当。

【琥珀解酲】借花遣恨，兀自为花狂。酒令花筹镇日忙。伤心恐负少年场。添惆怅。怕人间风月，转眼沧桑。

【尾声】名花本要人欣赏。作戏逢场原不妨。传与你知音人儿闲话讲。

【南双调】　锦里哀

【夜行船】雨急风狂何时了。愁绝处天下滔滔。巴蜀弟昆，中原父老。举国忧心如捣。

【风云会四朝元】锦官城好。繁华古市朝。任风云惨变，江山堪保。又谁料弥天劫火照。突传来警报。突传来警报。一刹时万人心焦。是处魂销。女逐男奔，儿啼母叫。逃命齐争道。瞧。人挤似涌潮。步步仓皇，步步心儿跳。荒沟且作壕。随风即趋倒。叹惊魂失所，纷纷扰扰。死生无靠。

【前腔】敌机突到。天边血浪滔。看成行雁阵，纵横肆暴。则听得机枪拍拍扫。念死伤多少。念死伤多少。猛然间轰炸弹抛。硫磺弹烧。血肉横飞，楼台齐倒。满目愁云罩。飘。怨气腾腥潮。焚剥支离，都是伤心稿。难忘这一遭。血债终须讨。最堪怜游魂冤鬼，凄凄惨惨，泉台谁告。

【前腔】繁华多少。算来顷刻消。对焚余白骨，惊心堪悼。未必是今生缺寿考。偏死期轮到。偏死期轮到。争忍见破栋倾巢。断骨折腰。妻别母离，夫鳏儿少。惨绝伤心貌。烧。人物一齐焦。泪眼问天，可下钩魂招。难将怨魄招。痛杀人间道。怕落日黄昏，凄凄冷冷，无人凭吊。

【前腔】劫余来吊。凄凉不忍瞧。是血池火狱，伤心还到。不由人腾腾怒火冒。这冤仇必报。这冤仇必报。看他每策士心劳。战士功高。四海同仇，普天申讨。齐受元戎诏。刀。人头掌上抛。怒气冲天，誓把倭奴扫。男儿心胆豪。杀身何足道。要顶天立地，辛辛苦苦，邦家重造。

【尾声】虽然一出巴人调。这的是伤心曲稿。还须要放悲声高歌一套。

（以上选自《斯文》1943 年第 3 卷第 10、11 期）

戴祥骥（小令4首）

戴祥骥，字耀德，河南考城（今开封兰考）人。是卢前任教河南大学时期的学生之一，夷门乐府词社社员。著有《听鹂余吹》。

【南商调黄莺儿】 洊上秋思

衰草莫烟愁。古城阴做新秋。西窗风雨声声又。长亭困柳。银塘倦鸥。出发得个人儿却比黄花瘦。苦淹留。刘郎醉后。灯火照樊楼。

【南商调金络索】

东风吹满山。流水桃潭岸。呼唤登临。燕子归来晚。搓毬柳絮飞，点点杏花残。长恨琵琶梦里弹。扁舟棹入鸳鸯浦。半卷疏帘倚尽阑。断肠处，归帆缥渺晚霞丹。冷清清一朵幽兰。软丢丢一个华鬘。当此际愁千万。

（以上选自《国学周刊》1933 年第 1—10 期）

【正宫叨叨令】

刚道是天涯红树斜阳挂。又只见秋风古道月笼沙。忧来懒把眉描画。愁来两鬓添霜华。兀的不闷杀人也么哥，兀的不苦杀人也么哥，我阑干斜倚，暗把那萧郎骂。

【双调沉醉东风】

望边塞愁烟苦瘴。对天涯痛断回肠。云连衰草边，雨打苍松上。绿江前几阵刀枪。惨淡寒烟镤故乡。对辽阳。怎忍得从头细想。

（以上选自《国学周刊》1933 年第 11—20 期）

桑继芬（小令1首）

桑继芬，字曼渌，浙江绍兴人。为卢前任教河南大学时期的学生之一，夷门乐府词社社员。

【南商调金络索】

松阴处士衙。茅舍蓬窗下。竹径深幽。不管冬和夏。渔樵晚市归，话桑麻。跣足科头且磕牙。闲来自扫山间路，醉后斜簪陌上花。开怀处，问劳人何事在天涯。笑伽伽一个田家。散悠悠一个山家。莫再去城中罢。

（选自《国学周刊》1933 年第 1—10 期）

金长瑛（小令12首）

金长瑛，字素人，河南民权人。为卢前任教河南大学时期的学生之一，夷门乐府词社社员。

【正宫叨叨令】 赠王丹士

乘风步月消长夏。人天来往无牵挂。一任他炎凉世态鱼龙化。俺只是时常醉倒藤萝架。您省的也么哥，您省的也么哥，管甚么渔樵细说兴亡话。

俺把那无弦琴瑟怀中抱。畅好是婴儿姹女偕欢笑。都只为灵台一点玄珠兆。恋甚么丹房器皿如花貌。说与你行不得也么哥，行不得也么哥，者便是神机玄奥先天妙。

【双调沉醉东风】

乌江岸项王泪洒。陈桥驿宋祖袍加。如何命世雄，一旦冰消乍。只落得猿鹤虫沙。盖代勋名你自夸。转教咱活活的笑杀。

（以上选自《河南大学周刊》1932 年第 5 期）

【北南吕干荷叶】

辽阳鹤，是飞仙。望里群龙战。越山巅过前川。俺刹那一去忽千年。又几度沧桑变。

辽阳鹤，忽归来。国破家何在。莽天涯。尽凶灾。河山依旧却走狼豺。惨淡淡榆关外。

辽阳鹤，又徘徊。孰教狮儿睡。好边陲。付劫灰。这千年屏障怎收回。洒不尽伤心泪。

辽阳鹤，唳重霄。眼下山河照。路迢迢。浪滔滔。绝塞无复霍嫖姚。泪洒龙江道。

辽阳鹤，又惊秋。望里无昏昼。点丹丘。览神州。何年雪去祖国羞。一复乾坤旧。

（选自《庠声》1932 年第 4 期）

【北双调沉醉东风】

俺热肠偏遭冷眼。有白云锁住青山。胸中尘一旦挥。世上事随缘看。这心景别是一般。富贵浮云莫妄攀。倒觉得风流疏散。

【南仙吕桂枝香】

小然残蜡。薰香才罢。陡忆起一段情缘，惹得伤心难话。你突然相揣猜，无端惊讶。冯空谩骂。倒令俺恨煞冤家。谢却鸳鸯债。摧残锦绣花。

（以上选自《庠声》1932 年第 7 期）

【北双调沉醉东风】

好青山到处买。破黄卷眼前排。名和利本来空。是与非全不睬。脱尘凡有甚疑猜。清风明月任往来。浑不觉心量似海。

【北正宫塞鸿秋】

眼睁睁当前咫尺长生路。醉昏昏众生颠倒谁能悟。响淘淘翻江倒海风波怒。急煎煎红日又落西山去。龙争鬼魅窟。兔穴英雄墓。却不道青林黑塞人何处。

（以上选自《庠声》1933 年第 21 期）

翁衍桢（小令1首）

翁衍桢，生平不详。

【金落索】

真文韵

飘零感苦辛。惆怅秋来闷。何事关怀，又是金风紧。衡阳雁唳新。写秋旻。正黄菊新开老瓦盆。桃芳李好随春尽。难得仙姿伴酒尊。繁霜近。孤标自洁称幽人。傍东篱扶杖殷勤。向西窗把盛温存。一酸销深恨。

（选自《民立旬刊》1937 年第 18、19 期）

马图钧（套数 1 首）

马图钧，生平不详。

【大石】 读《中兴鼓吹》感赋，呈冀野先生

【青杏子】客馆寄生涯。念我甚心情，韵写尖叉。朝朝暮暮西窗下。残编断简，雕虫刻鹄，画虎涂鸦。

【归塞北】秋如画。镇日掩窗纱。未许吟诗赓白雪，几曾按曲谱红牙。佳节负黄花。

【么篇】□国车。饮恨几年华。国运中兴劳鼓吹，凭君挥洒语非夸。只这一册词，名实两无差。

【尾声】读罢新词情难罢。只你这文章无价。我还要同雷门把鼓挝。凑一套北词儿附风雅。

（选自《民族诗坛》1940 年第 4 卷第 5 期）

徐世璜（小令 1 首）

徐世璜，字穉珺，河南杞县人。为卢前任教河南大学时期的学生之一，夷门乐府词社社员。

【南商调金络索】

幽兰已著葩。新杏枝头挂。燕子归来，息羽雕梁下。思君不见君，恨无涯。落絮随风入酒家。春光到此夭桃谢，姹紫嫣红映晚霞。凭阑处，相思万缕告消乏。把闲情付与残花。把闲愁付与杨花。则恐怕压倒了荼蘼架。

（选自《国学周刊》1933 年第 1—10 期）

谢兰英（小令1首）

谢兰英，字冠群，河南信阳人。为卢前任教河南大学时期的学生之一，夷门乐府词社社员。

【南商调金络索】

春来燕子忙。日丽和风畅。河畔山边，桃柳争舒放。桃花目在红，柳丝长。陌上清明蜂蝶狂。家家扫荒冢。处处啼声到耳旁。凄凉况。游春人去又斜阳。一任你前度刘郎。前日秋娘。一例的添惆怅。

（选自《国学周刊》1933 年第 1—10 期）

谭觉园（小令2首）

谭觉园，生平不详。

【南南吕一剪梅】 述 怀

壮志徒怀楚客羞。愁上眉头。风雨神州。江山残缺是谁咎。尝胆沉舟。且定大猷。

（选自《高农期刊》1933 年第 2 期）

【北仙吕宫一半儿】

绿纱窗外月色明。千种情怀随月生。枕上独思眠不成。夜清清。一半儿鼾声一半儿醒。

（选自《高农期刊》1933 年第 3 期）

望月（小令1首）

望月，生平不详。

【北仙吕一半儿】

奈何天里漫吟讴。独伴闲窗凭酒楼。斟酒浇愁愁益愁。怕凝眸。一半儿寒烟一半儿柳。

（选自《高农期刊》1933 年第 2 期）

章桢（小令1首，套数1首）

章桢（1908—1983），江苏人。民盟成员，贵阳女中教师。能诗词。1962年被聘为贵州省文史研究馆馆员。

小令

【中吕山坡羊】

琐窗人静。画栏慵凭。旧寒衣怎敌西风冷。恨飘零。怨飘零。此时心事凭谁省。冷月虚窗花弄影。听风不定。愁人乍醒。

（选自《光华大学半月刊》1934 年第 3 卷第 4 期）

套数

【商调】　哀玉孃

【集贤宾】粤江头春深花似锦。江上女窦伶俜。卷歌袖啼痕掩映，向樽前低诉飘零。系芳怀，蹙损蛾眉，订同心，牢结鸳盟。负红颜奈何郎薄幸。借歌台领略人生。悲欢原是幻，啼笑总多情。

【逍遥乐】灯红酒绿，一笑相逢。怜我怜卿。喜双栖金屋银屏。春宵短好梦窦温馨。正江上春浓。初试歌声。猛可的鼠牙雀角，妬煞蛾眉，谣诼频惊。

【醋葫芦】孤灯夜火青。薰炉残篆萦。悔多情愿生生世世再莫误多情。幽魂一缕轻。香消梦醒。歌声犹在泪成冰。

【浪里来煞】摇暮雨白杨寒，伴孤坟野草青。一抔土掩没了慧业与聪明。剩有长杨仿佛伶俜影。埋忧地静。再休问人间恩怨怎不分明。

（选自《学术世界》1935 年第 1 卷第 3 期）

范雪筠（小令1首）

范雪筠，安徽合肥人。其父为革命先烈范鸿仙，其兄范天平。

小令

【南商调黄莺儿】
桂林龙隐岩避空袭，读《民族诗坛》

逃劫入名山。展新诗世外看。扶轮大雅不负这中兴担。松寒谷寒。龙潜虎潜。倚危栏惆怅乡音换。幸平安。人人归去，争折桂枝丹（漫山皆桂，香澈天地，灯火归途，人手一枝）。

（选自《民族诗坛》1939 年第 2 卷第 5 期）

吴心恒（小令1首）

吴心恒，生平不详。

【双调殿前欢】　空军机械学校校歌

看鹰扬。长空万里任翱翔。凌云浩气山河壮。巧制机航。好男儿手段强。全凭仗。功在班输上。愿中华金汤永固，永固金汤。

（选自《民族诗坛》1939 年第 2 卷第 5 期）

张乃香（小令2首）

张乃香，潜社成员。

小令

【仙吕寄生草】 有 忆（二首）

过□都成幻，随心一事无。前年走上钟山路。去年又向淮山住。今年独听巴山雨。盼明年勾却别离愁，再从头细诉相思苦。

旧日愁难忘，而今意已灰。当年甫解得相思味。这其间受尽了风流罪。到头来才觉着多情累。伊行若果是赤心人，咱家算不负青衫泪。

（选自《民族诗坛》1939 年第 2 卷第 6 期）

郭竹书（套数2首）

郭竹书，字振声，又作大痴，号冷厂，别署射南居士，江苏阜宁（今属盐城）人。阜宁醒旧诗文社及《射南新报》的负责人。姚江同声诗社创建初为名誉赞成员，诗社重组后为“师友录”成员。著有《生寄集》。

【南商调】 岳母周太夫人六十花甲，为曲寿之

【二郎神】风光好，看济济堂开集俊豪。福寿双修尊此老，萱闱春永绕膝下、妇贤儿孝。门弟濂溪世胄标，谁比得、心慈德邵。闾阎里、听处处口碑载道，今古欧陶。

【啄木儿】翠帘卷，绛蜡烧，瑞气氤氲接玉霄。更高厂、东阁华筵，集群仙、传盏争歌啸。芳园喧斗忘忧草，香厨争剥安期枣。共盘献、千秋福寿糕。

【三段子】棋枰诗瓢，喜良宵绮丽景饶。金管银箫，遏行云浏亮音飘。红飞绿舞忘昏晓，天阶五色卿云绕。宝婺星辉，宝婺星辉耀。

【前腔】研香濡毫，祝三多，泥金手钞。一官远侨，旧生涯愧煞韦皋。去年宦学扶桑岛，今年幕寄呼伦道。把往事思量，漂泊真堪笑。

【滴滴子】情怎表，山遥水遥。恩怎报，天高地高。几度临风虔祷，子孙永保。我只是、黑山形槁。丹阳梦绕。浑无奈、搔首连朝。

【尾声】荒腔学唱南商调。羌笛横吹当解嘲。百岁图、还商量仔细描。

（选自《大亚画报》1930 年第 260 期）

【北双调】 青衫旧

【新水令】长江从未见西流。驻芳颜，如何能够。尘踪三万里，

身世一孤舟。有甚来由。只剩得，青衫旧。

【驻马听】铁瓮金瓯。往事已非何处有。红灯绿酒。少年空说几生修。一心爱与古人游。两肩化作秋山瘦。误苍生，传不朽。聪明非复儿时候。

【乔牌儿】忆当初，好漫游。谁晓得，无成就。险风波，幸赖天能佑。几颠沛，几抖擞。

【沉醉春风】问胸襟，有几个，包罗宇宙。论文章，有几个，剪裁锦绣。那知道，白了少年头。赤了中年手。说什么，功成名就。只鞭策凭人唤马牛。依旧是，年年忍受。

【风入松】我虽然，八十已平头。未解学干求。得闲时几度闲穷究。再因循，万事都休。况复韶光有限，决心要把春留。

【滴滴金】忘不了，长白山前，卢沟桥畔，春申江右。血似海，骨如丘。这民族奇羞。民国深仇。流芳遗臭。何曾一时儿不放在心头。

【雁儿落】我有志，沙场笔再投。重显新身手。趁强年，振国魂，发威力，除倭寇。

【得胜令】岁月老骅骝。天地寄蜉蝣。乱离时，道路谁开眼，苦闷处，诗歌独放喉。昂头。异端岂肯遭人诱。展眸。胜利全凭努力求。

【拨棹刺】生与死，一身抽。怨和恩，一笔勾。不管他，妖气飕。鬼语啾啾。只凭着，抗战奇谋。建国新猷。认定是，更生自救。向前猛进，不回头。

【七弟兄】也知道，壮志难酬。可奈是，豪情未休。一件件记心头。入故宫，诗咏瀛台柳。泛后湖，棹放建康舟。走穷边，烽举呼伦堠。

【梅花酒】从此后，悟沉浮，福命未曾修。乱世何所求。任旁人，笑我一丢丢。但能够，风雨开时寻酒友。春秋佳日觅诗俦。陋蜗舍，破羊裘。习书画，事耕畴。醉时高卧醒时讴。摆脱了，忧患得优游。

【收江南】我文章不望外人收。我生存不向贵官求。我声名不愿史臣留。只难忘亲恩天地厚。虽到说，天涯憔悴有来由。

【余文】惊心眼底风云骤。问长安可许千秋。愿抽闲独上酒家楼。约三五友好举杯同庆寿。

（选自《民族诗坛》1940 年第 4 卷第 2 期）

寒竽老人（套数 1 首）

寒竽老人，生平不详。

【南北仙吕入双调】 倭寇乞降，整理八年来诗词稿，草填散曲一套题之

【北新水令】横流沧海叹萍飘。乱离人百般潦倒。天心知有悔，兵气望中销。诗卷重抄。且收拾起哀时稿。

【南步步娇】记当时小丑跳梁干戈扰。望烽火芦沟道。走艨艟歇浦潮。天堑长江，铁锁齐开了。热泪洒征袍。听声声蜀国哀鹃叫。

【北折桂令】可叹那海难填精卫徒劳。两字和平，分道扬镳。与同舟敌国论交。冠盖还都，印绶分曹。有几个过船来琵琶别抱。有几个登场去傀儡招邀。富贵都骄。廉耻全抛。且图得蚁穴腥膻，管甚么燕幕危巢。

【南江儿水】旭日旌旗落，扶桑土已焦。你痴心儿妄想珍珠捣。你泪眼儿惨见硫磺爆。你梦魂儿空向琉球绕。破碎蓬莱三岛。只落得屈膝军门，急修下无情降表。

【北雁儿落带德胜令】忒猖狂灭中国田中胆气豪。忒聪明吞炸弹币原喻言妙。忒离奇杀犬养公然国法逃。忒荒唐掳溥仪要个朝廷小。今天里大和魂谁人酹酒招。武士道历史资谈料。重提起弃朝鲜恨已销。割台湾仇已报。箫铙。为奏凯翻新调。醇醪。喜休兵醉儿朝。

【南侥侥令】乱麻才发号。新笋又颁条。这许多头衔花样难分晓。累煞人检新闻伫目瞧。

【北收江南】呀，捕汉奸遗臭姓名标。捉财神肯献金银窖。这原是甘心卖国罪难饶。怎无稽值贬中储钞。砍穷人一刀。砍穷人一

刀。眼看商场百货价比乱时高。

【南园林好】怨别离音书寂寥。想团圆家山路遥。没奈何十倍价邮资车票。屡搁华，首频搔。重识面，梦相遭。

【北沽美酒带太平令】苦光阴八载熬。苦光阴八载熬。夜焚香诉苍昊。但指望留命桑田有下梢。凭齑盐送老。谈不到温和饱。唉，你看那抢地盘纷纷强盗。再看那封逆产衮衮官僚。都知道是锦绣般山河再造。全忘却涂炭后生灵须保。俺呵，憔悴客难将笔描。块垒胸空将酒浇。这太平年说重见还嫌早。

【南尾声】明知多是闲烦恼。也不必双泪君前更絮叨。存几首诗，独自围城怜玉貌。

（选自《苏讯》1946 年第 71 期）

周法高（小令2首，套数1首）

周法高（1915—1994），字子范，号汉堂，江苏东台（今属盐城）人。现代语言文字学家。

小令

【南中吕驻马听】　言　志

寒水笼烟。隔岸疏灯数点圆。正千峰如寐，万壑争鸣，大月中天。说甚么金陵王气黯山川。故都景物新来变。快着先鞭。莽书生要把乾坤转。

【双调殿前欢】　沙坪晚眺

暮云开。天教付与好诗材。明星万点疏林外。小立悬崖。看扁舟自去来。两岸青山在。新月垂光采，笑孤怀客里，客里孤怀。

（以上选自《民族诗坛》1939 年第 2 卷第 5 期）

套数

【商调】　忆金陵

【梧桐树】縠纹江水生。翠黛山光静。又是春回，动我思归兴。东夷尚未平。四海犹闻警。万里飘零。往事空留影。待把那帝京风物从头省。

【东瓯令】钟山峙，大江凭。虎踞龙蟠万象生。崔巍宫阙千年盛。夸不尽诸名胜。有中山新陇接明陵。浩气郁神京。

【大圣乐】一朝寇虏称兵。向中原思问鼎。护持难教金瓯整。

冠盖亦膻腥。生叹那当年妙舞清歌境。只落得一片啼儿唤女声。荒原骨冷。冤魂夜哭，乱鸦啼暝。

【解三酲】曾记得莫愁系艇。曾记得扫叶逢僧。曾记得探春谒墓来钟岭。曾记得折柳台城。曾记得栖霞落叶吟秋景。曾记得玄武残荷听雨声。从头省。翻应有清愁似海，涌泪如倾。

【前腔】曾记得寻梅胜景。曾记得步月幽情。曾记得六朝遗迹松风冷。曾记得花下闻琴。曾记得南雍韵事余心影。曾记得北阁登临记梦痕。都残尽。算只有残碑荒草，诉与黄昏。

【尾声】住悲吟，停凄哽。待把那血海冤仇早算清。他日个直捣黄龙须痛饮。

（选自《民族诗坛》1939 年第 3 卷第 1 期）

霍松林（套数 1 首）

霍松林（1921—2017），甘肃天水人。民盟成员、中共党员。早年毕业于南京中央大学中文系，师从汪辟疆、陈匪石、卢前等学术名流。1951 年赴陕执教，曾任陕西师范大学文学研究所所长、教授、博士生导师。

【南仙吕入双调】

戊子九日，集小苍山，冀野师次徐旭旦重阳套曲原韵，余亦继作。

【步步娇】一代诗人烟霞老。得地逢辰好。振衣愁已销。绕郭青山满陂红蓼。看我此登高。笑长风吹不落参军帽。

【江儿水】神社神安在，螳螂臂可嘲。（南京沦陷时，日人建神社于此）望寰区不觉尧封小。衣冠未信耆英少。待从头整顿家山好。算大国龙翔凤矫。除暴安良，要你挽狂澜将倒。

【清江引】优游未须归去早。入眼皆诗料。端宜醉菊花，不待金门诏。怕岁晚寻欢，及时今尚可。

（选自卢前《饮虹乐府》卷九，1948 年饮虹簃刻本）

叶嘉莹（套数1首）

叶嘉莹，1924年生，号迦陵，北京人。1941年考入辅仁大学国文系，专攻古典文学专业，师从古典诗词名家顾随。系著名教育家，古典文学研究专家，博士生导师，南开大学中华古典文化研究所创始人。历任中华诗词学会名誉会长，加拿大皇家学会院士，台湾大学教授，美国哈佛大学、密歇根州立大学及哥伦比亚大学客座教授，加拿大不列颠哥伦比亚大学终身教授，并受聘为国内多所大学客座教授及中国社会科学院文学所名誉研究员。

【南仙吕入双调】

九日未得与登高之会，次韵成套

【步步娇】篱豆花开秋容老。风入重阳好。雁飞残暑销。翠黛迎人，胭脂点蓼。相劝客登高。怯单寒，我不耐风吹帽。

【江儿水】闭户销白日，填词自解嘲。锁梧桐一角闲庭小叫。长空三五征鸿少。掩寒窗几叶芭蕉好。负佳节，非关性娇。多病停杯，争敢比杜陵潦倒。

【清江引】一挥彩毫成赋，早只我无诗料。索和感春风，俚句惭清诏。待明朝亲呈冀师求印可。

（选自卢前《饮虹乐府》卷九，1948 年饮虹簃刻本）